異界山月記

—社会不適合女が異世界トリップして獣になりました—

空飛ぶひよこ

illustration 鈴ノ助

ICHIJINSHA IRIS NEO

CONTENTS

この作品はフィクションです。
実際の人物・団体・事件などには関係ありません。

異界山月記—社会不適合女が異世界トリップして獣になりました—

序章

それは、いつもと同じ朝の筈《はず》だった。

なんでもない、いつもの死にたくなるような日常の、始まり。

朝起きて、駅へ向かって電車に乗って、会社に出勤して、仕事ができないことを上司に罵倒《ばとう》され、落ち込みながら夜遅くに帰宅して、やけ酒を呷《あお》って眠りにつく。そんな、既《すで》に慣れきってしまった憂《ゆう》鬱《うつ》な日々の。

ただ、いつもと違っていたことは、ホームへと向かう階段の途中で、踵《かかと》が擦《す》り切れたハイヒールが脱げたこと。そしてそのまま足を滑らせて、派手に宙に投げ出されたこと。

あ、死んだと思った。頭をしたたか地面に叩《たた》きつけて、割れた頭蓋骨から脳髄が飛び散る、えぐい幻影を見た気がした。

それ、なのに。

「……何故私は、明らかに地球上に生息しない生物が空を飛んでいる、謎の森の中にいるのぉぉ！」

斎藤《さいとう》葉菜《はな》。二十四歳。独身。どこにでもいるような、しがない駄目社会人。

どうやら、巷《ちまた》でいう異世界トリップとやらをしてしまった模様です。

「……もーダメだ。もー私、死ぬんだ……こんなわけがわからないとこで一人ぼっちで……」

瀕死《ひんし》の状態で地面に倒れ臥《ふ》しながら、改めて思う。何故、こんなことになった、と。

突如、強制執行された（暫定《ざんてい》）異世界でのサバイバル生活。それでも葉菜は、頑張って状況に適応しようとした。

木と木を擦《こす》り合わせて火をおこし（不思議なくらいに簡単についた）、食べられそうな物を必死に採集して（拍子抜けするくらいあっさり獲物は手に入ったし、得体の知れないものを食べても何故かお腹を壊すことはなかった）、実は自分はサバイバルの天才だったのでは!?　なんて自身を必死に鼓舞しながら、今までなんとか頑張ってきたが、所詮《しょせん》は柔《やわ》な現代人。いい加減限界だったようだ。

「ろくでもない人生だったなぁ……畜生」

走馬灯のように脳裏に流れる人生を思い出しながら、葉菜は湧き上がってくる鼻水を、音を立てて啜《すす》り上げた。

思い返してみれば、ずっと周囲から「変人だ」と言われてばかりの人生だった。

コミュニケーションが下手くそで、だらしなくていい加減で。不器用で、考え方がどこか人とずれていて。いつだって、どこだって、葉菜はコミュニティの中でどこか浮いている存在だった。いわゆる「社会不適合人間」という奴だ。

馬鹿にされたり、嘲笑されたり、怒鳴られたり、遠巻きにされたり。そんなことが日常茶飯事で、いつも居場所を求めて必死に空回りしていた思い出しかない。そんな自分が情けなくて、大嫌いだった。そして、そんな自分を受け入れてくれない周りの人間も、嫌いだった。

大嫌いばかりの世界。それでも、やっぱり完全に一人になるのは怖くて。いつの頃からか悲鳴をあげそうになる自尊心を抑え込んで、ふざけた道化になりきることで周囲に溶け込むことを覚えた。自分を受け入れてくれる僅《わず》かな優しい人にすがり、「いじられキャラ」という耳触りが良い立場に甘んじることで、自分を、周囲を誤魔化《ごまか》して学生時代を乗り切った。——けれどそんな葉菜の精一杯の処世術も、社会人になってからは通じなかった。

毎日毎日怒鳴られた。冷たい視線や言葉を浴びせられた。学生時代とは違って、一緒に仕事をこなすが故に、より直接的な害を与えうる立場になった葉菜に対し、周囲の人間は冷たかった。最初は優しかった筈の同僚も、葉菜のあまりのできなさに、段々言葉に棘《とげ》が生えるようになっていった。

生きることが、辛かった。毎日のように泣いて。逃げたくて仕方なくて。もういっそ死にたいと、ずっと思っていた。……そう思っていた筈だった。

「——だけど、やっぱり私は死にたくない……生きたいんだよぉ……っ!」

ぶわりと、涙と鼻水が同時に溢《あふ》れだし、葉菜の顔を濡《ぬ》らした。

死を前にして、気づかされる。いかに、自分が生に執着しているのか。死をどれほど恐れているのか。いやというほど思い知らされる。

適合できない社会の中で生きることが、怖かった。——でも、死ぬことの方が、もっとずっと怖い。

このまま、自らの死を悼《いた》んでくれる人が誰もいない異世界で、無価値で無意味な存在として一人ぼっちで死んでいくのか。何故自分が、異世界に来てしまったかという理由も知らないままに。

「いやだ……いやだよぉ……死にたくない……死にたくないよ……誰か、助けて……」

葉菜は咽《むせ》び泣きながら、動かない体を無理矢理動かして、必死に地面を這《は》った。これまでどれほど森の中を探しても、人は見つからなかった。だから、動いたところでなんとかなる筈がないとはわかっていた。けれども、動こうとしなければ、動こうという意識を持たなければ、意識が飛んでそのまま死んでしまうのではないかと思うと、無意味とわかっていても足掻《あが》かずにはいられなかった。

「――だれ、か……」

すがるように伸ばした手は、何も掴《つか》むことなくそのまま空を切る筈だった。

けれど、葉菜の指先は、次の瞬間、先ほどまでなかった筈の何かに当たった。

「――え……」

ぼやけた視界に映ったものが、信じられなかった。この世界に来てから、血眼《ちまなこ》になって必死に探しても見つからなかった、それは。

「……家……」

葉菜の目の前には、いつの間にか、木造の小さな家が建っていた。

(これは死の間際に作り出した、都合の良い夢だろうか)

屋根の上の煙突から細い煙が出ていて、確かな家主の存在を葉菜に伝えていた。

都合の良い夢でも、構わない。万が一でも生きられる可能性が、あるのなら。

「……助……けて！」

葉菜は最後の力を振り絞って、家の扉を叩いた。意識は朦朧《もうろう》として、目の前は真っ暗になっていたが、手だけは必死に動かし続けた。

体全体を預けていた扉が、確かに動いたのを感じながら、葉菜は意識を失った。

第一章

(ああ、文明って実に素晴らしい……！)

フライパンで、黄身が緑色の（この場合は緑身というべきなのだろうか）目玉焼きをこしらえながら、葉菜《はな》は、便利な生活用品がある暮らしの素晴らしさを噛《か》みしめていた。機械製品が満ち溢《あふ》れたかつての生活にはとても及ばない環境だが、それでも森でサバイバルを送っていたあの日々とは雲泥《うんでい》の差だ。

(私って、本当に運がいーわ)

葉菜は鼻歌交じりで、緑身が割れた目玉焼きを皿に並べて手に持った。出来上がったのは炙《あぶ》ったパンと目玉焼きだけの質素な食事だが、優しい家主はそれで許してくれるので、甘えることにする。

「じぃ、出来た、ごはん！」

皿を片手に扉を開けて、片言の異世界語でそう告げると、既《すで》にテーブルについていた家主は、灰色の髭《ひげ》に覆《おお》われた顔を柔らかく緩ませて微笑《ほほえ》みかけてくれた。

「あぁ、ありがとう。ハナ」

(あぁ、今日もナイスミドル……いや、ナイスシニアです。ジーフリートさん)

ジーフリートは、齢《よわい》にして六十代くらいだろうか。顔中灰色の髭に覆われていて、一見某空中ブランコの少女のおじいさんにしか見えないが、見え隠れする顔立ちは西洋人のように彫り深く、端整だ。若い頃はさぞかしハンサムだったことだろう。狩りや自家農園の手入れもしているため、年齢のわりに体も筋肉質で引き締まっていて、実に格好良い。

「じぃ、今日、目玉焼き。じぃ、好きな、コルトカ」

「あぁ、コルトカの卵の目玉焼きか。ありがとう。わざわざ森まで取りに行ってくれたんだな」

四ヶ月程前、瀕死《ひんし》の所を救ってもらって以来、葉菜は家事を手伝う代わりにジーフリートの家に居《い》候《そうろう》させてもらっていた。

「葉菜は、すごいな。まだ小さいのに、こんな立派なご飯を作れるなんて」

……ただし十歳以上、年齢を誤魔化《ごまか》しながら。

東洋の神秘というべきか。異世界補正というべきか。ジーフリートには二十四歳の葉菜が随分と幼い子どものように見えているらしい。最初は戸惑い、訂正しようとした葉菜だったが、すぐに、その勘違いに乗っかった方が非常に都合がいいことに気がついた。

(子どもだったら、何もできなくても、責められない)

元の世界ですら、普通の人ができるようなことも満足にできなかった葉菜だ。言葉も通じない、便利な道具もない異世界で、何か特別なことができる筈がない。

大学では文学部だった葉菜には、ここの世界で役に立つような特別な知識も技術も持ち合わせていない。勤めていた仕事も、ただのしがない販売員。与えられていたのは、誰にでもできるような仕事ばかりで、それなのにそれすらできずにいつも怒られていたくらいだ。

葉菜には二十四という本当の年齢に見合った能力が、何もない。そんな無価値な大人を、一体誰が好き好んで居候させてやるというのか。

（子どもだったら、守ってもらえる。何もできなくても、幼いというだけで庇護《ひご》対象になれる）

そう思った瞬間、葉菜は恥も外聞も投げ捨てて、幼い子どもになりきる決心をしたのだった。生きる為《ため》だ。プライドなんて簡単に捨てられる。

本当の年齢さえ告げられないのに、まして異世界から来たことを打ち明けられる筈がない。告げた所で頭がおかしいと思われておしまい。最悪、気味が悪く思われて、外に放り出される。ただでさえジーフリートにとって葉菜は得体がしれない存在だろうに、そんな危険とても冒せない。

結果、葉菜はジーフリートに対して、「記憶をなくして森の中を彷徨《さまよ》っていた、異国の幼い少女」という設定を貫くことにしたのだった。


「食器洗いは私がやっておくから、代わりにこれを持って行っておくれ」

そう言ってくれたジーフリートの言葉に甘えて、葉菜は渡された器を片手にジーフリートの部屋に向かった。器の中にはぶつ切りにした野菜と果物が入っている。

「ふぃー、ごはん、持ってきたよー」

扉を開くとすぐに、ベッドとテーブル、本棚だけの簡素な部屋の中、専用に設けられた止まり木の上で寛《くつろ》ぐ真紅の鳥が見えた。

鳥の形態は、元の世界の雉《きじ》に似ている。だがその羽毛は、頭の上から足の近くまで、全て真っ赤だ。

真っ赤といっても、全て単純な一つの色というわけではない。様々な種類の赤色が、一定の法則で複雑に重なり合わさって、その体に繊細で美しい幾何学《きかがく》的な模様を描き出している。

何度見ても美しい鳥だ。ほぅ、と思わず見とれてしまった葉菜を、鳥はちらりと一瞥《いちべつ》すると、さっさと餌を置いて出てけとでもいうように、ソッポを向いて片足を蹴る仕草をした。

ひくりと頬がひきつるのがわかった。

『……っの牛フィレ肉レアめ』

舌打ち交じりに日本語で毒づく。

鳥の正式名は「フィレア」という。その名前はこちらの言葉の意味では「いやだ、ジーフリートさん。こんな名前の付け方するなんて可愛い」と思わず胸きゅんするくらいわかりやすい名前なのだが、葉菜がその正式名で鳥を呼ぶことはない。……一度鳥に「フィレア」と呼び掛けたら、容赦なく嘴《くちばし》で頭をつつかれたからだ。

どうやらこの鳥は、葉菜をどうしようもなく嫌いらしい。

葉菜しかいない場所では、けして鳴き声一つあげようとしないし、葉菜がいる前では皿に乗せて置いただけの餌であっても、けして食べようとはしない。傍《そば》に寄るなんてもっての他だ。半径一m範囲に近づくと威嚇《いかく》をしてくるし、半径三〇㎝範囲に入ると嘴で攻撃をしてくる。その癖ジーフリートには従順で、美しい歌声でさえずったり、すりよって甘えるのだから憎たらしい。

(私だって、お前なんか嫌いだよ)

葉菜は、自分を視界に映そうとしないフィレアを忌々《いまいま》しげに睨《にら》み付けた。葉菜はいつも見下したように冷たい視線をやってくる、この賢く美しい鳥が大嫌いだった。

フィレアの瞳は、鮮やかなオレンジ色をしている。そんな明るい色の瞳なのにも関わらず、その瞳は熱を感じさせず、態度以上に雄弁に葉菜を侮蔑《ぶべつ》していた。

「良い歳《とし》をした大人が子どものふりをするなんて、恥ずかしいと思わないのか」

被害妄想かもしれないが、確かに葉菜には、フィレアはそう言外に告げているように感じるのだ。

(――分かってるさ)

いかに自分が矮小《わいしょう》で情けない人間かなんて、示されなくても葉菜が一番わかっている。他人に優しく庇護してもらえているという状況がいかに幸運かも、重々理解している。

ジーフリートは優しい人だ。まともに話すこともできない得体がしれない葉菜に、事情も聞かず寝食を提供してくれ、空いている時間にはこの世界の言葉を教えてくれている。……恐らく、葉菜が本当の年齢を告げたとしても、きっと同じように接してくれるだろうとは、思う。

(だけど、もし、そうじゃなかったら？　打ち明けたことが原因で、家から放り出されたら？)

葉菜は、『信じない』

ジーフリートの無償の優しさを、自身の楽観的な見解を、信じない。信じないことが、何もない自分が異世界で生き残る為の唯一の手段だと思っている。

信じれば、望む。期待する。期待すれば、裏切られた時立ち上がれなくなる。信じて裏切られるくらいなら、信じないで不義理で淋しい人間でいる方がましだ。

自分が傷付かない為に、自分が生に心底絶望しない為に、葉菜は他人に心を預けず、拒絶することで武装する。まるで針鼠《はりねずみ》のように、見えない針の毛皮を身に纏《まと》い、柔らかく傷つきやすい部分には誰にも触れさせせない。

それにネガティブで最悪な想定をしていれば、それよりましでさえあれば幸福だと思えた。「最悪こうなっていたのかもしれないのだから、今の状況はなんて幸せなんだろう」そう思うことで、相対的な幸福を得ることができる。小さな目の前の幸福に感謝し、満足できる。そんなネガティブなのかポジティブなのかわからない考え方が、二十四年間で培った葉菜の精神安定装置だ。

自分のことばかりで他人を信用できない、どこまでも醜く、エゴイスティックな自分。

性格が悪い自覚はしている。開き直ってそんな自分を肯定さえしている。……だけどだからといって、それは真《ま》っ直《す》ぐに向き合いたい事実ではない。

だから、そんな自分の汚さを見透かし、突き付けてくるようなフィレアが、葉菜は嫌いだった。

『……だけどね、フィー』

フィレアが自分の話など聞く態度は見せないのは百も承知で、葉菜はフィレアに日本語で話しかけた。口元に浮かぶ笑みは、恐らく子どもは浮かべないであろう歪《いびつ》な嘲笑。向けた先はフィレアか、はたまた己れ自身にか。

『たとえお前が私をどんなに嫌ったとしても、私はジーフリートさんが私を捨てるまで、この場所にしがみつくよ』

葉菜を拾ったのはジーフリート。捨てるのは彼の自由だ。この家の家主は彼なのだから仕方ない。だけど、それはフィレアの権利ではない。

ジーフリートが、フィレアを優先して葉菜を排除しようとしない限り、フィレアが自分の意思で葉菜を追い出すことなんてできないのだ。所詮葉菜もフィレアも、ジーフリートの庇護下にある身。立場は変わらない。

今の葉菜には、ジーフリートしか頼る相手がいない。仕方なしにならともかく、自分から居心地がよい場所を抜け出して、何が起きるかわからない未知の世界へ行こうなぞとは思わない。ジーフリートが葉菜を拒絶するまでは、目一杯甘えて寄りかかる気満々だ。

頼る当てもない異世界でジーフリートと出逢えたことは、砂漠でオアシスを見つけたくらいの奇跡だと思っている。ならばその幸運を、利用できるだけ利用しなければ勿体《もったい》ない。次に同じ幸運が訪れる保証はないのだから。

たとえフィレアに嫌われようが、蔑《さげす》まれようが、葉菜はジーフリートにすがる。差し出してくれた手にしがみつき、振り払われるその時まで、けして離さない。ジーフリートを心から信用するか、否かとは、それは別問題だ。

「…………」

日本語で告げた言葉など絶対に理解できない筈なのに、葉菜の言葉に応えるかのようにフィレアの頭は葉菜の方を見た。

オレンジ色の瞳が、射抜くように葉菜に向けられる。まるで睨みつけるかのように。

葉菜はそんなフィレアの様子に一瞬たじろぐも、すぐに気を取り直し、フィレアを睨み返す。

(真紅の羽毛が、まるで漫画の心理描写の炎みたいだ)

そんなずれたことを考えながらも、視線はフィレアに固定し、逸《そ》らさない。

絡《から》み合う視線。どれほどの時間睨みあっていただろうか。ややあって、葉菜は深いため息とともに、視線を逸らした。

(鳥相手に本気で張り合うとか、なにをやってんだか、私)

馬鹿馬鹿しいと言うように振った首は、すぐさま固まる。視界の端ではフィレアが、「こんな相手に本気になるなんて馬鹿馬鹿しい」とでも言うように、葉菜同様、首を振って息を吐いていた。

(――っの、クソ鳥)

何とかして、あのすました顔を、一度歪《ゆが》ませてやらなければなるまい。

(やはりその為には、この家で、いや、ジーフリートさんの中で、フィレア以上の存在にならなくては……その為には奥さんの座を狙うのが一番良いか？　ジーフリートさんなら、歳はいっているけど全然イケるぞ？　なんせナイスシニアだもの。……でも私、ジーフリートさんの前で子どものふりをしているからな～……何とかしてジーフリートさんをロリコン化させねば……――っと、まずい。フィレアが威嚇態勢に入りやがった)

アホなことを考えているうちに、その不穏な思考を察したのか、近づいてもいないのにフィレアが威嚇するように羽を広げ始めた。つつかれるのは時間の問題だ。さっさと退散しよう。

真面目で深刻な思考が続かない切り替えの早さは、葉菜の美点であり、どうしようもない点でもある。ネガティブな思考に囚《とら》われて常に鬱々としている状態にならない代わりに、自分の行動を省みて深く反省し、悔い改めることもない。すぐ忘れる。結果、葉菜は葉菜のまま変わらない。成長もしない。――ようはひたすらどうしようもないくらい、いい加減なのだ。

葉菜は先ほどまでの、暗く泥ついた自己嫌悪も忘れて、足早に部屋を後にした。

虚飾で塗り固めた自分。それでも、ただ一つ確かなのは。

(ジーフリートさんの奥さんになれたら、フィレアはどんな反応するかなー。目に見えて嫉妬するのを、本妻の余裕で鼻で笑ってやったりして。ふはは)

心から信用できなくとも、ジーフリートは今のところ、葉菜が出逢った中で、一、二を争ういい男であるということだ。

爺《じじい》趣味と言いたければ、言え。

何の計算もなく（恐らくそれが正しいことは葉菜だってわかっているのだ。ただ、信じきれないだけで）葉菜なんかを救い上げてくれるような聖人君子（しかも顔はイケメン）。

四十くらいの年の差なんか頭から放り出して、掴まえて傍にいられる口実に、結婚を考えても仕方ないだろう。


掃除に夕飯作りと、不出来ながらも何とか一日の家事を終わらせた。絞った布で体を拭《ふ》くだけの簡単なお風呂も終えると、お待ちかねの、異世界のお勉強の時間である。

読み掛けの本を片手に、長椅子で寛いでいるジーフリートを、上目遣いでじっと見つめる。

一日中ずっと働きっぱなしのジーフリートの憩《いこ》いの時を邪魔するのは、流石《さすが》に罪悪感がある。しかしジーフリートは、そんな葉菜の様子にすぐに気がついてくれた。

「いいよ、ハナ。わからない単語があったんだろう。本を持っておいで」

どこまでもジェントルマンな男、ジーフリート。大人の男を通り越して、最早《もはや》仏様だ。笑顔を浮かべる後ろに光が射して見える。疲れ果てると、すぐに顔が死んでローテンションになる葉菜には、けしてできない真似である。

葉菜は、ジーフリートの好意に素直に甘えることにして本を開いた。手にした本のタイトルは『世界』。葉菜が言語学習する為に読んでいる、四冊めの本だ。この世界の地理書であり、葉菜にとっては異世界を知ることができる最初の教科書である。

「じぃ、これ。わからない、ある、ここ」

【聖女】……特別な祈りの力を持った、敬うべき女性のことだ」

「……【敬う】？」

【敬う】がわからないか……神の代理人の女性のことだよ」

「(【敬う】……【レスペキ】……【リスペク】……いや、【リスペクト】！　敬う！　敬うはレスペキか！)　わかった！　ありがとう」

この世界の文字は、葉菜にとって至極幸いなことに、アルファベットと類似していた。単語そのものも英語に近く、英語が大得意と言わなくても、大学の選択授業も含めて九年間英語を学習した身としては、習得は可能だ。発音はローマ字読み……しいて言うなら、少しだけかじったことがある、スペイン語の読み方に近い。

奇跡である。同じ元の世界の言葉でも、アラビア語やヒンドゥー語に近かったら、恐らく未《いま》だボディーランゲージだっただろう。

その代わり、文法は滅茶苦茶《めちゃくちゃ》複雑なのだが、海外旅行などの異文化コミュニケーションの経験上、言葉なんて単語がわかれば何とかなると思っていたし、事実何とかなっている。

話すのは拙《つたな》いが、話していることを聞き取ったり、文章を読んだりは、異世界歴四ヶ月にしては、なかなかのものだと自負している。

あまりジーフリートの時間を潰させるのも悪いので、頻出《ひんしゅつ》する単語だけジーフリートに聞いて、本に意識を戻す。

日本人は意味を完全に理解しようとするから英語が苦手なのだと聞いたことがある。わかる単語を拾いながら、何となくでも、読んでいくことが大事なのだ。

異世界の言葉も同じだ。間違って理解していても、読み進めれば違和感に気づく。そこから推測して、それでもわからなければジーフリートに聞けば良い。……まあ、葉菜は思考回路がずれている為、時々ぶっ飛んだ解釈を自然に思っていることもあるのだが、それは置いておく。

葉菜は本を読み進めながら、一緒に異世界から持ってきていた手帳に、わかったことを汚い字（当然日本語である。だが、日本人でも読めないかもしれない）で整理していく。

この世界は、大小様々な大陸からなっており、葉菜がいる大陸は三国で構成されたファルス大陸という場所である。気候は一年を通じて温暖で湿潤。本から受ける印象だと、沖縄に近そうだ。

大陸にある三国の名前は「プラゴド」「グレアマギ」「ナトア」。

そして葉菜がいるのは、三国すべてが不干渉としている「ネウトの森」らしい。

（プラゴドが、「祈りの力」？　……ああ、神殿だの聖女だのでてるしな……とにかく「祈りの力」を重視して、グレアマギが……「内なる力」？　なんじゃそれ……それを重視して……ナトアが「自然の力」を重視する……ようわからんが価値観がそれぞれ違ってて、仲悪いってことだな）

詳しくはまたジーフリートに聞いてみよう。そう思って黙々と本を読み進めていった。

勉強で頭を使い過ぎたのか、葉菜は、その晩熱をだした。

(熱い……熱い……)

体の中を、何か熱いものが蠢《うごめ》いているような感覚が、葉菜を襲う。内臓を焼きながら、何かが自分の中で暴れているような、食い破ろうとしているような、そんな感覚だ。

異世界に来て熱をだしたのは初めてではない。ジーフリートの世話になってから、もう三度目だろうか。原因不明の熱は、赤ん坊の知恵熱のように、何の前触れもなく葉菜に襲いかかる。

最初は「異世界人に免疫がない、この世界特有のウィルスだったら」とひどく脅《おび》えていたが、いつも夜が明ける頃にはケロリと治っているから、流石にもう動じない。

ただひたすら熱さに耐えながら、朝が来るか、眠りに落ちるのを待つだけだ。

「……っあ……」

荒い息に時々呻《うめ》き声が混ざるのを、シーツを握りしめて耐えた。

「ハナ、大丈夫かい？　薬を持ってきたよ」

葉菜の異変に気がついたジーフリートが、何か銀のポットのようなものを片手に部屋に入って来た。

こんな夜中に自分の体調不良に付き合わせて申し訳ない半面、ひどく嬉《うれ》しい。

もし熱をだしていたのが当初のサバイバルの時だったら、熱で死ななくても、孤独と恐怖で発狂していたかもしれない。それくらい、異世界で原因不明の体の異変に襲われるのは不安で心細い。

「ハナ。口を開けて」

開いた口に、匙《さじ》で掬《すく》った水薬のようなものが流しこまれる。……しょっぱい。まるで塩水みたいだ。

意外な味に驚くが、変に人工的な甘さが混ざったものよりよほど飲みやすいと、すぐに飲み込む。

途端、体の熱がすっと引いて楽になった。

「ごめん……じぃ。迷惑、かける」

「大丈夫。ハナはいつも良い子だから。少しくらい迷惑かけるくらいでちょうどいい」

優しいジーフリートの言葉に泣きたくなった。自分はちっとも良い子なんかではない。いい歳をして歳を誤魔化して甘えている、駄目な女なのだと、叫びたくなる。

(本当に、子どもだったら良かったのに)

子どもだったらこの優しさを素直に享受《きょうじゅ》できただろうと思うと、熱とは関係なく胸が苦しい。

「ハナ。私の手を握ってごらん」

差し出された手を、力が入らない手で握りしめた。皺《しわ》だらけで、マメもあって固い、節くれだった、大きな手。働く人の手だ。ジーフリートの、手だ。

「想像するんだ」

「……想像……?」

「体の熱を掌《てのひら》に集中させて、指先から私の手に流しこむ。そんな想像をしてごらん」

良くわからないまま目を瞑《つぶ》り、言われるがままにイメージしてみる。

体の中の熱はなくなったわけではなく、沈静化された状態で未だ葉菜の中で燻《くすぶ》っている。その熱を、ジーフリートが握っている自分の手に集める想像をする。

「……………あ……」

握っていた手が、熱くなった。手だけが、先ほどまでの熱に襲われているような、そんな感じだ。

「いいよ。ハナ。それでいい。そのまま熱を私の手に押し出す想像をして」

(押し出す……押し出す)

液状になった熱が、管を通るかのように指の一本一本を通り、ジーフリートの中に流れ込む様を想像する。触れあった皮膚の毛孔から、熱はジーフリートに流れ込み、吸収される。

ふわりと体が軽くなった。心地よい睡魔が、葉菜を包む。

「うん、良かった。成功だ。……眠いだろう？　ゆっくりおやすみ」

ジーフリートが頭を撫《な》でてくれる感触を感じながら、葉菜は睡魔に身を任せた。

「……【穢《けが》れた盾】か……」

眠りに落ちる前にぽつりと呟《つぶや》いたジーフリートの言葉は、葉菜の耳には届かなかった。


手には木のつるで編んだかご。頭の上からすっぽり覆う赤いケープ。洗い晒《ざら》しのワンピース。

「慣れたけど……なんて赤ずきんちっくな格好だろうね」

葉菜は川に映った自分の姿を見ながら、しみじみと呟いた。二十四歳の赤ずきんコスプレは、なかなか痛い。たとえ自ら進んで着たわけではなく、ジーフリートが用意してくれたものだろうとも。

森には大型肉食獣がいない為、童話のように狼《おおかみ》と遭遇する可能性がないのが救いか。

「……まあ、いい。さーて、採集、採集」

気を取り直して、辺りにある木を観察する。狙う獲物は、甘い木の実。特に鳥が好みそうな小粒のもの。葉菜は今日、フィレアの為の木の実を採るべく森に出向いていた。

「お礼ならフィレアに言ってあげるといい。フィレアのおかげで熱が下がったんだよ」

熱が下がった翌朝、看病してくれたジーフリートにお礼を言った葉菜にジーフリートが返したのは、葉菜が自身の翻訳能力を思わず疑うような、そんな言葉だった。フィレアが、鳥が、何をすれば、葉菜の熱を下げさせると言うのか。問い質《ただ》しても、ジーフリートはただ笑うばかりで答えない。

「フィレアも素直じゃないから、きっとハナがお礼を言っても聞かないだろうから……そうだな。お礼代わりに、森からフィレアのご飯をハナが採ってくるっていうのはどうだい？　勿論《もちろん》食べるまではフィレアに内緒で」

そう言っていたずらっぽく笑ったジーフリート。普段は見せない少年のような表情に、思わず胸キュンしてしまい、気がつけばよくわからないのに頷《うなず》いていた。

今日は六日に一度の休息日。（どうやら休日の概念はこちらにもあるらしい）働き者のジーフリートも、仕事をせず一日ゆっくり家で過ごす為、手伝いは必要ない。家事もお休みで、食事ですら前日の作りおきのものを食べる。だから、葉菜が森に出掛けても何も問題はない。

（フィレアにプレゼントか……）

わざと毒がある危ない果物を採集してやろうかという悪巧《わるだく》みが脳裏をよぎるも、伸ばし掛けた手をすぐに引っ込めた。よくわからないが、自分はフィレアに救われたらしい。恩をあだで返すのは良くない。ちゃんと食べられるものを採ってやろう。


「――よっしゃ!!　大量、大量」

一時間も経《た》つ頃には、かごは大分重くなっていた。葉菜はいったん採集の手を止め、川原のほとりで休憩をとることにした。水で喉を潤した後、おやつ代わりに、リンゴとよく似た味がする黄土色のアフェの実をかじりながら、清涼な川の流れを眺める。

見たことはないが、もう少し下流まで歩くと川は滝壺に繋《つな》がっているらしい。危険だから近づかない方がいいと、家を出る前からジーフリートに念押しされたことを思うと、かなりの高さがあるようだ。広い森を歩いて疲れているのに、言いつけを破ってまでただの滝を見たいという好奇心も、疲労を厭《いと》わない無邪気さも、葉菜は持ちあわせていない為、けして行こうとは思わないが。

（だいたいファンタジーの世界で言いつけを破ると、ろくな目に遭わんのだ）

開けてはいけないと言われた部屋の扉を開けた青髭の妻しかり。触ってはいけないと言われた糸紡ぎを触った茨姫《いばらひめ》しかり。タブーを犯すのは物語の契機であり、必要要素ではあるが、直接的にもたらされる結果は悲劇であることが多い。ジーフリートの家で穏やかに過ごすことを望む葉菜は、そんな死亡フラグを立てる愚は犯さない。

「さあて。もう一頑張り！　うんと集めてフィレアをデブ鳥にしてやんぞ～」


日が暮れ始めたのを見て、葉菜は家路につくことにした。方向音痴ではあるが、太陽の方角を常に必死に確認し、木の枝も折り、さらにヘンゼルとグレーテルのように、ところどころに真っ白な石を落としながら採集にあたっていたため、森の中で迷子になる心配はない。備えあれば憂いなしである。

音程が外れた調子で（葉菜は残念ながら音痴でもある）少女が熊と遭遇する縁起でもない童謡を唄《うた》う。収穫物が山盛り詰まったかごの重みに、笑みが溢れる。収穫物を持って誰かが待つ家に帰るのは、嬉しいものだ。ジーフリートは、きっと誉《ほ》めてくれるだろう。フィレアはちゃんと自分が採ってきた実を食べるだろうか。いや、何も気づかず食べる筈だ。そう考えると、嫌がらせとかを考えていたというのに、待ち遠しいようなくすぐったいような温かい気分になる。

早く、家に帰りたい。家が、「我が家」が見えてきたので、小走りで向かう。自分は子どもだから、と内心言い訳をしながら、勢いよく扉を開いた。

「ただいまぁ！」

ジーフリートがきっと、穏やかにお帰りと告げてくれると思いながら。――しかし。

「……逃げろっ！　ハナ！」

返ってきたのは今まで聞いたことがないほど切迫した、ジーフリートの叫び声だった。

信じない、信じないと自分に言い聞かせながら、本当はもうとっくに信じていた。

期待していた。

いつかは自分が、ジーフリートやフィレアと「家族」になる日が来ることを。

全てを打ち明けて、受け入れられる日が、月日を重ねればやってくるだろうと思っていた。

根拠もなく、ジーフリートが自分を捨てることさえなければ、ずっと一緒にいられると、そう信じてしまっていた。

当たり前の日常が、突然奪われることがあることを、葉菜は異世界トリップを通して知っていた筈なのに。

「なんだ、まだ誰かいたのか」

咄嗟《とっさ》に固まって動けずにいた葉菜は、逃げる間もなく、傷だらけのジーフリートを拘束していた男達の一人に捕まってしまった。

(あ、ブサイク)

事態をよくわかっていない脳は、異世界で二番目に会った人間であるその男に対して、場違いな評価を下す。汚ならしい不精髭や伸ばしっぱなしの髪も問題だが、まずパーツがいただけない。一つ一つが歪で、バランスが悪い。西洋人顔ならば、良いってもんではない。

拘束していない方の男の手が、葉菜の顎《あご》を掴み、そのまま顔を覗《のぞ》きこまれた。ブサイクのアップは、実にいただけない。

「ふぅん……ガキだがまあ見られるツラしてるな。売り飛ばせばそれなりの金にはなるか」

「やめろ！　その子には手をだすな！」

「じいさん、あんたが素直に情報を吐いてくれればな」

(あ、私この世界でも、それなりに見られる顔はしてるんだ)

必死に庇《かば》ってくれているジーフリートには申し訳ないが、あさってな方向の思考回路が止まらない。

もとの世界でも、顔だけはそれなりと称された葉菜の容姿（大抵はだけど性格が……と続く）の評価がこれなら、おそらく異世界の美的基準は葉菜の持っているものと同様だろう。

よって男は、この世界でもブサイク、ジーフリートはイケメン。これが正解だ。

「……なあ、お嬢ちゃん」

現実逃避中だった思考は、男に声を掛けられたことでぶった切られた。

「お嬢ちゃんは、――のありかを知っているかい？」

「え……」

ここにきて、知らない単語が出てきてしまった。どうやら男は何かを探してジーフリートを襲ったらしいのだが、そもそも何か自体がわからなければ答えようがない。

「その顔じゃ知らないみてぇだな。仕方がない。お嬢ちゃんを使って、じいさんに聞くしかないな」

「やめろ!!」

「そう言うなら、さっさと話すことだな。……お嬢ちゃん。恨むなら、話さないじいさんを恨みな」

そう言いながら、男は葉菜を床に叩きつけ、上から覆い被《かぶ》さってきた。

「なんだ、リック。んなガキに手ぇだすのかよ。趣味悪ぃな」

仲間らしき男のからかいの野次が飛ぶ。

「こんな森を何日も歩き回らされるから、溜《た》まっちまってよ……お嬢ちゃんも痛いより、気持ちよい方が良いだろう？」

（いや、こっちの展開も、はじめてなら十分痛いと思います。子どもならなおさら）

流石の葉菜も、これが凌辱《りょうじょく》ルートであることくらいは察しがつく。ジーフリートに情報を吐かせる為に、子どもを強姦《ごうかん》。下衆《げす》の極みだ。

（処女喪失が、ゲスなブサイクによる強姦とか、どんだけー）

社会不適合だったが故に恋愛経験が皆無な葉菜には、性的な経験がない。最低最悪な初体験だが、痛めつけられたり、殺されるよりはましなのかもしれない。いや強姦された後で、痛めつけられたり、殺されたりするかもしれないが、商品候補にそんなことはしないと願って、取りあえず今は耐えよう。めちゃくちゃ嫌で、嫌で仕方がなくて、涙が滲《にじ》んできていても。どうしようもなく怖くて、顎がかちかちなって体が震えていても。……それでも、きっと、死ぬよりはましだ。

（こんなことなら、夜中ジーフリートの部屋に忍びこんで乗っかって食ってしまえば良かった……っ）

葉菜は相変わらずどこかずれた後悔を噛みしめると、全てから逃避するように、強く目を瞑った。間近でかかる、鼻につく息。体を這う、荒れた手。

葉菜は目を瞑ったまま、頭のなかでひたすら別のことを考えながら、気色悪いその行為が一刻も早く終わってくれることを祈った。二十四年間処女を貫いた身としては、性行為なんぞ、最早都市伝説と化していたのに、こんな形で実体験することになるとはと、自嘲する。

（大丈夫、こんなモブ、きっと早漏《そうろう》だ。他のメンバーは、私みたいなのに手を出すのは悪趣味だって言ってたし。すぐ、終わる。歯医者の治療だとか、多分その程度の我慢だ）

大丈夫。辛いことを耐えて、ただ時間が過ぎるのを待つのは、慣れてる。犯されたくらいでは、葉菜は絶望しない。……しない、筈だ。そう、信じたい。

葉菜が覚悟を決めた瞬間、男の手は葉菜の体をまさぐるのを止めた。

「こいつ……もしかして」

男が訝《いぶか》るような声で一人呟いて、何かを確かめるように再び葉菜に手を伸ばした、その時だった。

「……ハナ！　逃げろっ!!」

他の男の拘束から隙《すき》をついて抜け出したジーフリートが、葉菜を襲っていた男に、体当たりをした。

傾く男の体。一瞬軽くなったタイミングで、葉菜は慌《あわ》てて男の下から抜け出し、身を起こす。

逃げなければ。早く、この隙に。ジーフリートと共に。

そう思ってジーフリートに視線をやったが、その時には既《すで》に男は素早く体勢を持ち直していた。

「……っの、じじい！」

(え……)

何が起こったのか、わからなかった。

憤る男の声。傾き、倒れるジーフリートの体。ジーフリートの喉は、真っ赤に染まっていて。

男は、赤く染まった短剣を持っていて。

(……あ、……ああ……あああああ)

「おい、リック！　殺しちまったら、――の情報がっ」

「うっせぇ！　それより、絶対にそのガキを逃すなっ」

男たちが、何か争っている。だけど、葉菜の耳には届かない。

目の前で喉から血を流して倒れている、ジーフリートしか見えない。

(……血、……血だ。……止めないと)

葉菜はジーフリートの傍に駆けより、自身のケープでジーフリートの首を押さえ込む。

同じ赤色だから、見た目ではどれくらいの量の血が出ているのかわからないが、ケープの押さえ込

んだ部分は、水を吸ったかのように瞬《また》く間に重くなっていった。

「このガキは、【穢れた盾】だ！　グレアマギのお貴族様に売り払えば、存在するかもわかんねぇ鳥なんぞより、よっぽど金になる!!」

男が喜色を浮かべて何かを叫んでいる隣で、ジーフリートが、ひくひくと体を痙攣《けいれん》させながら、葉菜に何か伝えるように口を動かした。必死にその動きを解釈しようとするが、葉菜にはジーフリートが何を伝えたいのかわからない。

ジーフリートは弱々しく手を伸ばして、軽く葉菜の頭に触れた。そして、葉菜が好きな、優しい笑みを浮かべて、もう一度口を動かした。

今度は、ジーフリートが何を言いたかったのか、葉菜ははっきりとわかった。

（――大丈夫だよ。ハナは、良い子だから）

そして、伸ばされた手が床に落ちると、そのまま、ジーフリートは動かなくなった。

「……ジーフリート？　……」

震えた声で掛けた言葉に、返答はない。

震える手でそっと触れた体からは、鼓動を感じることはできず、覗きこんだ灰色の目の中の瞳孔は、暗くもないのに開ききっている。――ジーフリートは、死んでしまった。

葉菜は、絶叫した。

ジーフリートの名前と、意味をなさない吠《ほ》えるような叫びが、交互に喉から漏《も》れる。視界が涙で曇り、深い絶望が葉菜を襲った。

だけど、何より葉菜を絶望させたのは、恩人であるジーフリートの死、そのものではなかった。

何より葉菜を絶望させたのは。

恩人であるジーフリートの死への悲しみよりも。ジーフリートを殺した男への憎しみよりも。自分を守ろうとして死んだジーフリートへの罪悪感よりも。

これから自分はどうなってしまうんだろうと、まず真っ先に自分のことを考えてしまった、自分自身の醜さだった。

(――醜い、醜い、なんて醜い自分)

(呪われてしまえ、こんな自分)

(――ああ、だけど生きたい。死にたくない。傷つけられたくもない)

葉菜の体の中で、覚えがある熱が、急激に膨らんで暴れるのがわかった。

解放しろと、望みを叶《かな》えろと、熱がそう叫んでいるのが伝わる。

葉菜はその熱に、黙って身を任せた。


大学の一般教養の授業で、『山月記《さんげつき》』を習った。高校が別だった兄の国語の教科書を、興味本位で開いた時に、一度軽く読んだことがあったが、ちゃんと話を読むのは初めてだった。

人を拒絶して引きこもり、家族も顧《かえり》みずに虚栄心から詩作に没頭した結果、その罰として虎に変じた男の話。中国の古典文学の講義だった為、教授は山月記の原作となった『人虎伝《じんこでん》』の漢文と比較させたうえで、エゴイズム、もしくはナルシシズムの結果として虎に変じるというのは、『山月記』のオリジナルの要素だと講じた。

そしてナルシシズムについて、複数の資料を配付して教授は解説した。

「ナルシストは、本当の意味で自分を愛していないのだ」

その一つに、そんなことが書いてあった。

ナルシストは、本当は自分を誰よりも嫌い憎んでいるが故に、それを補うように自分を愛しているように振る舞うのだと、そう書かれていた。大嫌いな自分を、それでも守る為に。

なんだか、自分のことを言われているように思った。

もし我欲が故に虎に変じるというのなら、葉菜もまた、虎に変わるだろう。

いつだって自分のことばかりの、醜い自分も、また。

だけどそれは、馴染《なじ》むことができないまま、人間でいることより、よほど楽なのかもしれない。

たった一匹で、本能のまま生きても大丈夫な力を持っているならば。

(――人が虎に変わるなんて、ありえないけれども)


目が覚めると葉菜は、川のほとりに倒れていた。

何故、自分はこんな所にいるのだろう。家で盗賊に襲われていたのではなかったのか。もしかして、あれは、木の実の採集の途中で、寝入った葉菜が見た悪夢だったというのか。

もし夢なら、それで良かった。ジーフリートの死がただの夢なら、今から家に帰れば、ジーフリートは優しい笑顔で「おかえり」と言ってくれる。葉菜はそんなジーフリートに抱きつこう。そして恥も外聞もなく、「怖い夢を見たんだ」とジーフリートの胸で泣きわめこう。ジーフリートはそんな葉菜の頭を撫でて、大丈夫だと、葉菜は良い子だから、と言ってくれるだろう。

体勢を起こすと、葉菜は猛烈な渇きを覚えた。口の中が、何かが張り付いたかのように乾いていて、なぜか塩辛い。体が重くて立ち上がることができず、地面を這って川へと近づくと、ごく自然にそのまま水に口をつけた。

清涼な味がする。何か釈然としないものを感じながらも、そのままがぶがぶと、自身の渇きが満たされるまで水を飲み続けた。

すっかり満足して顔をあげた時葉菜は初めて、水面に映った自身の姿を見た。

葉菜は叫んだ。

だが葉菜の声帯は葉菜の叫びを甲高い悲鳴に変換せず、口から漏れたのは獣の雄叫《おたけ》びだった。

水面には、毛皮を血に染めた一匹の白虎《びゃっこ》が、悲痛な面持ちで吠える姿が映っていた。

◆◆◆　◆◆◆　◆◆◆

とある王宮の、城内のものにさえ存在を秘され、巧妙に隠された小部屋の中。一人の男が、文を片手にたたずんでいた。

まるで精巧に作られた人形のような、恐ろしいまでに冷たく整った顔立ち。大柄でこそないものの、手足が長く、バランスよく引き締まった体。高く結い上げた長い髪と、今は手もとの文に視線を落として伏せられた瞳は、闇をそのまま溶かしこんだような、混じりけのない漆黒だ。

男は美しかった。だが文を読み進めるにつれて、美しいその顔は不機嫌そうに歪んでいく。

「なぜ見つからない……！」

男は苛立《いらだ》ちに任せて、各地から送られてくる報告書を破り捨てた。

四ヶ月だ。四ヶ月もの間、自身の持つ権力や財産を駆使して、ファルス大陸中を探させた。それなのに、いまだ【招かれざる客人】の行方は掴めない。

グレアマギ帝国内はもちろん、プラゴドやナトアにも密偵を派遣したのに、僅《わず》かな目撃証言すら得られなかった。ファルス大陸以外のべつの大陸に落ちたとは考えにくい。ならば考えつく可能性は。

(既に先を越され、存在を秘することができるほど有力な誰かの囲いものになっているか、だ)

男はぎりと音を立てて、形が良い小粒の歯を、擦りきらんばかりに噛み締めた。

【招かれざる客人】の存在は、グレアマギのものならば、一度会えば誰でもすぐそれと気がつく。感知能力が低いものでも、体に触れさえすれば、皮膚を通じてそれの力が勝手に伝わってくるからだ。

それほどまでに、その存在が持つ力は膨大であり、また、異質でもある。そんな、派手な目印を垂れ流している【招かれざる客人】の情報が全く流れていない理由は、既に他の者の手に渡った以外に考えられない。

ただの利潤追求者か収集目的の好事家《こうずか》なら、まだよい。問題は、それが男と敵対するものに渡った時だ。最悪の想定に、男は艶《つや》やかな漆黒の髪を掻《か》き毟《むし》った。

時間がない。あと八ヶ月しか男には残されていない。それまでに何とかして「傀儡《かいらい》」を手に入れなければ。

同等かそれ以上の力があるならば、【招かれざる客人】でなくとも構わない。ファルス大陸に国家が成立する以前の古《いにしえ》の権力者が契約したとされる、悪魔とだって契約する。たとえその代償が自身の魂で、死後永遠の従属が待っていようが構いやしない。

男の望みはただ一つ。それを、叶える為ならどんなことでもする。

「――っ」

不意に室内に膨大な力が入り込む気配を感じた。まさか、願いが通じて悪魔が召喚されたか、そんな馬鹿げたことが頭をよぎったが、当然ながら現れたのはそんなものではなかった。

現れたのは、焔《ほのお》を身にまとったかのような真紅の美しい鳥。鳥は男の方を向くと、その嘴を開き

――

「……なに呆《ほう》けた顔をしてやがる、クソ皇太子。ここが元々誰の部屋だったか考えりゃあ、俺が入り方を知っていてもおかしくねぇだろうが」

――その気高い姿には似つかわしくない暴言を吐いた。

「……あいかわらず口が悪いな。フィレア」

「てめえがその名前で俺を呼ぶんじゃねぇ!!」

フィレアは足を踏み鳴らしながら威嚇するも、すぐに不機嫌そうに舌打ちをして顔を背《そむ》けた。

「こんな胸糞わりぃ所一刻も早く出てぇから、用件だけ言うぞ。……ジーフリートが死んだ。盗賊に襲われてな」

「……そうか。大叔父上《おおおじうえ》が死んだか」

フィレアの言葉に、男は驚かなかった。フィレアの姿を見た時点で、その言葉は予想していた。

寧《むし》ろ、かくも長い間もったものだと思う。誰もが欲しがる、万病を癒す力を有した「不死鳥」であるフィレアと、半世紀近くもの長い間契約し、傍に置いていたというのに。

「はっ、あいつも老いたな。少し魔力が不安定になったくらいで、結界に綻《ほころ》びを作りやがった。昔のあいつなら、んなヘマはけしてやりゃしなかったのに」

「…………」

「その癖俺を【従獣の間】に閉じめやがった！　戦闘に関しては大した力も持たねぇ、軟弱野郎の癖によっ！　それでおっちんじまうとか、自業自得としか言えやしねぇ。本当にあいつは最後まで大馬鹿野郎だ」

フィレアの吐き捨てる罵《のの》りに、男は沈黙で返した。

その罵りのなかに、隠しきれないどうしようもない悲痛な叫びが混ざっているのを感じたからだ。

この気高い鳥は、男に慰められるのも、弱い部分を晒すこともよしとしないだろう。フィレアがそれを許したのは、ただ一人、ジーフリートだけだ。

フィレアは感情が漏れ出ていることに自分から気づき、すぐさま口を噤《つぐ》んだ。そして少し失敗した舌打ちを鳴らして、再び男に向き直る。

「……んなことはどうでもいいな。それより、ジーフリートから遺言だ。いつか自分の身に何かあった時に、てめえに伝えろと言われていた」

「遺言……？」

「――『娘』をお前に託したい。よろしく頼む、だとよ」

「娘だと……っ大叔父上は独身ではなかったのか!?　いつの間にっ」

「話を最後まで聞きやがれ、腐れ太子」

掴みかからんばかりの男の様子に、フィレアは冷たく言い放つ。

「娘っつっても、ジーフリートがその辺で拾ってきたガキだ。王位継承権なんかねぇよ」

「……そうか」

あからさまに安堵《あんど》の表情を見せる男にフィレアは冷ややかな視線を向けるが、男には気にならない。そんなことよりも、大叔父の血を引く娘がいないという事実の方が大切だった。

現在、王族の直系は男ただ一人。そこで大叔父の隠し子が露見したなら、争いの種になることは火を見るより明らかだ。そうでなくとも、男はその性質が故に、王宮において非常に不安定な立場にある。僅かな不穏の芽も男には命取りになる。

「しかし、なら何故大叔父上は俺にそんな遺言を……？」

男は秀麗な眉をひそめた。血縁ならまだしも、何故どこの馬の骨かもわからない女の面倒を自分が見ると思うのか。

男は別段ジーフリートと親しかったわけではない。なんせ男が物心がついた頃には、既にジーフリートは城を出て隠者のような生活をしていた。会ったことなど数えるほどしかない。

それでもなぜか男はジーフリートにいたく気に入られ、若かりし頃に彼が使用していた隠し部屋まで譲ってもらったのだが、だからといって信頼され死後に大切なものを託されるような関係ではけしてない。そんなものをホイホイ引き受けるようなお人好《よ》しでもない。

そんな男の考えを悟ったフィレアは、異種族故の表情のわかりづらさですら隠しようがない、はっきりとした嘲笑を浮かべた。

「てめえは受けるさ。ジーフリートの遺言を」

「……」

「なんせあのガキは、てめえが欲しくて欲しくてたまらねぇ、『魔力持ち』だからな」

ハッとしたように男は顔をあげた。わかりやすい態度を示す男を、フィレアは鼻で笑う。

「まさか、【招かれざる客人】か……っ!? 大叔父上が保護してたのか」

「それはてめえで確かめればいい。だがあのガキが、ジーフリートを軽く超える魔力を持ってやがったことは確かだ。だからこそ……」

そう言ってフィレアは言葉を呑《の》み込んだが、思わぬ僥倖《ぎょうこう》にうかれる男は気づかない。

ジーフリートはその性質はどうであれ、保持する魔力量そのものは、国内でも五指に入るほどだった。それを凌駕《りょうが》する魔力を持つ娘。それが【招かれざる客人】であろうが、あるまいが、男が望む傀儡には十分過ぎる存在だ。

「その娘はいまだ森にいるのか?」

「俺が知るかぎりはな」

「わかった。すぐに人を……否、俺が自ら出向こう。城を離れる前に片付けなければならないことがあるから、今すぐにとはいかないが……」

「勝手にしろ。俺には関係ねぇ。それじゃあ、確かに伝えたからな」

淡々とそう言い捨てて、城を去ろうとするフィレアを男は訝しげに見やった。

「……その娘をちゃんと俺が保護するのか見届けなくてよいのか?」

「俺が頼まれたのは伝言だけだ。それが済めゃ、あんなクソガキ、どうなろうが知ったこっちゃねぇ」

「大叔父上が死んだのだろう。行く当てがないなら、俺に仕える気はないか？」

「冗談」

フィレアは振り向きもせずに言い放つと、その羽を広げた。

「――本当にてめぇらはよく似てるよ……自分のことばかりで、他人を自分の損得でしか捉えられねぇ、その愚かさが。似合いの主従になるだろうよ」

一人言のようにそう皮肉ると、宙に溶けるかのようにフィレアは部屋から姿を消した。

◆◆◆　◆◆◆　◆◆◆

星一つないグレアマギの上空。

フィレアはただ一羽、闇夜に紛《まぎ》れるように飛んでいた。昼間はひどく目立つ真紅の羽毛も、月も出ていない夜には問題ない。羽毛の色はその気になれば変化させられるが、所有魔力の大きさに反して、自由に行使できる魔力量は少ないフィレアにはなかなか酷な行為である為、やらないにこしたことはない。

（これから、どこへ行くか……）

行く当てなぞない。ジーフリートがいた場所こそが、三百年生きたフィレアにとって唯一の住みかであり、帰る場所であった。

フィレアのオレンジの瞳から、金色に輝く涙がこぼれ、宙に落ちた。次から次へと、こぼれ落ちるそれは、月が明るい夜ならば、金色の雨のように見えるのかもしれない。

（　こんな涙、涸《か》れちまえばいい）

フィレアの安息を奪うばかりで、一番大切な、フィレアが何よりその効果を切望した時に、役に立たない涙なぞ。

人間は不死鳥という種族を、神に祝福された種族だという。焔の中から生まれ、千年の悠久の時を生きた後、再び焔の中で再生する美しい鳥。その涙は万病を癒す力があり、その血液は人を不死に導くと言われた幻の種族。

そんな伝説を耳にする度、フィレアは嘲笑《あざわら》いたくなる。フィレアに言わせれば、不死鳥は神に呪われた種族だ。人間は勘違いしている。不死鳥は不死ではない。不死鳥は千年の間、どんな苦痛を感じようが、生きるのを嫌おうが、けして死ねないだけだ。

千年の生を全うして不死鳥はようやく死ぬことができる。死の直前に、単性で子を宿して。子は、焼け死ぬ親の腹から生まれてくるのだ。

親の温《ぬく》もりを知らず。単性故につがいを求めることもなく。稀少《きしょう》さ故に同朋と邂逅《かいこう》することもままならず。万病を癒す涙と、不死の効果があるとデマが出回る血液を狙う人間から逃げ回り、ただひたすら、気の遠くなるほど先にある死を待ち続ける。――それこそが、不死鳥に課された定めであり、呪いだ。

フィレアは二五〇年間近くの年月を、そうやって生きてきた。絶え間なく襲う孤独と、人間に襲われ傷つけられる苦痛に苛まれる日々。ただひたすら耐え忍び、滅びの時が訪れることを祈りながら待ち続け、それでもまだ定められた生の四分の一。絶望が故に発狂したくとも、内に宿る全てを――精神の病すらも――癒す魔力が、それを許さない。

そんな時だった。フィレアがまだ一〇代だったジーフリートと出逢ったのは。

『私と契約しないかい？　私は契約魔法の能力だけは高いから、君に逃げ場を作ってあげられるよ』

人間に襲われて両翼を切り取られ、再生能力も追い付かないまま必死に逃げのび、身を隠していたフィレアをたまたま見つけたジーフリートは、そう提案した。

主従契約――それはこの世界の全ての生き物が交わすことができる、魂の絆《きずな》だ。

従なるものは、主なるものの命令に従う代償に、主なるものの持つ能力や物の恩恵を得ることができる。契約魔法の能力が高いものが主になる場合、その恩恵は【従獣の間】と言われる、亜空間における安息の場であることが多い。

安心して束《つか》の間《ま》の睡眠に身を任せることもできないフィレアにとって、確かにそれは魅力的な申し出であった。――だが
『――断る。人間なんぞと誰が契約するかよ』

欲深く、浅ましい人間。

そんなものと契約したら、際限なく涙も血も絞りとられるのが目に見えている。

たとえ従なるものが望み、主なるものが与えられる恩恵は必ず与えなければならないという決まりがあったとしても、信じられない。なにより孤独に生きてきたフィレアにとって、契約により誰かに縛られ、傍に置かれるというのは恐怖だった。

頑《かたく》なに契約を拒むフィレアに、若かりし頃のジーフリートは、優しげに笑って――特化した契約魔法能力を全開に可動させて、無理矢理主従契約を成立させた。

『私はね、他人を拒んで自分の殻にこもって倦《う》んで、世界を呪っている君みたいな子を、ただひたすらに構い倒すのが好きなんだ』

そんなことを飄々《ひょうひょう》とのたまいながら。――嘴で目玉をえぐりだしてやろうかと思った。

どこぞの拾い子は、ジーフリートを聖人君子のように思っている節があるが、実はジーフリートは結構いい性格をしている。

【穢れた盾】についても、明らかにわざとらしい拾い子の幼さを強調する演技についても、説明したり突っ込んだりしなかったのは、拾い子が完全に心を開き打ち明けてくれるのを待っていたというのもあるが、恐らく異世界に戸惑いながら小動物のようにビクビクと警戒して、どこかあさってな生きる努力をする拾い子の様子を、観察して楽しんでいた部分が大きいとフィレアは思っている。

ジーフリートは、そういう男だ。悪趣味で、腹黒くて、屈折していて、人間に対する好き嫌いが激しくて――そして、一度懐《ふところ》に入れたものには、驚くほど情が深い。

フィレアと契約した当時、ジーフリートは王位の第二継承権を持っていた。第一継承権を持つのはジーフリートの三つ上の兄であったが、母親の身分は低く、所有魔力の量からしても、ジーフリートこそが次期国王に相応《ふさわ》しいと囁《ささや》かれていた。

それなのにジーフリートはフィレアの為に、あっさりと継承権を捨てた。贅沢《ぜいたく》で華美に溢れた城を出奔《しゅっぽん》し、森でフィレアと二人、隠者のように生活する道を選んだ。

争いや拒絶を繰り返しながらも、年月が流れるうちに、一方的だった契約が正式なものへと変わったのは必然だった。

ジーフリートはフィレアに居場所をくれた。彼という、家族をくれた。フィレア、――焔を意味する名前をくれた。五〇年近くもの年月を、彼の人生のほとんどをくれた。

そして、最後は、その命さえも、フィレアにくれた。フィレアがあげられたものなぞ、ほとんどないに等しいというのに。

(共に、滅んじまいたかった)

不死鳥故にそれが許されぬというなら、本当に自身の血に不死の力があればと何度切望したことだろうか。ジーフリートと共に、命を終わらせることができるなら、体を流れる血が一滴もなくなったとしても構わなかったのに。

「ジーフリート……ジーフリート……ジーフリート」

何度宙に呼び掛けても、声が返ってくることはない。当たり前だ。ジーフリートは、確かに死んだ。不死鳥である自分を捕まえにきた盗賊に首を切られて。

フィレアはジーフリートが作り出した【従獣の間】の中で、それを見ていたのだから。

出せ、と叫んだ。自分はどんな目に遭おうと死なないのだから、捕えられても構わないと、だからその傷を癒させろと、契約により繋がっているその意識に訴えた。

それなのに、ジーフリートはけしてフィレアを外に出さなかった。フィレアを傷つけたくないのだと、そう言って。

「……大馬鹿野郎」

何故ジーフリートを喪《うしな》う方が辛いのだと、わかってくれなかったのか。

捕えられ、ジーフリートから引き離されて、遠い見知らぬ地で苦痛の日々を送っても構わなかった。

ジーフリートが、生きてさえいてくれるのなら。

（……あのガキはこれから、どうするんだろうな）

負の感情による魔力の暴走によって、魔獣に変じたジーフリートの養い子のことがふいに脳裏によぎる。【従獣の間】は、ジーフリートが死してなお、一日近く持続してフィレアを拘束していた。最《さい》期《ご》の瞬間放出し尽くした、ジーフリートの残りの魔力全てによって。

フィレアは見ていた。養い子に何が起こったかも。その後どうなったかも。

男にそれを教えなかったのは、単なる養い子への嫌がらせだ。

（……自分の姿に、猜《さい》疑《ぎ》心《しん》で正体を告げられない自分に、絶望しちまえばいい。あんなくそガキ）

ジーフリートが死んだのは、養い子のせいだと逆恨みする気はない。

養い子が魔力過剰のせいで熱を出し、それを吸収したジーフリートが自身の魔力を乱して、結界を不安定にさせたのは事実だ。養い子が犯されようとしなければ、ジーフリートがあんな無謀な反撃を行わなかっただろうことも。

だけどそれは全て一因だ。ジーフリートの死の大本は、フィレア自身にある。フィレアがいなければそもそも、ジーフリートは盗賊に襲われることはなかったのだから。

責任転嫁しようとも思わないし、したいとも思わない。それはフィレアの咎《とが》だ。フィレアの為に、ジーフリートは死んだ。――その甘さすら帯びた苦痛に満ちた事実を、フィレアは誰にも譲らない。

そんな怨《えん》恨《こん》からではなく、単にフィレアは、ジーフリートの養い子――ハナという名前の子どもが、どうしようもなく嫌いなのだ。自己中心的で。猜疑心が強くて。その癖他人に受け入れてもらいたがっていて。甘えていて。人との触れ合いが下手で。――ジーフリートに出逢う前の自分を思わせるハナが、大嫌いだった。

『私が死んだら、ハナをよろしく頼むよ』

夜、二人きりで部屋で寛いでいる際、脈略もなくそう切り出したジーフリートに、フィレアは否と叫んだ。大嫌いなあんな子どもの面倒を何で自分が見なければならないんだ、と。そんなにあの子どもが心配なら、一〇〇まで生きて養い子の孫が生まれるくらいまで見届けろと、そう突っぱねた。

そんなフィレアの反応にジーフリートは苦笑して、せめてもと、あの遺言を託した。それすらフィレアは頑として拒否したのだけど、結局はこうしてちゃんとジーフリートの遺言を果たした。

（これで十分だろう？　ジーフリート。少なくともあのガキの、衣食住は確保してやったんだから）

『――何で、そんなにフィレアはハナを嫌うのかね。二人は私から見たらよく似てるのに』

遺言を拒絶した時、ジーフリートが苦笑しながら言った言葉が脳裏に甦《よみがえ》る。

同族嫌悪故だと察している癖に、すっとぼけた様子のまま、ジーフリートはこう続けた。

『私にとってハナが娘ならば、フィレアにとってハナは姪《めい》みたいなものだろう？　気に掛けてやってくれよ。あのこは、一人ぼっちで、今まで生きてきた世界と別の世界にいるのだから』

「…………」

まるで死んだジーフリートに諭《さと》されたかのように思い出した記憶に、フィレアは苦々しげな表情を浮かべる。単にジーフリートとの幸せな記憶に浸っていたかったのに、余計な記憶まで思い出してしまった。

（――いや、クソ皇太子にクソガキを任せた以上、あのクソガキは帝都に住むことになる。んなとこに俺がいるのをジーフリートは望まねぇだろう）

身を隠す場所も少ない帝都で、フィレアの姿はひどく目立つ。羽毛の変化とて一日中保てるわけではない。一目フィレアの姿を見れば、帝都の民は即座にフィレアを不死鳥だと気付き、躍起《やっき》になって捕らえようとするだろう。そんな状況をジーフリートがよしとするわけがない。それくらい、愛されていた自覚はある。

思わない。思わないのだが……。

「——っ〜〜」

フィレアは嘴の奥で唸《うな》った。帝都の民に見つからずに、帝都に住み着く術《すべ》がないわけではない。ないわけではないが、切実にやりたくない。その行為を堪《たま》らなく屈辱だと思うが故に、フィレアは危険を承知でその手段に頼らなかった。ジーフリートの前ですら、行ったことがない行為だ。

(なんで俺があんなガキの為に、そこまでやってやらなけりゃなんねぇんだ！)

首を左右に振って、思考回路を振りきると、飛ぶ速度をあげて、ネウトの森をめざす。

暫《しばら》くは墓守りのように、あの森で過ごしてみようか。そしてその後は、別の大陸に渡って……

『——私が死んだら、ハナをよろしく頼むよ』

「……だあぁあ!! このクソったれ!!」

フィレアは再び浮かんだ過去のジーフリートの言葉に一人罵りの声をあげると、そこから一八〇度旋回をし、元来た方向へと向きを変えた。どうせフィレアには嫌でも七〇〇年もの時間が残されている。そんな永い生のごく一時くらい、屈辱的な状態で日々を送るのも悪くはないのかもしれない。

たとえその理由が、大嫌いな女の安全を見守るためという、輪を掛けて屈辱的なものであっても。

フィレアは大きな舌打ちをすると、先ほどまで自分が飛んでいた軌跡をなぞるように、再び帝都の中心に聳《そび》え立つ城に向かって翼をはためかせた。

第二章

森の茂みの奥。丈の短い草が生い茂っている場所で、額に一本の角が生えたウサギが草を食《は》んでいた。本来一角ウサギは群れで生息する生き物だが、成獣となったばかりで未《いま》だ冒険心が旺盛な年頃であるそのウサギは、群れを抜けだして一匹で餌を探しに来たようだ。

不意にウサギが草から口を離して体勢を起こし、ピンとその長い耳を伸ばした。鋭い彼の聴力は、不穏な物音を捉えたらしい。ウサギは一度鼻をひくつかせると、その発達した脚力をもって、その場から逃れようとした。だが、その判断は余りにも遅すぎた。

茂みから飛び出す一匹の白虎《びゃっこ》。その鋭い牙は瞬《また》く間《ま》にウサギの首根に食い込んだ。なんとかその凶《きょう》刃《じん》から逃れようとウサギは足をばたつかせるものの、白虎の牙はウサギの頸動脈《けいどうみゃく》を正確に捉えて離さない。哀れな年若いウサギは体を痙攣《けいれん》させ、やがて動かなくなった。

(うん、今日も私の獣の体、絶好調)

ウサギをくわえた白虎――葉菜《はな》は、自分の狩りの成果に満足げに頷《うなず》いた。

(――さて、どこでご飯を食べようか)

この場で食べれば、ご相伴《しょうばん》に預かろうと血の臭いを嗅ぎ付けて寄って来ている小型の肉食獣の気配が鬱陶《うっとう》しい。だが住みかに持って帰ると、血でその場を汚してしまう。

（まあ、いいか。ここで食べよう）

葉菜が獲物を置いて一度吠《ほ》えると、周囲の気配がすぐに四散する。元々葉菜の食事中は傍《そば》に寄り付いて来られない、食べ残し狙いの脆弱《ぜいじゃく》な動物たちだ。これで暫《しばら》くはゆっくり食事ができる。葉菜は地面に置いたウサギの死体に勢いよくかぶり付いた。

『山月記《さんげつき》』の主人公は、ウサギを我を忘れて食い尽くしたことにショックを受けていたが、葉菜は気にしない。そんなことが全く気にならないほど、最初に恐ろしい洗礼を受けた。

さすがにかわいそうだくらいはチラッと思うけど、そんなの気にしたら生きてはいけない。所詮《しょせん》この世は弱肉強食。食うか食われるかの世界だ。

（うん。うまい）

口いっぱいに広がる血の味と、生肉の触感。料理した方が美味《おい》しいとは思うが、それでもちゃんと美味しく感じる。恐らく獣化したことで味覚が変わったのだろう。

食べられる部分を食べ尽くして、無惨な姿と化したウサギの骸《むくろ》を放置すると（残りは集まった獣君たちに贈呈しよう）、葉菜は川原に向かった。顔についた血を洗い落とすついでに水浴びをする。さほど暑い季節ではないが、川の冷たさは分厚い毛皮に遮《さえぎ》られ気にならない。

そのまま、日課である散歩道を進んだ。ジーフリートの家の少し手前に、土をかぶせて適当な枝を差しただけの、こんもりとした塚のようなものが見えた。

葉菜はその手前に置いてある萎《しお》れた花を脇に捨てると、近くにあった真新しい花を噛み切ってくわえ、同じ位置に置いた。

（ジーフリート……）

心の中でその名を呼びながら、黙祷《もくとう》を捧《ささ》げる。それは獣になった葉菜が作った、精一杯のジーフリートの墓標だった。

あの日、意を決してジーフリートの家へと向かった葉菜が目の当《ま》たりにしたのは、予想通りの惨劇の痕だった。

喉元を噛み切られたり、爪で体を引き裂かれたりして絶命している盗賊たちの死体。自分がやったのではないと思うには、無理がある。初めて目にする凄惨《せいさん》な死体に、葉菜はその場で嘔吐《おうと》した。

せめてもの救いは、死体に食い散らかしたような跡がなかったことか。自分は殺人の罪は犯しても、カニバリズムの罪は負わなくて良いらしい。

来なければ、知らなければ良かったと悔いたところで、最早《もはや》見ないふりはできなかった。死体を放置して自然に還るまで待つわけにもいかないだろうから、死体をどこかで処理しなければならない。

葉菜は嫌悪感に耐えながら、盗賊の死体一つ一つを、ジーフリートから以前聞いた滝壺に運んで捨てた。発達した獣の体は、大人の男の死体を背負ってもさして重みは感じなかったが、毛皮を通して伝わる冷たい「死」の感触に、葉菜は何度も死体を地面に落としてしまった。

全ての盗賊たちの死体を捨て終わると、ジーフリートの家の脇に穴を掘った。スコップと違い、爪で土を削り出すような行為はなかなか困難だったが、全身を土まみれにしてひたすら掘り進めた。人間一人分程度の大きさの穴が掘れると、ジーフリートの遺体を静かに運んで来てそこに横たえた。

見開いたままの目を――汚れた手でジーフリートを触ったり、鋭い爪で遺体を傷つけたりしたくなかった為《ため》――舌で瞼《まぶた》を動かして閉じさせる。掘った土を上からかぶせて、できるだけ丈夫で真っ直ぐな枝を上から挿し、不恰好《ぶかっこう》ながら墓標は完成した。

それから小一時間ほど、葉菜は墓にすがるように哭《な》いた。泣き声は、遠吠えのように森に響いた。

その後、行く当てもなく放心したように森を彷徨《さまよ》っていると、住むのにちょうどいい洞窟を見つけた。葉菜は三日三晩、その洞窟のなかで引きこもった。

(人を、人を何人も殺してしまった)

(なんで、獣の姿なんかに。私はもう人間には戻れないのか)

(私を庇《かば》ってジーフリートが死んだんだ。私のせいでジーフリートが)

鬱々と考えることは山ほどあった。

特に記憶にない殺人の罪は葉菜に重くのし掛かり、葉菜の心を暗鬱《あんうつ》にさせた。

殺人は大罪だ。たとえ相手がジーフリートを殺した極悪人だろうとも、それは変わらない。正当防衛だと、記憶にないから仕方ないと、自分自身に言い訳しても、二十四年間で培ってきた倫理観が自分自身を許さない。

消えてしまいたかった。罪深い自分など、こんな獣と化した自分なんか、消えてしまえば良いと思った。もう死んでしまおうかとも考えた。この世界で、葉菜が死んで悲しんでくれただろう人は、唯一涙を流してくれただろう人は、もういないのだから。

葉菜が死んでも、この世界には何の影響もない。

四日目の朝、葉菜は洞窟から出た。死ぬ決心をしたからではない。——腹が減ったからだ。

空腹でふらついた体でも、驚くほど簡単に捕まった鹿に、葉菜は無我夢中でかぶり付いた。

美味しかった。美味しいと、もっと食べたいと感じる自分に泣けた。死にたい、死にたいと表面上いくら嘆いたところで、体は、本能は正直だ。食べるという、生きる為の行為に歓喜している。

(――今の私は獣だ)

獣ならば、人間の倫理観など、人間が勝手に作り上げた「罪」への観念など、関係ない。ただひたすら、生きる為だけに必死に生きていくだけだ。そう開き直れば、すとんと気持ちが楽になった。

葉菜は泣きながら、涙と鼻水でしょっぱくなった鹿の死体をむさぼり続けた。

そうして葉菜は、獣として生きていくことを受け入れた。

開き直ってしまえば、獣の生活はとても楽だった。好きな時に食べ、好きな時に眠る。食べる為の動物や植物は簡単に手に入るし、この大陸の気候は一年を通じて温暖な為、寒さに震えて苦しむこともない。夜の冷え程度なら、分厚い毛皮で十分凌《しの》げる。肉食獣として、食物連鎖のほとんど頂点に立っているといっていい虎に変じた為、外敵に脅《おび》える必要もない。

獣としての生活は、奇妙な安らぎがあった。

もう社会に適応できずに劣等感に苛《さいな》まれることも、見捨てられる恐怖に脅えることも、生きる不安を抱えることもない。人間の侵入者にさえ気をつけていれば、他はなにも考えなくてもいい。

人は怖い。――人は葉菜を傷つける。

獣に変じる前は、元の世界でも異世界でも、葉菜は上手く人と関わることができず、精神的に傷ついてばかりいた。獣に変じた今、人間は葉菜の精神だけではなく、肉体までも傷つけるやもしれない脅威に変わった。

葉菜が殺した盗賊たちの仲間が、復讐《ふくしゅう》にくるかもしれない。そうでなくても、自分は人間を襲うかもしれない害獣だ。見つかれば駆除されるかもしれない。

ならば極力人間に関わらないようにして、一人ぼっちで、否、一匹ぼっちで大人《おとな》しく生きていこうと、そう思った。どうせ同族もおらず、生殖活動もままならぬ体だ。孤独に生きる覚悟はできている。

一匹だけで孤独に生きるのは、きっと、集団の中で孤独に生きるよりはましだ。

眠ると必ず人間に戻った夢を見る。元の世界で家族や数少ない友人と過ごしたり、あの家でジーフリートやフィレアと生活する夢だ。起きた時は流石に孤独を感じて涙を流すけれど、それだけだ。今の状況で、力がない人間の自分に戻りたいとは思わない。

(そういえば、フィレアはどこにいるのだろうか)

墓標から背を向けて洞窟へと戻りながら、ふとそんなことを思う。

ジーフリートを喪《うしな》った日の朝以来、姿を見せないフィレア。あの賢い鳥は、どこへ行ったのだろうか。獣となった今なら、もしかしたら会話ができるかもしれない。そうすれば、前とは違った関係が築けるのではないか。

(……いや、あいつが私を好きになるわけないか)

フィレアは、葉菜が人間の時でも、話していることが通じていたかのような態度だった。会話ができたとしても、フィレアのあの態度は変わらないだろう。

それにあの賢い鳥は、もうとっくに遠くに行ってしまったに違いない。フィレアが愛したジーフリートがいない今、フィレアがこの地に留《とど》まる理由などないのだろうから。

葉菜は、フィレアが自身の孤独をまぎらわせてくれるかもしれないという期待を、頭の中から振り払うと、住みかまで駆けていった。

人間であることの証明のように、毎日ジーフリートの墓参りに出向いているが、葉菜は自身の怠惰《たいだ》で薄情な性質を知っている。そのうちに墓参りに出かけなくなる日が出来て、日に日にその期間が長くなっていき、やがて滅多《めった》に寄り付かなくなるだろう。そうなった時、自分は身も心も完全に獣になるのかもしれない。

その時が訪れるのが、少し待ち遠しい自分がいた。


「――動くなっ！　動けば切る」

完全に油断していた。そうとしか言いようがない。

いくら警戒し怯《おび》えても、一向に森に侵入してくる人間の気配を感じることがなかった為、葉菜はすっかり気を抜いていた。何も考えずに、いつものようにジーフリートの墓参りに向かっていて、近くまで来て漸《ようや》くそこに人間がいることに気づいた。

自分は注意欠陥傾向が強いことを、葉菜はすっかり忘れていた。否、獣になったなら、獣の本能やら嗅覚やらなにかで、補正してくれるものだと勝手に期待していた。

(働けよ!!　野生の勘っ)

自分を責めても、最早遅い。逃げようと思った頃には、喉元に剣先を突きつけられていた。

絶体絶命である。冷たい汗が全身の毛皮を濡《ぬ》らす。

だが、葉菜を固まらせていたのは、命の危機に対する恐れだけではなかった。剣を突きつける人物の一点に、視線が縫い付けられて、逸《そ》らせない。……どこにか、といえば、すなわち顔。

（とんでもねぇ、美形だ……っ！）

盗賊の時といい、絶体絶命の危機を前にして、美形か不細工かなぞ考えている場合でないだろうとは思うが、考えてしまうものは仕方ない。

こんな美形、テレビでだって見たことがない。なんせ、見方を変えれば個性やチャームポイントとなりうるような欠点が、顔のどの部分をとっても見つからないのだ。全てのパーツが理想的な形状で、絶妙なバランスをもって配置されている。

人形か、もしくはリアルなＣＧを見ているようだ。思わず手を合わせて拝みたくなる。だからといって、「こんな美しい人に殺されるなら構わない」と思うほど乙女ではないけれども。

（……さて、どうしようか）

何とかして、剣を突きつけている美形に、自分が無害だとアピールしなければならない。

これはあくまで勘だが、この美形があの不細工盗賊たちの仲間だとは思えない。顔面偏差値の差という偏見も大いにあることは否定しないが、そもそも身なりからして違う。盗賊たちが着ていた服は、ツギハギもあるような古くて質が悪いものだったのに対して、美形が纏《まと》っている衣服は、服に詳しくない葉菜でも一目で良い仕立てだとわかる上等なものだ。盗賊の親玉、もしくは黒幕説は否定できないが、復讐に駈《か》られてこの森にやってきたという可能性は、まずないだろう。

なら、葉菜が襲いかからなければ問題ないだろうか。否、もしこの美形が、英雄志向が強い勘違い男なら、葉菜を虎というだけで退治しようとするかもしれない。中国の英雄譚《たん》には、虎殺しの異名をもつ男の話もあった筈《はず》だ。美形さんの経歴に花を飾る為に殺されたんじゃ、たまったもんじゃない。

（こうなれば、腹を見せて寝転ぶしか……）

腹を見せるのは動物の服従のポーズだ。白い毛皮の中でも、一際真っ白でふわふわな腹の毛を男に見せつけてやろう。巨大な虎の服従のポーズ。自分で言うのもなんだが、想像しただけで堪らなく愛らしいではないか。こんな愛らしい生物を容赦なく切りつけてくる鬼畜生なぞいない……筈だ。

そう思って葉菜が寝転ぼうとした時、突きつけられた剣先が下ろされた。

「もしかして……お前がジーフリート大叔父上《おおおじうえ》の養い子か？」

どこか困惑気な表情の男から発せられた、思いがけない名前に葉菜は目を見開いた。

「ジーフリート、知ってる？」

（あ、しゃべれた）

自分の口から人間の言葉が出たことに葉菜は驚いた。

いや、口から出たと言ったら語弊《ごへい》がある。葉菜の声帯は震えていない。腹話術か何かのように、口を動かさないまま、言葉にしたかったことが音になって響いた。人より高いその声質は、人間だった頃の葉菜の声のまま。言葉も、こっちの言葉を話しているようにカタコトのままだ。

不思議な感覚だった。原理はわからないが、取りあえず人間とコミュニケーションが可能だと知って安堵《あんど》する。会話さえできれば避けられる危険もあるだろう。申し開き一つできずに、一方的に害獣だと決めつけられて、殺される可能性が少し低くなった。……勿論《もちろん》葉菜が何を主張しようとも、見かけだけで判断され、害される可能性も大いにあるが。

「あぁ。ジーフリートは俺の大叔父にあたる。……剣を向けてすまなかった。話に聞いていた大叔父上の養い子が獣だとは思っていなかったんだ」

（いや、確かに私は人間でした）

剣を下ろし謝罪の言葉を述べる美形の男に内心そう返しながらも、勝手に納得してくれたなら、と敢《あ》えてそれは口にしない。

人間が獣に変じる。それがこの世界でどういう意味を持っているかわからない以上、下手なことは口にしない方がいいだろう。獣だからと襲われるなら、一か八か自分の正体を告げてみるのも考えるが、その危険がないならわざわざリスクを負う必要はない。

それにこの先も、無知で無垢《むく》で無害な存在を演じるなら、獣だと思ってもらった方が都合が良いかもしれない。二十四歳で子どものふりをするより、きっと楽だ。

「大叔父上は……」

男の視線がジーフリートの墓標を捉え、やがて痛ましげに伏せられる。

「殺された……盗賊に。墓、作った」

「あぁ、そのようだな。そして大叔父上は、死ぬ前に俺に遺言を残したんだ」

「遺言……？」

男が真剣な表情で葉菜を見据えながら、頷いた。

「自分の死後、『娘』を頼む、と伝言を受けた。おそらく、君のことだろう？」

(ジーフリート……っ)

告げられた言葉に、葉菜の胸は引き裂かれそうだった。

ジーフリートが、自分を「娘」だと言ってくれていた。自分の死後のことまで心配して、人に託してくれた。年齢さえも正直に打ち明けられず、その死の時さえも、自分のことばかりだった、醜い自分を。喜びと罪悪感、自己嫌悪で、葉菜の心の中が埋め尽くされる。

獣の瞳から涙がこぼれ落ちるのがわかった。

男はそんな葉菜の様子を、観察するように見ていたが、葉菜の視界には入らなかった。

「大叔父上の遺言どおり、これからは俺が君を保護しよう。……まずは君の名前を教えてくれないか？」

ジーフリートのことで頭がいっぱいな葉菜は気づかない。秀麗な美貌をさらに甘く緩ませ、優しくそう告げた男の瞳が、獲物を狙う獣のようにぎらついていたことを。

葉菜は知らない。この世界で本当の名前を誰かに打ち明けることの意味を。

だから、何の躊躇《ためら》いもなく、告げた。


「……葉菜」

気づいていれば、知っていれば、名前なぞけして教えなかったのに。

男の優しげな笑みが、名前を告げた途端、一瞬にして凶悪なものに変わった。

「――汝《なんじ》、真名《まな》をもってして、従属の意を示した。ならば我はその意思に応えよう」

「へ？」

いきなり凶悪な笑顔を浮かべた美形が（美形は顔を歪《ゆが》めても美形である）なんかわけのわからないことを言い出した。早口な上に、聞いたことがない単語ばかりで、葉菜には正直何を言っているかさっぱりである。

「我名はザクス・エルド・グレアム。東の地を統《す》べる王となるもの。我はグレアムの名と魔剣イブムに誓う。汝が主となることを」

相変わらず何を言っているのか、わからない言葉を、朗々と詠唱しながら、男は下ろしていた剣先を真っ直ぐに葉菜に向けた。

(もしかして今更、攻撃をするつもりかっ!?)

ジーフリートの親戚と名乗ったのは、葉菜の油断を誘うための罠《わな》だったというのか。だとすれば、今すぐ逃げなくてはいけない。

葉菜は後ろ足に力を込める。熱のようなものが足に集中し、筋肉が引き締まるのがわかった。こうすることで、人間にはけして追いつき得ない速さで駆けることができるということを、葉菜は最初の狩りで本能的に知った。一〇〇m二〇秒と、鈍足だった人間時代からは考えられない瞬発力である。原理はわからないが、便利なのでその辺は深く考えないことにしている。

全速力でその場から逃走を図ろうとした葉菜の足は、男の一声によって止められた。

「【ハナ】」

(う、動けない!!)

ただ真っ直ぐに見据えられ、名前を呼ばれただけ。それなのに葉菜の体は硬直し、指一本動かせなくなった。さながら蛇に睨《にら》まれた蛙《かえる》のようだ。

視線が勝手に男に固定される。向けられた男の瞳に愉悦が含まれているのがわかった。

(――捕食、される)

男の目は、捕食者の目だ。獲物を狙う獣の目だ。全身に悪寒が走り、毛が逆立った。

「汝が求める庇護《ひご》を与えられるだけ、与えよう。その代わり我に従え。その全ての能力を我に捧げよ。――これは違《たが》うことが許されない盟約である」

向けられた剣の先に、白い光が集中しているのが見えた。なんと非現実な光景。だが人が虎に変わるような世界だ。こんな光景も珍しくないのかもしれない。

集まった光は輪のような形になり、葉菜の頭上へと向かってきた。得体のしれない現象に悲鳴をあげて逃げ出したくとも、体は相変わらず硬直して動かせない。

光は葉菜の方へとまっすぐに落ちてきた。葉菜の頭を、顔を通り過ぎて、首もとで止まる。

「今、この時をもって、主従の契約が成されたことを、ここに宣言する！」

男が剣を高く掲げて高らかに言い放った瞬間、かちりと何かが嵌《はま》るような音が聞こえた。

眩《まばゆ》いまでに首もとの光が強くなり、葉菜は思わず目を瞑《つぶ》った。

再び目を開いた時、順応した葉菜の眼が映したのは、首もとに嵌った銀色の首輪だった。

「――まさか真名の意味を知らないとはな。だが、おかげで助かった……さて、改めて自己紹介をしてやろう」

剣を腰もとにおさめた男が、ゆらりと葉菜の方向へ近づいてきた。

「俺の名はザクス・エルド・グレアム。グレアマギ帝国の皇太子にして、王位継承者だ。そして……」

ザクスと名乗った男が纏う雰囲気には、つい先刻までの優しげなやわらかい雰囲気が欠片《かけら》も見えない。一言でいうならば、「傲慢」。上に立《つ》つものの、人を従えるもののオーラだ。

ザクスは心底愉快そうに、口端を吊り上げて笑った。

美貌の悪魔が笑ったら、きっとこんな笑みになるのだろう。美しくも禍々《まがまが》しい笑みだ。

「そしてお前の主だ。【ハナ】。せいぜい下僕として、全力で俺の役に立ってみせろ」

心を蕩《とろ》かすような甘い声で、ザクスはそう言い放った。

天国のジーフリートへ
自分の死後のことまで考えて、遺言を託してくれた貴方《あなた》の愛に、感謝を禁じ得ません。
貴方は素晴らしい人だ。だけど、贅沢かもしれませんが、こう思うことは許して下さい。
――もっとましな託し先はありませんでしたか？

獣の体で体を伸ばしてもなお、人間一人分以上の余裕がある巨大な天蓋《てんがい》付きのベッドの上で、葉菜は丸くなって幸福な惰眠《だみん》を貪っていた。ふかふかのベッドは、洞窟生活では勿論、ジーフリートの家や元の世界でも味わえないほどの、素晴らしい寝心地である。たぶん材料も値段も段違いの贅沢な逸品《いっぴん》なのだろう。

葉菜は眠りながら、黒い湿った鼻をすぴすぴと幸せそうに動かした。猫科の動物が好きな人間が見たら、恐らく即座にカメラを用意して愛《め》でるのではないかというほど、その姿は愛らしい。
だが今、その愛らしさを全く解さない不届きものが、葉菜の寝所に迫っていた。――ザクスだ。
ザクスは部屋の扉を開けてなかに入るなり、眠る葉菜をみて眉をしかめた。そのままつかつかと早足で葉菜に近付いて行く。ザクスが不機嫌なオーラを垂れ流しにしているのにも関わらず、葉菜は全く起きる気配を見せなかった。相変わらず、葉菜の動物的勘はなかなか仕事をしない。

ごろんとベッドの上で寝返りをうつと、葉菜は真っ白い無防備な腹部を露《あらわ》にした。食べ物の夢でも見ているのか、口がむにゃむにゃと動き、時おり舌を出して口回りを舐《な》めている。

ザクスはそんな葉菜の姿を冷ややかに見下ろしてため息を一つ吐くと、

「いつまで寝てる……クソネコ」

葉菜の腹部に勢いよく、その足を食い込ませた。

「――――っっっ！！！」

声にならない声が、離宮内を響きわたる。残念なことに三日に一度は起こる、恒例の出来事である。

「オニ、アクマ、ギャクタイだ、動物」

「いい加減その拙《つたな》い念話を何とかしろ。聞き苦しい」

「痛いよ、毛皮の下、なってる。アザ、絶対」

突然の暴力に飛び起きるなり、持っている語彙《ごい》の中から言える罵倒《ばとう》の言葉を並べて抗議する葉菜を、ザクスは冷たくあしらう。葉菜はザクスに蹴られた自身の腹部を見下ろしながら、耳をぺしゃんと倒した。尻尾《しっぽ》は悲しげにベッドに投げ出されている。

猫好きな人間でなくても、通常の感性を持つ人間なら罪悪感を抱くであろう風情だ。だが、残念なことにザクスは通常の感性を持っていなかった。

「痛い？　痛いわけないだろう。それだけ無駄な脂肪に覆《おお》われてるんだから」

「……なっ！」

「蹴り飛ばしても腹筋を全く感じなかった。鍛錬の成果が出ていない証《あかし》だ。デブネコ」

（デ、デブネコだとっ⁉）

平然と言い放たれた聞き捨てならぬ言葉に、倒れていた耳と尻尾が激情からピンと立ち上がった。細く見られるが、その実体脂肪率は三〇％超えの、いわゆる「隠れ肥満」体形だった葉菜にとって、それは禁断の言葉だった。
（コロス）
立ち上がっていた尻尾が、ゆらりと揺れる。

（噛みコロス裂きコロス……あと何だろう？　圧死か？　お前がデブと抜かしたこの体に潰されてみるか？）

まあ、実際殺せはしないだろうが、腹を蹴られた分の報復をすることくらいは許されるだろう。そう思って飛びかかろうとした瞬間、首に嵌《は》められた輪が絞まった。蛙が潰されたような声をあげて突っ伏した葉菜を、ザクスが冷たく見下ろす。

「何度エネゲグの輪に罰せられれば気がすむ……低脳が。いい加減学習しろ」

葉菜はベッドに顔を押し付けながら、ぎりと歯ぎしりをした。首に嵌められた主従契約の証であるエネゲグの輪は、さながら孫悟空の輪のように絞め付けによって、契約違反の行動をとったものを罰する。その基準は輪の判断による。従属の立場にあるものが、主を害そうとすることはアウトらしい。

庇護すべき対象を蹴り飛ばすのは大丈夫なのに、理不尽だと思う。

（そもそも輪のサイズ自体が不公平なんだ）

恨めしげな葉菜の視線の先にあるザクスの指には、葉菜の首に嵌っているものと同じような指輪が嵌っている。笑えることに、よりにもよって左手の薬指にだ。この指輪も葉菜の首輪同様、持ち主が契約を果たしていないと判断した時に、締め付けによって罰する機能が備わっている。

だが、考えてみてほしい。首を絞められれば死ぬが、指を締められても死なない。痛いだけだ。そんな代償が違い過ぎる罰が対等である筈がない。だいたいザクスは自分の薬指一つくらい平然と切り落とせそうな男だ。あまり罰の意味がない気がする。

わけがわからない間に一方的に結ばれた主従契約。つくづく何故あのとき名前を教えてしまったのかと、心底悔やまれる。

どうやらこの世界の生き物は皆、本当の名前である「真名」と表向きの名称である「仮名」、二つの名前を持っているらしい。そして真名を知れば、相手をある程度支配できるという鬼畜設定。ザクスから、「だから以降、絶対に名乗るな」という言葉と共に聞かされた真実に、思わずぶっ倒れそうになったことは記憶に新しい。知っていたら絶対名乗らなかったのに。

（ジーフリートよ、何故そんな大事なこと教えてくれなかったし）

一般常識だからと言われればそれまでだが、ほいほい名前を名乗った時点で察して欲しい。そう思うのは葉菜が異世界人だから故の我儘《わがまま》か。なんにせよ、後の祭りである。

「遅い！　もっと足を速く動かせ！」

（なんで、こんなことに）

「身体強化を使うなっ！　魔力の無駄遣いだし、訓練にならないだろうっ」

（使うなって言われても勝手になるんだよー！）

広大な後宮の庭園の外周を、葉菜はザクスに怒鳴られながら走り回っていた。

今葉菜が住んでいる離宮は、何を隠そう、王族専用の後宮だったりする。数年前に昼ドラ展開のゴタゴタがあり、今や住まう女性が居なくなっていた後宮を、皇太子であるザクスは都合が良い隠し場所だからと葉菜にあてがった。

つまり葉菜は後宮の唯一の主であり、性別を考えるとただ一人の皇太子の寵姫《ちょうき》と言えなくもない。

びっくりするほど嬉《うれ》しくない。

「身体強化を使うなと言っているだろうが‼　だから筋肉がつかずデブネコのままなんだっ」

（またデブネコ言いやがった〜っ‼）

野生生活中に葉菜が見出《みいだ》した、足に力を入れて瞬発力を高める方法。実はあれは獣の能力ではなく、葉菜が有する「魔力」を無意識で使用した能力らしい。

異世界トリップのお約束というべきか。この世界には魔力が存在していた。おまけに葉菜は魔力を持っていて、無意識のうちに行使していたらしい。食べ物が簡単にとれたのも、火が簡単についたのも、全てが魔力故だとわかり、納得してしまった。どうりで色々と葉菜に都合が良過ぎたわけだ。

葉菜が以前本で読んだ「内なる力」とは魔力のことであり、グレアマギでは魔力持ちは種族を問わず重宝される。つまるところ、グレアマギで葉菜は、なかなかに稀少《きしょう》かつ貴重な存在なのだ。結構、いや、かなり、嬉しい。

だが、葉菜は魔力を無意識で使っているが故に、それをコントロールすることができない。魔力は際限なく所有しているものではなく、上限があるらしい。だから、葉菜のように無意識に魔力を浪費してしまうのは問題なのだ。そのため、（ザクスいわく「醜く弛んだ脂肪だらけの体」を引き締めるのも兼ねて）魔力による「身体強化」を使わない走り込みを行うのが、現在の葉菜の早朝の日課になっているわけなのだが。

（き、きつい）

魔力を使っていた際は全く感じていなかった苦しさが、直接的に葉菜を襲う。ちょっと気を抜くと「身体強化」を発動させてしまうため、常に足に力を入れないよう意識する必要があり、脳みそ的にも辛いが、それ以上に体がきつい。もともと運動が得意でない葉菜だ。魔力の発動がなければ、獣の姿でもまともな走りができる筈がなかった。

スピードや持久力は人間だった頃に比べれば大分ましだが、獣としてはどうかというレベル。恐らくこの状態ならば、葉菜はウサギ一匹狩れはしないだろう。走る効果音を敢えてつけるなら「ボテッ、ボテッ」。……「ッ」が入っているところに、なけなしのスピード感を感じて欲しい。

「——今日はこれくらいか。やめていいぞ」

鍛錬の終了を告げる声に、葉菜は四肢《しし》を地面に投げ出し、腹から突っ伏した。舌を出してゼーハーと荒い息を整えながら、体を揺らす。ザクスはそんな葉菜を見下ろしながら、器用に片眉をしかめた。

「獣臭さがさらに酷《ひど》くなっているな……飯の前に湯あみをして来い。不快だ」

（こ・い・つはぁっ！）

ピキリとこめかみが引きつる。乙女（♀）に向かって臭いとは、なんとデリカシーのない男だ。だれかこの男に帝王学の前に、紳士とはなんたるかを叩《たた》きこんでくれ。切実に。

そう思いながらも、葉菜は黙って身を起こすと、疲れた足取りで湯あみの場へと向かった。ザクスにそんな抗議をしても無駄なことは流石《さすが》に学習済みだ。

「お疲れ様です。魔獣様。そろそろ来られる頃かと思って、ちょうどよい湯加減にしておきました」

湯あみの場でそう言って優しく微笑《ほほえ》む四十代くらいの女性を目にした途端、垂れ下がっていた葉菜の耳と尻尾が、ピンと立ち上がった。

「わぁい、ありがとう。大好き、リテマさん」

（あぁ、悪魔に虐《いじ》められたあとのリテマさん、まじ天使）

リテマは葉菜の専属女官だ。母親のような懐《ふところ》の深さを持ち、痒《かゆ》いところに手が届く配慮ができるこの人を、葉菜はいたく気に入っていた。リテマに飛び付いて、すりすり甘えたくなる衝動を、臭い体でそんなことを行うのなぞ淑女として言語道断だと自分に言い聞かせて耐える。

明らかに軽くなった足取りでいそいそと湯あみの場に向かう葉菜を、リテマは微笑ましげに見守っていた。初めて会った時は流石に脅えをみせていたが、今の自分はすっかりリテマの愛でる対象になっている確信を深めて、葉菜の機嫌はさらに上昇する。

葉菜が向かった湯あみ場は、美しい白磁の陶器で出来た西洋風のシンクで、元の世界のバスタブに近い。違いと言えば、いちいち沸かしたお湯を汲《く》んで溜めなければならないことだろうか。たっぷり溜められたお湯を、リテマの細腕で準備するのはさぞ大変だったろう。リテマに感謝の視線を投げ掛けながら、バスタブに身を沈める。

（あ～極楽～）

猫は風呂嫌いだというが、猫科である筈の葉菜は特に問題がない。寧《むし》ろこの城に来てよかったと心から思える数少ないことの一つだ。

（あぁ、リテマさん。そこ、そこです。んあ〜、そうです！　もっと耳の裏あたりさこさこして下さい。あとで肉球マッサージもお願いします!!）

石鹸に似たもので作った泡を纏った、リテマの大きい、けれども柔らかい手で体全体を洗われて、葉菜はうっとりと目を細める。なんと絶妙な力加減。なんとツボをついた手の動き。思わずくたりとバスタブに寄りかかるように全身を弛緩《しかん》させ、ゴロゴロと喉を鳴らす。

そう、リテマの手は大きい。手だけでなく、身長も女性にしては相当高い。一七〇㎝半ばくらいはあるのではないか。

この世界で出逢った女性はリテマだけなので、あくまで推測だが、この世界の平均身長は日本より一〇㎝以上高いのではないだろうかと葉菜は考えていた。ジーフリートも一八〇㎝以上あったし、盗賊はもっと背が高かった。それならば、日本女性の平均身長程度の葉菜が、やたら子どもに見られていた事実も納得がいく。

（……ということは、ザクスはこの世界ではチビな方なのか）

ザクスの身長はリテマより少し小さいくらい、恐らくは一七〇㎝ちょっとだろう。あの全身から傲慢を垂れ流している男が、この世界ではチビ扱い。思わず、「けけけ」と声をあげて嘲笑《あざわら》いたくなる。……虎の声帯では（恐らく念話を使ったとしても）、そんな微妙な音は出せないけれども。

リテマに体を洗ってもらう至福の時間が終わると、別に用意されたちょうどよい湯加減のお湯で、体を流して貰って、葉菜はバスタブから外に出た。

体を震わせて水気を飛ばした後、リテマにブラッシングをしてもらい（これまた気持ちいい。リテマは女官よりも、ブリーダーになるべきだ）意気揚々と湯あみの場を後にする。

お風呂が終わればご飯だ。お城の食事はとても美味しい。食事の間に入ると、既《すで》に先に食事を終えたザクスが不機嫌そうに葉菜を待っていた。食事が終わったなら、さっさと後宮を出て仕事に行けば良いのに、と内心舌打ちをする。

まあ、いい。今はザクスなんぞ気にしている暇はない。朝から運動して、もうお腹はぺこぺこだ。

「はい、魔獣様。お待たせしました」

リテマによって運ばれた食事に、葉菜は湧き上がってきた唾を飲み込んだ。

ビスケットサイズに小さく切ってもらったパンを添えた、湯気を立てたビーフステーキのようなものに、カラフルな温野菜のサラダ。皮を剥《む》かれ食べやすく切られた数種類の果物。青色の柑橘《かんきつ》系の果物の輪切りが浮かんだ水は、スープ用の浅い皿に入れられている。

最初は生肉ばかりだったが、ザクスが食べていたご飯と同じものをリテマにねだった結果、人間と同じご飯を食べられるようになった。生肉も悪くないが、やはり調理されたご飯には負ける。

ザクスの朝御飯は比較的軽いものが多く、獣の葉菜としては物足りない為、後宮専属料理師が葉菜専用のがっつりしたご飯を作ってくれることになった。

料理師は、ひょろひょろとした気弱そうな青年で、一度葉菜と遭遇した際その場で気絶した。何も悪さをしない愛らしい肉食獣だというのに失敬なと思う。だが、メンタルの弱さはさておき、彼の腕は確かだ。皇太子御用達《ごようたし》の料理師なので当たり前といえば、当たり前だが。

（ダイエットに良いのは、まずは野菜から、と）

デブネコ扱いを密《ひそ》かに気にしている葉菜は、まず真っ先に温野菜のサラダにかぶりつく。さっと熱を通したカラフルな野菜はまだしゃきしゃきの食感を残しており、ちょっと癖があるチーズが混ざったトロリとした、こくがあるドレッシングを纏うと、たまらなく美味しい。

元々葉菜は、野菜が好きだ。特に緑黄色野菜は、小さい頃から食べるように躾《しつけ》られていた為、一日一回は口にしないと落ち着かない。肉食獣だから美味しくなくなっているかもしれないと考えていたが、杞憂《きゆう》だったようだ。味覚補正は生肉を美味しく感じるようになったくらいで、以前美味しいと感じたものは相変わらず美味しいままだ。

三分の一ほど食べたところで、肉に取りかかる。ゴマ状のにんにくもどきが添えられた、香ばしく焼けたステーキ。一口かじれば、半生な中心からじわっとあふれでた肉汁が、かけられた絶品ソースと口の中で混ざりあう。

(た、たまらん……っ)

少し食べたら、ますます食欲が湧いた。ゆっくり味わうのはこのあたりにして、獣らしく豪快に食べるとしよう。食べ物が飛び散るのも気にせずガツガツと夢中で料理に食いつく。合間にペチャペチャと水を舐めるのも忘れない。野菜を挟むのも。——まさに至福。

「……ぐえっ」

だがそんな葉菜の幸福の時間は、首が絞まったことで中断させられた。口に入れた食べ物が変なところに入り、暫《しば》し噎《む》せる。

(主に逆らっていたりしないのに、何故!?)

慌《あわ》てて首もとを確かめて、憤然とする。エネゲグの輪は発動していなかった。……ただいつの間にか背後に回ったザクスが、後ろから首輪を引っ張っていた。

「ガツガツみっともない。城に養われているものとして、少しは食事の作法を弁《わきま》えろ」

（それぐらいまず口で言いやがれー!!）

口より手を先に動かす悪癖を、なんとかしてくれ。というか、獣に食事の作法なんぞ期待するな。

だが反論が許されない葉菜は、ザクスが手を離すなり、しぶしぶと飛び散らないように気をつけながら、食事を再開した。美味しかった食事が、少し味気無いものにかわった。

水を差された食事が終了すると、ザクスが仕事へ向かうため後宮を後にした。

そんな「愛すべき主人」を、背中を向けたまま尻尾を振ってやることで見送ると（当然どつかれたが、後悔はしていない。従獣の主への思いだ。心して受け取れ）、ザクスがいない解放的な時間が始まる。

かといって、ザクスが帰るまで葉菜の自由時間かと言うと、そういうわけではない。

「さて魔獣殿。昨日の続きから始めますぞ」

足元まで届くかというくらい長い真っ白な顎髭《あごひげ》を持つ好々爺然《こうこうやぜん》とした八十歳くらいの老人が口にした言葉に、葉菜は頷いた。お城でのお勉強の時間の始まりだ。

もともとファルス大陸には、聖プラゴド王国とナトアの二国しかなかった。

唯一神シュフリスカを崇拝し、神への祈りの結果与えられる加護である「神力」を至上と考えるプラゴド。自然に帰依《きえ》することをのぞみ、自然界に住む精霊たちを崇《あが》めながら、対話して力を貸してもらう「精霊力」を持つナトア。

そんな二国の中で、迫害されていたのが、後にグレアマギ帝国の民になる、身体《しんたい》に宿る「内なる力」を行使できる、「魔力」の持ち主である。

プラゴドの民は、「魔力」の持ち主を、神からの加護を与えられない穢《けが》れた力の持ち主だと蔑視《べっし》した。一方でナトアの民は、精霊に頼らずとも魔法を行使することができる「魔力」の持ち主を恐れた。

今から約一〇〇〇年前。魔力を持っていた一人のナトアの青年が、迫害から立ち上がる。彼は迫害を受けているものを二国から集めて、プラゴドとナトアと闘い、国を興《おこ》した。

彼《か》の人の名前はザイル・ファウス・グレアム。グレアマギ帝国の始祖である。

「ザイル様は闇を切り取ったかのような、漆黒の髪と瞳を持っていたといいます。そして莫大な魔力を有していたうえに、魔剣イブムを従えておりました」

「…………」

「魔剣イブムは正しい使い方をもってすれば、魔力だけではなく、神力や精霊力すら断ち切ることができる力を持っております。『はじまりの闘い』と言われるプラゴドとの闘いでは、この剣をもっての活躍が不可欠だったと言われております」

「…………（ふりふり）」

「イブムは王ならば必ず従えられるというものではありません。イブムは主を選びます。歴代の王の中でもイブムを従えられた方はごく僅《わず》かでした。それ故にイブムを従え、また文献にあるザイル様と酷似《こくじ》した容貌をされているザクス殿下は、建国の英雄の再来であると謳《うた》われているのです」

「…………………（ふりふりふりふり、ぴたんぴたん）」

……尻尾が揺れる。

勉強をする時ちゃんと話を聞いていても、ついついノートの端に落書きをしてしまったりする人は、葉菜だけではないと思う。勉強は嫌いでない。嫌いでないが、つい話を聞きながら、手遊びもしてしまう。そんな人は多いのではないだろうか。

ノートを書いて話を纏《まと》めたりできるなら、まだその湧き上がる多動性を押さえられる。だが肉球ふくふくな虎の手でペンを持つのは困難な為、葉菜の勉強法は聞いて脳内ノートに書き記すだけである。マンツーマンの授業の為、舟を漕《こ》いだりボーッと空想にふけるわけにもいかず、なかなか辛い。結果、始まってしまったのが尻尾遊びである。

無意識で動かしている尻尾を、自由意思で動かすのはなかなか難しい。くねらせたり、ひねらせたりといった複雑な動きならなおさらである。家庭教師であるお爺《じい》さんこと、ウイフに見つからないように背後で様々な動きを試してみるのはスリルもあって面白い。

(次は右にひねってから一回転……)

「……魔獣殿？」

陶酔するかのようにザクスのことを語っていたウイフの目が、急に鋭く葉菜に向けられたことで、葉菜の尻尾は驚きから無意識で立ち上がった。

(あだーっっ！　尻尾、尻尾がつった!!)

ツイストからの急激な立ち上がりという負荷に耐えきれなかった筋肉がつり、強い痛みがはしるが、葉菜は悶絶《もんぜつ》を押し隠し、何でもないかのように首をひねってみせる。

「……なあに？」

「……話を聞いてましたかな？」

「聞いてたよ？」

上目遣いにウイフを見つめながら、飄々《ひょうひょう》と言い放つ。つぶらな瞳を輝かせ、きゅるんと効果音がつくくらいの、愛くるしい表情を目指す。

(頼む、ウイフ。この愛らしさに誤魔化《ごまか》されてくれ)

「……まあ、良いでしょう」

ウイフの言葉に葉菜は内心ガッツポーズをとる。愛すべしと書いて可愛いと読む。可愛いは正義だ。

「……あとで口頭試験を行いますからね」

葉菜の内心を読んだかのように付け足され、ギクリと体が跳ねた。ウイフに見つからないようにつった尻尾を伸ばしながら、明後日《あさって》の方向を向く。尻尾遊びはホドホドにしておこう。

その後も「ザクス様は剣の腕も大変秀でられておりまして、先の戦では剣聖と称されてましての、「ザクス様は聡明《そうめい》でいらっしゃいまして、内政におけるご手腕も」だの、聞きたくもないザクス自慢を始めたウイフの話を、手の爪を出し入れして遊ぶことにて耐え。

有言実行で成されたテストは、半分くらいしか答えられず雷を落とされ。

休憩を挟んで、また別のことを学んだ。

ウイフが教えてくれる授業の内容は様々だ。先ほどのようなグレアマギ帝国の歴史から、一般常識、未だカタコトな言語に至るまで、葉菜が無知な獣であることを前提で色々教えてくれる為、正直とても助かっている。人としてジーフリートの家にいたころは、なかなか聞き出しにくいことばかりだ。

特にザクスと出会う前まで存在すら知らなかった「魔力」に関する話は、初めて聞くことばかりで、とても有益な情報だった。

「……【穢れた盾】？」

「えぇ。【招かれざる客人】とも言われる、異世界人のことです」

どこかで聞いた言葉だ。そう思った瞬間、思いがけない「異世界」という単語に心臓が跳ねた。

そして、思い出す。【穢れた盾】はジーフリートにすがりついていた時、盗賊の男が喚《わめ》いていた言葉だ。盗賊は葉菜のことを指すようにして、【穢れた盾】という言葉を使っていた。

「【穢れた盾】について説明するには、まずは魔力について説明しなければなりません」

始まったウイフの講釈に、葉菜は身を乗り出した。きっとこれから語られることは、自分にとってかなり重要なことだ。一字一句聞き漏《も》らしがないようにしなければならない。

「魔力は内なる力……人間に限らず、この世界における全ての生き物に宿る力です。プラゴドやナトアはけして認めませんが、それらの国の民もまた、微量ながら魔力を所持しています。一般的に魔力の量は生まれた時に、それぞれ上限を定められており、減少したり回復したりすることはあれど、それ以上増加することはありません。――ですが、そんなこの世界の理《ことわり》に反するのが、【穢れた盾】やプラゴドの神子《みこ》のような、異世界人です」

(理に、反する？)

「異世界人は魔力を有しない世界にいた存在、いわば真っ白な紙のようなものです。異世界人は、紙が墨《すみ》を吸うように周囲の魔力を無意識のうちに吸収し、自分のものとしてしまいます。その上限は計り知れません。また異世界人は自分の魔力を他人に譲り渡すことができるそうです。まさに生きる魔法具。あらゆる意味で規格外の存在です」

葉菜は告げられた新事実に目を見張った。自分にそんな秘められた能力があったなんて。

（もしかしてそれって、チート能力って奴でないかい？）

尻尾が、歓びを反映するかのように、ぶんぶん揺れるのがわかった。

何もなかった、何もできない、駄目な自分。平和な日本ですら、満足に生きられない自分。そんな自分が異世界人というだけで、特殊な才能が与えられるなんて。なんという幸運だろう。

変われるのかもしれない。それこそ、物語の登場人物のような、素晴らしい人間になって、栄光に満ちた人生を送れるかもしれない。駄目な自分が、与えられた力によって、皆に憧れ尊敬される存在になる。誰もが畏《おそ》れ、敬う。見下されたり、馬鹿にされたり、そんなこととは無縁の、特別な存在に。全ての人が、葉菜の前にひれ伏すのだ。――それはどんなにか良い気分だろう。

葉菜は今の自分の姿が獣であることも忘れて、描いた未来予想にうっとりと陶酔した。だが、現実はそう甘くはない。

「……ただ異世界人は魔法と無縁な生活を送っていたせいか、無意識でしか魔法を使えず、魔法の行使者よりも寧ろ、権力者を後ろ盾にした魔力供給者になることがほとんどのようですが」

（なんという、宝の持ち腐れ……っ）

葉菜はがっかりと肩を落とした。揺れていた尻尾も、悲しげに床に落ちる。

莫大な魔力を持っていても、使えなければ意味がない。魔力の供給者として権力者に寄りかかって過ごすのは、働き口がある分悪くないのかもしれないが、なんというか、憧れない。……というより、権力者であるザクスに縛られて庇護されている今の状況とあまり変わらない気がする。

「……そもそも、何で来る？　異世界人」

せっかくの機会だからと、葉菜はウイフに質問をする。今この時を逃したら、次はいつ聞けるかわからない。今のうちに聞けることは聞いておかねば。

「異世界の人間は、神力による召喚の儀によってのみ、この世界に現れます。プラゴドでは一〇〇〇年に一度の災害の発生に伴い、災害を鎮める特別な神力を持った神子を、異世界から召喚します。ただ、先ほどお話ししたとおり、異世界人は魔力に染まりやすい。そして召喚自体は神力によって行われるのですが、不思議なことに神子を此方《こちら》の世界に運ぶ力は魔力が使われているのです。神子に魔力を吸収させないため、プラゴドはついでに神子の近くにいた人間を共に召喚し、神子の代わりに魔力を吸収させせます。この存在が、【穢れた盾】もしくは【招かれざる客人】と呼ばれているのです」

（つまりはたまたま神子の傍にいただけのオマケ……もしくは人間フィルター……）

告げられた真実は、予想していた以上に葉菜を打ちのめした。自分は選ばれた特別な存在なんかではない。わかっていたことだったし、そう自分に言い聞かせてはいた筈だった。

だけど、虎に変化するは、無理矢理契約を結ばされて城に連れて来られるはという、非現実的な出来事の連続と、自分が高い魔力を持っているという衝撃的な事実に、葉菜はついつい期待してしまっていた。いつのまにか胸のうちに、自惚《うぬぼ》れが芽生えていた。自分は世界に選ばれて喚《よ》ばれた、特別な存在なのではないかと、そう思ってしまった。

蓋《ふた》を開けてみれば何てことはない。たまたま葉菜がいたあの駅のあの場所に、神子と呼ばれる特別な存在がいた。ただ、それだけの偶然の出来事。別に葉菜でなくとも、あの場所にいた人間なら、誰でも良かったのだ。

（――何だか、どうしようもなく、惨《みじ》めだ）

もし神子なんて存在がなければ、葉菜はこれほどまでは惨めにはならなかった。異世界トリップが偶発的に起こった出来事なら、そんなものかと葉菜に納得できた。

だけど、神子は実在していて。葉菜と違って、選ばれた特別な、求められる存在が、葉菜と共に元の世界からここに来ていて。自分はその神子を守るための使い捨ての道具に過ぎなくて。

妬《ねた》ましい。憎らしい。羨ましい。……自分が、そんな存在になりたかった。

葉菜は姿も見たことがない、「神子」に憎悪を燃やした。葉菜の中で覚えがある熱が、揺れる。

元の世界を知る、もしかしたら唯一の存在かも知れない同胞。だけど、きっと会ったりなんかしない方が良いのかもしれない。もし会えば、盗賊の時のように葉菜の中の獣が、神子を襲う。そんな自信があった。

(——そんな攻撃も、特別な存在である「神子様」にとっては効果がないものかもしれないけれど)

「……魔獣殿……?」

ウイフから躊躇いがちに掛けられた声に葉菜は我に返った。どうやら殺気を放っていたらしく、向けられる視線には畏れが混ざっていて、慌てて気持ちを切り替える。

「ごめん。ウイフ。別のこと考えてた」

憎悪に満ちた険しい顔を誤魔化すかのように、丸めた手で顔を洗ってみせた。いきなり行うには不自然な動作かもしれないが、まあ可愛らしくみえるし、ウイフの表情が安心したように少し緩んでいるから、良いとしよう。……しかし唾を顔に塗り付けることに抵抗を感じないあたり、猫科の性《さが》に脳が着実に侵されていることを感じる。

「強力な力を持ってはいるものの、普段は無害の愛らしい生物」

葉菜は城ではそんなポジションを目指していた。

畏れが多ければ、常に気を張っていなければならず、面倒臭い。侮《あなど》られ過ぎれば、軽んじられ立場が弱くなる。

最近気楽に生活し過ぎて、侮りの比率が多くなっていたから、殺意が漏れでていたことは逆にちょうど良かったのかも知れない。葉菜はひげを整えながら、冷静に状況を分析する。

あくまで葉菜は愛玩動物の立場を甘んじてやっているだけで、その気になれば気に入らないものを排除するのは簡単なのだと、ウイフにはそう思わせておいた方が良い。葉菜が従うべき義務があるのは、契約によって縛られているザクスに対してだけなのだから。

(しかし、異世界人には魔力のコントロールが難しいのか)

そういえばザクスが、今夜から魔力の訓練をすると言っていた。嫌な予感しかしない。

葉菜は背中に冷たいものが走るのを感じながら、再び始まった講義に意識を戻した。

――嫌な予感は適中した。

「なんでそんな簡単なこともできないんだっ！」

(あーあ。どこかで毎日聞いていたような台詞《せりふ》)

何度目かの魔法訓練の後、眦《まなじり》を吊り上げて怒鳴るザクスを前に、葉菜は遠い目をして俯《うつむ》いた。会社員時代、毎日のように上司から怒鳴られ続けた言葉だ。

なんでできないのか、と問われても困る。できないからできないのだ。寧ろなんで皆ができるのか教えてほしい。葉菜には、「普通に意識すればできる」の、「普通」が理解できないのだから。

葉菜はため息を吐いて、今までの魔力の訓練を思い返した。

まず自身の適性を知る為に、ファンタジーでお馴染《なじ》みの四大元素属性である地水火風、加えて光、闇、それに契約魔法、身体強化、時魔法、空間魔法といった、様々な魔法を、自分の意思で行使できるかそれぞれ試してみた。しかし結果は、どれもこれもことごとく失敗に終わった。

唯一火属性に関しては、サバイバル時代の賜物《たまもの》か、火をつけることはできたが、火の大きさを自在にコントロールしたり、流れを操ったりはできなかった。それが悔しくて、何度も繰り返していたら、勢いがつき過ぎて、あやうく火事になりかけてしまった。

(いつでもどこでも火をつけられるなら、いいでない)

葉菜は怒鳴られたことに内心ふてくされる。カセットコンロも、マッチもない不便な世界。火打石がなくても自由に火がつけられる能力は便利だ。無意識ならば、身体強化で高速で走ることもできる。それでもう十分なのではないか。……そう思うのに、ザクスはそれだけでは満足してくれない。葉菜ほどの魔力を持っているのなら、もっと強力な魔法を使える筈だと、勝手なことを言う。

グレアマギの国民は全て魔力を有しているが、その所有量は個人差がある。だけど、コントロールという点では、魔力量に関係なく、呼吸を行うかのように皆が自然にできるという。

魔力量の少ないものは少ないなりに、多いものは多いなりに、量に見合った魔法を行使できる。当たり前に。普通に。努力する必要もなく。だから、魔力量が多いのに自在にコントロールできない葉菜は、異質な存在なのだ。

（仕方がないでないか）

自分は、魔力がない世界で育ったのだから。

（私だけじゃない）

異世界人は、皆そうだと言ってたではないか。葉菜の能力や、努力が足りないわけではない。悪くない。悪くない。自分は悪くない。

勝手に期待したザクスが悪い。異世界人が魔法のコントロールができない、この世界が悪い。量のみなんて、中途半端な特典しかない、チート魔力が悪い。

葉菜は悪くないのだ。だから
（そんな失望したような目で、私を見るなっ!!）


（なにやってるんだろう、私）

ようやく一人になれた寝室。ふかふかのベッドに寝転びながら、月明かりでぼんやりと見える天井を見上げて、葉菜は独りごちる。望んだわけではないが、はるばる異世界まで来て、虎にまで変わって、魔力まで予期せず手に入ったのに、駄目な自分は何にも変わっていない。

（環境が変われば人が変わるってのは、嘘か）

大学時代、変わりたくて二週間の短期海外語学留学をした。

ホームステイ先にも、一緒に留学した日本人にも馴染めず、与えられた離れに引きこもって現地のスーパーで買った酒とつまみで晩酌《ばんしゃく》していた。別に語学力もそう向上しなかった。

社会人時代。変わりたくて田舎から出て、都会に就職した。

やっぱりあんま外に出かけず、休日は家に引きこもるばかりの日々だった。外に出なければ田舎も都会も大差ない。職場と自宅、後は大型スーパーを往復するだけの毎日だった。

どこへ行っても、何をしても葉菜は葉菜のままで変われなかった。変わらない、駄目な葉菜のままだった。残された道はもう死んで生まれ変わるしかない。

(あ、それネット小説の異世界転生チートものっぽい)

輪廻転生があるのかわからないが、もしかしたらそれでも葉菜の駄目さは変わらないのかもしれない。というか、そこまで行ってしまったら、最早葉菜は、葉菜ではないかもしれない。

楽に生きたい。楽にしていて、普通に生きたい。誰かに愛されたいなんて大それたことは求めない。ただ蔑まれたり、見下されたり、害されたりしなければ、それでいい。

それは、そんな贅沢な望みだろうか。

(自分が【穢れた盾】だと名乗れば、楽になるのか)

ただ、魔力を供給するだけなら、葉菜でも簡単にできるかもしれない。そうすれば訓練のたび、ザクスの冷たい視線に晒《さら》されて惨めな気持ちにならなくていい。義務のように魔力を捧げて、あとは好きなように生きればいい。

だけどその為には、自分が虎に変わったことを告げなければならない。ザクスに真実を告げることは躊躇われた。

(なんていうんだったかな……「尊大な羞恥心と、臆病な自尊心」?)

葉菜は『山月記』にあった、有名な一節を思い浮かべる。使い方があっているのかわからないが（あれは創作活動に関して述べた言葉だから間違っている可能性が高い）、何となく今の葉菜の気持ちにしっくり来る。

自分の醜さ故に虎に変わったことを知られたくない。虎の姿に甘んじ、あざとく可愛らしさなどをアピールしてみせたり、無知を強調していたことを知られるのが屈辱的だ。

なにより、虎の姿で生きることを哀れまれたくない。

葉菜の中の自尊心と羞恥心が、自分が元々人間であることを知られることを許さない。

今のままでも十分惨めなのだから、何を今更と言われるかもしれないが、相手が自分を虎だと思っている状況と、人間だと知られている状況では、惨めさの感じ方が違う。

（改めて考えてみると、あの森はある意味理想郷だったのか……）

葉菜は少し前までの、一人森で過ごした日々に思いを馳《は》せる。

ふかふかのベッドも、リテマのマッサージ付きお風呂も、贅沢なご飯もない。だけど森の中で、葉菜は葉菜のまま、向けられる視線に一喜一憂することもなく、のびのび生きられた。誰にも関わらずに、ただ一人だけで。

あれが、本当の意味で、葉菜が望んでいた生活ではなかったのか。唯一、誰にも煩《わずら》わされず楽に生きられる方法ではないのか。

（帰りたい）

あの森に帰りたい。こんなところ、もういたくない。逃げ出したい。

（――てか、逃げちゃえば良くね？）

突如浮かんだ考えに、葉菜はがばりと身を起こした。

そうだ、逃げればいい。逃げていい。なんで自分は律儀にザクスの期待に応えようとしているのだ。

そもそも一方的に騙《だま》し討ちのようにして結ばされた契約だ。葉菜が負い目を感じる必要はない。

ザクスに逆らえば首輪は絞まるが、逃げるなとは言われていない。ならば、もしかしたらザクスの命令が届かない所に行けばセーフなのではないだろうか。ザクスに逃走を禁じられる前に、試してみる価値はある。

(よし、逃げよう)

そうと決まれば善は急げ。計画なんか練っていたら、事は成せない。どうせ成功確率は低いことなんてわかりきっている。計画なんぞ練っても同じだ。それならば、考えるよりまず行動だ。どこかの偉い人もそう言っていた筈だ。

葉菜はベッドを飛び降りると軽やかな足取りで部屋を抜け出した。


抜き足、差し足、忍び足。

意識せずとも完全に足音を消せる、自身の身体強化魔法の強さに、内心自画自賛する。これは人間の状態ならスパイになれるレベルでないだろうか。……気配を殺したところで白虎の状態では目立って仕方ないが。

(しかし、相変わらず誰もいない屋敷だな)

僅かな人の気配も感じない、静まりかえった屋敷の様子に、葉菜は内心呆《あき》れる。

葉菜が後宮に来てから、見かけた人物はザクスを除いては、リテマとウイフ、あと名前も知らないヘタレ調理師のみだ。正室も側室もいないとはいえ、仮にも皇太子が寝泊まりする邸《やしき》に兵士がいないということは問題だと思う。女官にしても、リテマしかいないというのはどうなのだろうか。リテマが葉菜の世話をしている間、誰がザクスの世話をしているのか。

（まあ、ザクス人間苦手そうだしな）

葉菜もたいがいコミュニケーションは苦手だが、言葉よりまず手が出るようなザクスが人間関係を円滑に進められるとは思えない。人間が苦手というか、人間不信な雰囲気すらある。恐らくは本当に信頼できる人間しか後宮に据え置いていないのだろう。セキュリティ的には不安だが、そこはファンタジーの世界。その辺は多分魔法で何とかしているに違いない。

そんなことを考えているうちに、いつの間にか出口に到着していた。誰かとすれ違わないか不安だっただけに、拍子抜けする。特に複雑でもない錠を開くと、簡単に外へ出られた。

（――すると、ザクスが待ち構えている、と）

扉を出るなり、鬼神もかくやの恐ろしい形相で腕を組んで門の壁に寄りかかっていたザクスが目に入り、即座に回れ右をしたくなった。ある程度予想はついていた展開だが、それでもビビるものはビビる。もう少し自由への逃避行を期待させてくれても良いのではないか。

ザクスの怒りに満ちた目が、葉菜を射抜くかのように向けられる。

「………月が美しい、良い夜だな。糞デブ猫。こんな夜分に外へなんか出てどうした？」

「……さんぽ」

怒りがこもった凄惨な笑みで告げられた言葉に、葉菜はそっぽを向いて返す。

「珍しいな。走り込みすら身体強化を使うような怠惰な駄猫が、自分から体を動かそうとするとは」

「そういう時も、ある。月、きれい」

「そうか……ところで、知っていたか？　エネゲグの輪はな、契約によって結ばれたものが勝手に傍を離れようとすると、赤く発光するんだ。――こんな風にな」

そう言って掲げられたザクスの左手の指輪は、救急車のサイレンのように赤い光を放っていた。

（へー。ほー。初めて知りました）

葉菜はそっぽを向いたままその場にしゃがみ込み、ペロペロと自身の腕を舐めて毛繕いを始めた。可愛さで誤魔化そうとしているわけではない。そんなものがザクスに通じるわけがない。単に、遠回しに嫌味を宣《のたま》うザクスへの反抗だ。人間の姿なら、指で耳をほじってみせただろう。

罪悪感の欠片《かけら》もない葉菜の態度に、ザクスのこめかみに青筋が浮くのが見えた。

「――本当、お前には失望させられる」

底冷えするような声で告げられた言葉に、葉菜はびくりと体を震わせた。

「単に魔力操作ができないだけならまだしも、こんな風にこそこそ逃走しようとするとはな」

「…………」

「真名による正式な契約を放棄しようとするとは、流石《さすが》の俺も思わなかった。魔獣は誇り高き生き物だと聞いていたのだがな。どうやらお前には当て嵌らないらしい」

「……望んだ、ちがう……」

「自分が望んだ契約でないから、魂の盟約を無視しても良いとでも思うのか？　ほいほいと真名を名乗った自分の無知は棚上げにして？　……本当に空っぽでめでたい頭だな！」

嘲笑うかのようにして告げられた言葉に、葉菜は身を起こし、臨戦体勢で牙を剥く。

勝手に結ばれた理不尽な契約を、投げ出して何が悪い。異世界から来たのだ。無知で当たり前ではないか。歯を剥き出しにして唸《うな》りながら、全身で抗議する。

ザクスはそんな葉菜を鼻で笑った。

「ああ、お前に誇り云々《うんぬん》諭《さと》すだけ無駄か。お前に誇りなんかあるわけないな。そんなもの、期待するだけ愚かだ」

「――黙れ」

「怠惰で向上心もなく、僅かばかりの与えられた才に胡座《あぐら》をかいて。自分に優しくしてくれる相手だけに、甘えて媚《こ》びて」

「黙れ黙れ黙れ」

「常に楽をすることだけを考えて。辛いことからは逃げて。嫌なことからは耳を塞《ふさ》いで。そうやって生きてきたのだろう？　そうでなければ、そうも自分に甘くなれる筈がないものな！　情けないと思わないのか」

「うるさいっ!!　お前に私の何がわかるっ……!!」

美しいザクス。剣聖と讃《たた》えられるほど、才能に溢《あふ》れていて。帝国の皇太子という、限りなく高貴な地位も持っていて。――異世界の人間だという事実を除いても、これほど恵まれた人間に、持たざるものの気持ちなんて理解できる筈がない。

報われるかもわからない努力を重ねても、それでようやく「人並み」にしかならない未来を見据える虚《むな》しさを、ザクスはきっとわからない。そんな劣等感を、きっと彼は抱いたことはないだろう。

その虚しさに直面したくないが故に、努力を放棄する自分はけして誉《ほ》められたものではないことくらい、わかっている。わかっていても、あまりにできないことが多過ぎて、いつだってその虚しさに押し潰されそうだった。だから、葉菜は自分の心を守る為、ずっと逃避の道を選んで生きてきた。

その結果、僅かな成長の可能性が潰れ、ますます葉菜の劣等感は増大し、それを克服する為にこなさなければならないツケは雪ダルマ式に増えていく。そしてそれに押し潰されない為に、再び逃避に走る。どうしようもない、負の連鎖。それでも、二十四年間で形成されたその鎖から、葉菜は縛られ抜け出せない。

もうそれで良いと諦《あきら》め、望むのをやめたのはいつだったか。異世界に来てからは、会社のように叱《しっ》責《せき》する上司もいない分、そんな自分を忘れられた。ただ生きることだけに必死で、そんな自分のことを考える余裕はなかった。

それなのにザクスはそんな葉菜の悪癖を引きずりだし、突き付ける。

「わからないな。わかりたくもない」

葉菜の叫びを一刀両断し、近付いてきたザクスが葉菜の首輪を掴《つか》みあげる。

絞まる首輪が、ザクスから視線を逸らすことを許さない。

「だが、俺はお前の主だ。お前を躾《しつけ》る義務がある」

ザクスの無機物を見るかのような目が、獣の姿の葉菜を映す。

冷たい目だ。葉菜の意思を、権利を、存在を、全て否定する目だ。

「怠惰なお前に主として、俺が一挙一動命令してやる。その曲がった性根がなおるまで。否、契約が続くかぎり永遠に。お前がどう思おうが関係ない。自分で有用に動けないなら、ただ駒として言われるままに俺に従い役に立て——屑《くず》」

告げられた言葉に、葉菜の頭の中は真っ白になった。

口もとを戦慄《わなな》かせ、念話によって何か伝えようと試みるが、こちらの言葉が出てこない。

言葉が出てきたとしても、何を言い返すことができるだろう。

ザクスがこんな風に葉菜の意思を切り捨てることなぞ、予想がついていた。ザクスからどう思われようがどうでもよいと思っていた。

それなのに、葉菜は今、こんなにも傷ついている。

ザクスの期待に応えようなんて微塵《みじん》も思わず、ただその理不尽さに反発していたのは葉菜自身で、これは当然の結果だというのに。

（――あぁ、そうか）

眼元がカッと熱くなるのが分かった。あふれだした涙が、顔の表面の毛皮を濡らす。

（世界から求められない私を、どんな理不尽な形であれ、求めてくれたのは、ザクスだけだったからだ）

一方的な、理不尽な、葉菜の意思を無視した主従の契約。

望んでいない、解放しろと叫びながら、人との関わりを嫌いながら、一方でそこに喜びを感じている自分がいたのだと、葉菜はその時初めて気がついた。理由はどんなものであれ、求められ、必要とされている。その事実に葉菜はこの世界における自身の意義を見出していたのだ。

だからこそ、嫌だった。怖かった。必死に頑張っても、どうしようもない自分の無能さのせいで、期待外れだとザクスに切り捨てられることを、葉菜は何より恐れていた。

頑張らなければ、期待することはない。やればできるのだという根拠のない自信でプライドを保っていられる。プライドを保ったまま、ザクスから切り捨てられるのは自分の無能さ故ではなく、自分が彼に従わなかった故だと、自分が望んだ結果だと思おうとしていた。

そしてまた、葉菜にとってはお馴染みの負の連鎖に飲み込まれていたのだ。

(あぁ、本当に愚かだ。私は)

『――ハナ、ドウシタノ？　痛イノ？　苦シイノ？』

不意に脳内に響くように聞こえてきた幼い声に、葉菜は目を開いた。

『ザクス、ハナ、苛《いじ》メタノ？　ザクス、ハナ、苦シメタノ？』

心配げな声に怒りが混ざったと同時に、覚えがある熱が葉菜の中で暴れる。

(――獣、だ)

その声の主が、盗賊と対峙《たいじ》した記憶のない間に葉菜の体を動かしていた獣だと、葉菜は悟った。

獣は、ずっと葉菜の中にいたのだ。葉菜を害するものから、葉菜を守る為に。

『許サナイ……!!　ザクス、コロス!!　ハナ、傷ツケル、全部コロス!!　ハナ、代ワッテ。消シテアゲル』

獣が葉菜の中で怒りを露に叫びながら、暴れるのがわかった。

体を貸せと、葉菜を害するものを排除すると、そう吠える。

『消シテアゲル。ハナ、傷ツケルモノ、全部、コロシテアゲル。ハナ、代ワッテ』

(――駄目だよ)

葉菜はまるで目の前に獣がいるかのように、首を左右に振った。

獣が本当に滅ぼすべきなのは、醜く愚かな自分だ。

ザクスは間違っていない。――自分は本当に、どうしようもない屑だ。

（いっそ獣にこの体をあげてしまおうか）

そんな考えが葉菜の頭によぎる。葉菜は盗賊と対峙した時、確かに一度、獣に体を明け渡した。

あの時の感覚はよく覚えていないが、眠りに近かったように思う。苦痛も恐怖も何もなかった。

このまま獣に体を受け渡して、ひたすら安らかな眠りにつく。それは「死」ではないから、自己の消滅に脅える必要もない。獣は葉菜の体を傷つかないように大切に守ってくれるだろう。

その考えは、堪《たま》らなく魅力的に思えた。

（ねぇ、獣。ザクスは傷つけなくて良いよ。――だけど）

代わりに「ハナ」として生きてくれないか、そう内にいる獣に呼びかけようとした時、不意に頭上に温《ぬく》もりを感じた。

◆◆◆　◆◆◆　◆◆◆

獣が、泣いた。

声もあげず、顔を歪《ゆが》めることもなく、ただ涙腺《るいせん》を決壊させたかのように、静かに涙をこぼした。

ザクスは冷たい無表情の下で、内心非常に戸惑っていた。

図太い獣のことだ。ザクスがここまで言っても、いつものように反発してくるのだと思っていた。

怒り狂い、エネゲグの輪の存在も忘れて攻撃を仕掛けてくるだろうと構えていた。それならば、自分が主であることを思い知らせるべく、徹底的に叩きのめしてやるつもりだった。

それなのに、こんな反応は完全に想定外だ。

獣の視線が、不意に何もない宙へと向けられる。その目が先ほどまでとは打って代わって、生気を感じさせない暗いものに変わっていることに気がついて、ザクスは息を呑んだ。

獣が、消えてしまう——何故かそう本能的に感じたと共に、左手に激痛が走った。

「……っ」

余りの痛みに、小さく声が漏れた。痛みの根源を確かめるべく左手を見てみると、紫色に変色した薬指と、それを締め付ける指輪が目に入った。

(まさか、これを泣き止《や》ませるのも『庇護』に入るというのか……!?)

ザクスは愕然《がくぜん》とした。人との関わりが希薄だったザクスには、泣いている人を慰めた経験も、泣いている時に慰められた経験もなかった。人前で泣くのは恥だと、そう思って生きてきたザクスが、獣の涙を止める術《すべ》など知っている筈がない。

どうすれば良いかわからず狼狽《うろた》えている間も、指輪はザクスの指を千切《ちぎ》らんばかりに締め付けてくる。締め付けは強くなる一方で、ザクスのこめかみの辺りを汗がつと流れ落ちた。

(——そうだ、確かに一度だけ)

一度だけ、泣いている所を慰められたことがある。……あれは確かジーフリートだった。

森を訪ねた際、父に失態を責められ一人隠れて泣いていたザクスを、ジーフリートは……

(確か、こんな風に)

ザクスは虚空を見つめる獣の頭に、躊躇いがちに手を伸ばし、ぎこちない手つきで頭を撫《な》でた。

「……泣くな」

そう、ぶっきらぼうに言い放ちながら。

その途端、獣の目に生気が戻った。

丸く見開いた目がザクスの方を向き、獣は数度瞬《まばた》きをした。

そして次の瞬間、くしゃりと獣の顔が不細工に歪んだ。

――獣があげた泣き声は、産声《うぶごえ》に似ていた。

獣も生まれた時、人間の赤子同様泣くのか、ザクスは知らない。

だがザクスは獣の泣き声に、羞恥も何もなく、感情にただ身を任せる幼児特有の純粋さを感じた。

耳障りなくらい声は辺りに響いたが、不思議と不快には感じなかった。

「うわっ……！」

獣が突然ザクスに突進して来て、反応が遅れたザクスはそのまま地面に倒れ込んだ。獣は倒れたザクスの上に覆い被《かぶ》さり、泣きながら胸に顔を擦《なす》りつけてくる。

「……重いっ‼　どけろっ、デブ猫っ‼」

獣の下で声を張り上げて怒鳴っても、泣くことに夢中な獣の耳には届かない。

涙やら鼻水で服がぐちゃぐちゃに濡れていくのを感じているうちに、呆れて何だか気が抜けてしまった。いつの間にか指の締め付けもなくなっていた。

(まるで、子どもだ)

今度は躊躇うことなく獣の頭に手を伸ばし、存外手触りの良いその毛並みを撫でながら、ザクスは嘆息した。

自分と同じくらいの立派な体格をした、大きな幼児。

（――いや、もしかしたらそうなのかもしれないな）

魔獣の生態は知られていない。故に、普通の肉食獣の成獣と同じ大きさの子どもがいたとしても、不思議ではないのだ。それならば、獣の魔力操作が下手なのも納得ができる。種族を問わず、未熟な個体が魔力操作を失敗することがしばしばある。魔力と感情は時に連動する。魔法失敗の要因は感情の起伏であることが多い。

もしかしたら魔力の大きさ故に、感情が制御できないうちは、自在に魔力操作ができないようになっている種族なのかもしれない。あの魔力で不安定な感情のままに魔法を行使できたとしたら、恐ろしいことになる。

（そうか。ならば感情を不安定にさせないよう、俺も接し方を変えなければならないな）

ザクスがそんな風に勘違いして勝手に納得していたことを、ひたすら泣き続けている葉菜は、まだ知らなかった。

◆◆◆　◆◆◆　◆◆◆

顔が腫《は》れぼったい。顔の回りの毛皮が濡れて、重い。

（……さて、この状況どうすんべ）

泣くだけ泣いて、ようやく落ち着いた葉菜は、自分が押し倒しているザクスにちらりと視線をやった。ザクスは怒っているのか、呆れているのかわからない無表情で葉菜を見上げている。

やってしまった。今の状況を一言で表すなら、まさにそれだ。

泣くことに夢中で自分がしていることに気がついていなかったが、葉菜を切り捨てた張本人に泣きつくなんて、ますます状況が悪くなる行為ではなかろうか。女の涙は武器になるというが、獣の、それも常にマイナス評価をしている対象の涙なぞ、意味があるとは思えない。

(——ザクスが、頭を撫でるとか似合わないことをするから)

「……おい」

脳内でザクスに責任転嫁をしようとしていたところを急に声を掛けられ、体がビクッとはねる。尻尾が勢いよく立ち上がり、ぶわっと膨らんだのがわかった。

(エスパー⁉　まさか、ザクス私の心を読んだ⁉)

「気が済んだなら、どけろ。……重い」

「……え？　……ああ、うん……」

ザクスの当然の要求に、葉菜はのそのそと身を起こして脇に避《よ》けた。

ザクスは体を起こすと、首や肩の関節を伸ばし出した。よく見ればザクスの着ている服は、葉菜の涙やら鼻水やらで悲惨なことになっている。死亡フラグがますます濃厚になった。

葉菜は尻尾を股に挟みながら、びくびく震えてザクスの沙汰を待った。

「——悪かったな」

「え？」

気まずい沈黙の後、ザクスが発した言葉に葉菜は耳を疑った。

あの傲慢さを擬人化したかのような、ザクスが謝る。にわかには信じられない事態だ。だがザクスは決まり悪そうに顔を背《そむ》けながら、なおも謝罪を続けた。

「厳しくやり過ぎた……その体長で、お前がまだ幼獣だとは思わなかったんだ」

（ん？）

「幼いうちは魔力操作が難しいのだな。お前の情緒が成熟するまで、主として気長に付き合うことにする」

（んんん？）

何か、とても勘違いされている。

情緒が成熟も何も、葉菜の中身は二十四歳の大人だ。少々幼稚な面は認めるが、既に色々成熟しきっている。月日を待ったところで、そう変化がしないだろうことは予想がつく。

葉菜の魔力コントロールが下手なのは、あくまで葉菜が異世界人だからだ。異世界に来た人間が皆葉菜のような精神年齢とはかぎらないのに、魔力コントロールに秀でた過去の事例がない辺り、完全に体質によるものだろう。

（だが子ども扱いされるなら、それはそれで好都合っ……）

葉菜の目が打算でギラリと光る。この勘違いでザクスが優しくなるなら、それに越したことはない。

元々ジーフリートに対しても、子どもを演じていた葉菜だ。獣姿で子どもに見られても、今更恥も何もない。……演じていたわけではない素の自分で、子ども扱いをされるのは些《いささ》か不本意であるが。

反省や自己嫌悪が続かない女、葉菜。先ほどまでの殊勝《しゅしょう》な態度は何処《どこ》へやら。性懲《しょうこ》りもなく、そんなことを考える。人間そんな簡単に変われやしない。楽ができる隙間《すきま》を見つければ滑り込もうとする、その駄目っぷりは筋金入りである。

だがザクスの次の言葉に、葉菜は打ちのめされることとなる。

「半年後の成人の儀の後、俺は王位を継承する。その時までにお前をどうにかしようと、少し焦《あせ》り過ぎていたようだ」

(……成人の儀?)

ウイフとの勉強会で、葉菜はグレアマギにおける一般常識を習った。その中には、成人に達する年齢も含まれていた。

異世界にかぎらず、異文化圏では大抵は日本人からすればかなり幼い年齢で、成人する。

グレアマギも当然そうだった。それなのにも関わらず子どもとみなされる自分ってどんだけなんだと、内心突っ込みを入れたから間違いない。

(ちょっと待て、おい)

たらりと冷や汗が伝うのが分かった。

葉菜はまじまじとザクスを観察する。どうみても自分と同じ年くらい、もしくは年上だ。若かったとしても、せいぜい十八歳くらいだろう。

だが、ここは二十四歳の葉菜がとても幼く見られる世界で。逆にいえば、葉菜よりずっと若い子が、老け顔に見える世界なわけで。

「……ねぇ、ザクス」

自分の翻訳ミスであることを祈りながら、葉菜は思いきって口を開いた。

「ザクス、年齢、いくつ?」

ザクスはそんな葉菜の言葉に、心底訝《いぶか》しげな表情で答えた。

「十四に決まっているだろう。お前は引き算もできないのか」

（嘘だあああっ～～～！！！！）

葉菜は内心絶叫した。

斎藤《さいとう》葉菜、二十四歳。

この度十歳も年下の男の子に、子ども扱いされることになりました。

少々……いや、非常に、かなり、とてつもなく情けないです。

第三章

いつもの早朝訓練。未《いま》だ勝手に発動する身体強化の魔法を抑えるのに必死になりながら、葉菜《はな》はひたすら走りまわっていた。そんな葉菜に対して、幼獣扱いを宣言したザクスの反応はというと。

「また身体強化が発動している！　ますますだらしない贅肉《ぜいにく》が増えるぞ!!　デブ猫」

……あまり変わっていなかった。

人間そう簡単に変われないことなんか身をもって理解している葉菜だが、自分を子どもだと思っているのなら、もう少し優しく甘やかしてくれても良いのではないかと思う。十以上も年下の少年に甘やかされたいとかほざく、駄目な大人だという恥は承知で。

だが変わった部分もある。

「相変わらず足も遅いな……まあ、前よりは身体強化を使わない時間が増えたことは誉《ほ》めてやろう」

変わった部分その一。上から目線で取って付けたような言葉ではあるものの、たまに葉菜を誉める言葉を使うようになった。……何かを企《たくら》むような悪役じみた笑みを浮かべながら。恐らくこれが、精一杯のザクスなりの甘やかし方なのだろう。飴《あめ》と鞭《むち》を使いわけようとしているのだ。

思惑《おもわく》に乗せられるようで少し悔しいが、これがなかなか嬉《うれ》しい。自分の存在意義をザクスとの関係に見出《みいだ》していたことに気がついただけになおさらだ。

何も感じてないかのように澄ました顔でつんとそっぽを向いて見せるが、尻尾《しっぽ》は誤魔化《ごまか》せない。葉菜の尻尾は勝手にピンと立ち上がり、葉菜の喜びを雄弁に表していた。

「そうだな……褒美に今日は俺がお前を洗ってやろう」

「それはいらない」

間髪いれずに即答した。冗談じゃない。やめてくれ。

変わった部分その二。以前と比べ、やたら積極的にコミュニケーションを図ってくるようになった。どうやらウイフに、幼獣は構わなければ寂しがって情緒不安定になると吹き込まれたらしい。非常に余計なことをしてくれた。

コミュニケーションが得意ではないザクスが不器用に構ってくる様子は、兄になりたての子どものようで微笑《ほほえ》ましいが、正直ありがた迷惑なことが多い。主に葉菜の安息の時間を奪うという意味で。

（いやだー。いやだー。リテマさんに洗ってもらうんだあ〜）

葉菜の拒絶を完全に無視したザクスに首根っこを掴《つか》まれて、いやいやと首を振ったまま洗い場まで引きずられていく。二m越え、一〇〇kg超えが普通だった元の世界の虎に比べて、葉菜は全体的に幾分か小さい。体長は一七〇cm程度のザクスと同じか、少し小さいくらいだし、体重もそこまでは重くないだろう。（そういった意味では葉菜の獣姿は、虎ならば本当に子どもの体躯《たいく》なのかもしれない。異世界で虎がどのくらいの大きさなのか、そもそも虎に似た生き物がいるかもわからないが）

しかし、それでも確実に人間だった頃よりはずっと重い。それを片手で簡単に引きずっていけるなんて、ザクスは細い腕をしてどれだけ馬鹿力なんだろうか。考えるだに恐ろしい。

「訓練お疲れ様です。魔獣様……あら。殿下」

いつものようにお湯の準備をしてくれていたリテマが、ザクスの姿に驚いたように目を瞬《またた》かせた。

「朝から殿下が湯あみをなさるなんて珍しいですわね。殿下は執務もありますし、魔獣様より先に入られますか？」

「いや、リテマ。今日は俺がこいつを洗ってやろうと思って」

「あら、まあ！」

リテマが両手を口にあてて、目を見開いた。絶句している様子に、葉菜は反対の声を期待する。

（リテマさん、この馬鹿太子に言ってくれ。『獣を風呂に入れるなんて行為、殿下には相応《ふさわ》しくありません。私がやります』と。そして私に魅惑の時間を……!!）

「まあ、殿下が魔獣様をそれほど気に掛けられるなんて！　なんて素晴らしいのでしょう！」

リテマから感極まったかのように発せられた言葉は、葉菜の期待をあっさり裏切った。

「契約の絆《きずな》で結ばれていらっしゃるお二方があまり仲がよろしく見えないので、よもや一方的な契約だったのではと心配していたのですが、私の杞憂《きゆう》でありました。殿下は御自らの手で魔獣様を洗いたがるほど、魔獣様に心を砕かれていたのですね」

（いやいや、契約は一方的でしたよっ!!　てか、よく見て下さい!!　明らかに嫌がってるの無理矢理引きずってるでしょう!!）

歳のせいか涙脆《もろ》くなってしまって、と微笑みながら涙を拭《ぬぐ》うリテマに内心突っ込みながらも、言葉には出せない。ここまで喜んでいるリテマを、誤解だと主張して悲しませるのは流石《さすが》に気が引けた。

「殿下が体を洗い終わりましたら、お湯を持って伺わせて頂きますのでお呼び下さいませ」

（あー、ちょっと待って、リテマさん。行かないで〜〜）

すがるような葉菜の目には気づかず、リテマは軽やかな足取りで退散してしまった。風呂場にはザクスと葉菜が取り残される。

(……リテマさんが行ってしまった以上、しゃあんめぇ。ザクスの好きにさせてやるか)

葉菜はため息を吐きながら、渋々この不本意な状況を受け入れることにした。

別に、うら若き少年に体を洗わせるのが恥ずかしいとか、そういうわけではない。なんせ常に素っ裸で生活している身だ。今更そんなことで羞恥を感じたり、まして性的興奮を覚えたりなんぞしない。

葉菜が気にしているのは、純粋にザクスのシャンプーの腕だ。

(絶対下手くそだよな……)

至福の時間をもたらす、リテマの神の腕に及ばないのは仕方ない。あれは天性のトリマーだ。そこまでの力量を望むのは酷だろう。だが気持ち良くなくても良いから、せめて痛くしないで欲しい。力任せにゴシゴシ擦《こす》るなんてもっての他だ。勢い余って、毛をぶちぶち抜くのも勘弁してくれ。

葉菜の毛皮は繊細なのだ。一本一本が太くしっかりした剛毛のように見えなくもないが、それとこれとは別の話なのだ。優しく、丁寧《ていねい》に洗って貰わないと困る。

うろんげな眼差《まなざ》しでザクスの方を見やった葉菜は、視界に入った光景に思わずぶほっと吹き出した。

「なぜ、脱ぐ!?」

「脱がなければ濡《ぬ》れるだろうが」

細身ながら、しっかりと腹筋が割れた、彫刻のように均整がとれた上半身を晒《さら》していたザクスが、眉をしかめながら当然のように返す。

(いや、リテマさんは脱がないから！　脱がなくても洗えるから!!)

性格があれなので（何があれかは深く言及はしないでおこう）普段は忘れがちだが、ザクスは絶世の美青（少）年である。裸身を晒されるのは心臓に悪い。年齢を知っているだけに犯罪者の気分だ。

（もしや、下半身も……）

「ほら、さっさと湯につかれ」

思わず凝視《ぎょうし》していた葉菜を、ザクスは顎《あご》でしゃくった。脱ぐのは上半身だけのようだ。ホッとしたような、残念なような、複雑な気分で葉菜は湯に体を沈めた。

そこからは、予想通りの悲惨な展開が待ち受けていた。

「いだいー!!　ザクス痛い!!」

「大袈裟《おおげさ》な反応するな……しかし意外と難しいな……」

「ふんぎゃあぁ!!」

（りょ、凌辱《りょうじょく》された……）

葉菜は、伏せの状態で床に突っ伏しながらしくしく泣いた。尻尾も悲しげに床の上に伏している。力が入り過ぎたシャンプーも酷《ひど》かったが、それに輪にかけてブラッシングが酷かった。一体何本の毛が犠牲になったのだろう。禿《は》げが出来ていないか、非常に心配だ。

だが消沈する葉菜とは裏腹に、加害者であるザクスは満足げだ。心なしか、口端が愉快げに上がって見える。

「ふむ……下僕の手入れというのも、存外悪くないものだな。ペットだなんだにうつつを抜かす奴らの気持ちが少し分かった気がする……また洗ってやろう」

（金輪際《こんりんざい》ごめんだっ）

悲しいかな、ザクスに従属を誓っている身の上。葉菜がどれだけザクスの申し出を拒絶したところで、叶《かな》えられはしないだろう。近い将来必ずこの悪夢の時間が再来する。

葉菜は一層流す涙を増やして、さめざめと毛皮を濡らした。


ザクスによる、葉菜の癒しの時間の侵略は、お風呂タイムのみにとどまらなかった。

今日も今日とて成果の上がらない魔力の訓練を終えて、肉体的及び精神的疲労を感じながらぐったりとベッドに四肢《しし》を投げ出していた葉菜を、ザクスが突然訪ねてきた。

「よし、猫。今日から俺が一緒に寝てやろう」

そう言い放ったザクスの手には、枕が抱えられていた。あんぐりと口を開いて反応できないでいる葉菜を他所《よそ》に、ザクスは平然と葉菜のベッドに上がってくる。

（いやいやいやいやいや）

「いらない……狭い」

「俺とお前くらいで狭いわけあるまい。元々は現王が、複数人の愛妾《あいしょう》と一度に戯《たわむ》れる為《ため》に作った寝台だ。人間が五人ほど寝てもまだ余裕がある造りになっている筈《はず》だ」

（え、このベッドにそんな生臭い由来が……）

やたらでかいベッドだと思ったら、よもや乱交用だったとは。散々使用していて今更だが、結構いやだ。なんか嫌な卑猥《ひわい》な液とか染み込んでいないだろうか。

「まあ使用する前に、落馬が元で下半身不随になって寝込んだがな。未だ寝台の住人だ。数ヶ月前に病も併発させて、もう長くない。それに伴い、現王の愛妾たちも後宮から追い出したというわけだ」

（……今、さらっと衝撃発言されたような）

ベッドが未使用という事実に安堵《あんど》しつつ、ザクスが脇に横たわりながら平然と述べた言葉に顔を引きつらせる。現王ということは、ザクスの父親だ。父親が乱交好きな上に、事故で下半身不随になって、更に病気で死にかけていると、暴露されているのである。

昼ドラ展開があったことは把握していたが、実際に関係者から口に出されるとなかなか重い。なんて返せば良いのだろうか。

「別に慰めはいらないぞ」

葉菜が何かを口にする前に、ザクスが先回りして釘《くぎ》を刺してきた。

「父上が死のうが、俺は何とも思わない。来るべき時が来たと思うだけだ。……もっとも逆の立場だとしても、父上は同じように思っただろうな。直系の跡継ぎがいなくなって多少困るかもしれないが」

（さらに重い暴露をするな……!!）

お互いの生死がどうでもよい、希薄な親子関係。そんな暗黒事情、どう受け止めればいいかわからない。あまり家族運に恵まれてなさそうだと思ってはいたし、王族と一般人の家族事情はまた違うのだろうが、まさかここまでとは想定していなかった。

葉菜とて、元の世界の家族の仲はギスギスしていて、そう恵まれた家庭環境にあったわけではない。だがザクスの事情はそれの比ではなかった。

（母親や兄弟は、とか聞いて良いんだろうか）

一瞬考えて、すぐに自分の考えを却下する。藪《やぶ》をつついたら、絶対蛇が出る。賭けてもよい。受け止める自信がないなら、聞かない方が良い。葉菜にあるのは、せいぜい好奇心。ザクスの闇を受け止めてあげられるとも、受け止めてあげたいとも思えない自分が、首を突っ込むべきではない。

「それよりお前も早く寝ろ。明日も早いぞ」

布団に潜り込んだザクスから告げられた言葉に、ようやく今の状況を思い出す。ザクスの発言が衝撃過ぎてすっかり思考がずれていた。

(もしかして、これから毎晩一緒に寝ることになるのか？　冗談じゃないぞ)

朝は体力訓練、昼は勉強、夜は魔力訓練と、一日スケジュールがしっかり組み込まれている今の葉菜にとって、夜眠る時の僅《わず》かな一時は、一人でいられる貴重な時間だ。誰にも気兼ねをしたり、煩《わずら》わされたりしない、楽なプライベートの時間だ。その時間が奪われるのは、非常に辛い。

一度共寝を許したら、ずるずる習慣になってしまいかねない。ここは自分が寂しくない旨や、一緒にベッドで寝る上でのザクスのデメリットを説いて、今のうちに部屋から追い出さなければなるまい。

そう決心してザクスの方を向いた時には、手遅れだった。

(おやすみ三秒かよ～)

既《すで》にザクスは隣で穏やかな寝息をたてていた。某青狸ロボットに頼るメガネ少年なみの寝つきの良さだ。葉菜は、ため息を吐いて肩を落とした。こんな安らかな眠りを阻害するのは、心苦しい。……というか、無理に起こしたら、ザクスがどんな風に怒りをぶつけてくるかを想像すると恐ろしい。

(しかし綺麗《きれい》な寝顔だ)

眠る姿も美しいザクスに、ほぉと息を吐く。涎《よだれ》を垂らすくらいの可愛げがあっても良いのではないだろうか。元の世界の友人曰《いわ》く、葉菜は、眠る時不細工に半目を開いているらしいというのに。元の造作の差は仕方ないにしろ、寝顔くらい公平にしろよ、と神様を詰《なじ》りたくなる。

(肌も毛穴一つないし、太い産毛なんかもない。まじ人外なんじゃないか。……ああ、でも)

『寝顔は、存外幼いな』

懐《なつ》かしい日本語が、ぽつりと音になって漏《も》れた。常に纏《まと》う険がなくなったザクスの寝顔は、年相応に見えた。ザクスが、十四歳のまだ幼い少年であることを、その時葉菜は初めて実感した。

『あー……もうなんなんだよ』

葉菜は人間だった頃のように、小指の先で頭を掻《か》いた。鬱陶《うっとう》しいのも本当だが、構われて嬉しい自分がいるのも事実だ。

もっと構って欲しい。もっと必要として欲しい。

自分がこの世界にいても良いのだと、実感させて欲しい。

まだ十四歳の男の子が、それが正しいかはどうであれ、自分の為に変わろうとしてくれているのだ。

『だったら私も、変わらなければ、なあ……』

音になった言葉は、やたら弱々しかった。こんな台詞《せりふ》何十、何百と吐いただろう。何千、何万と思ってきただろう。——だけど、葉菜は変われなかった。今、変わる決意をしても、結局口先だけで終わるのではないか。そんな不安が、葉菜の胸の奥にはあった。

葉菜はザクスの寝顔を見つめながら、楽な体勢で、その脇に丸くなった。腕をそっと、ザクスの体に触れさせてみる。触れた所から、温かい体温が伝わってきた。

傲慢で、人にも自分にも厳しい、コミュニケーションが下手くそな、葉菜の主。

まだ十四歳の、家族関係に恵まれていない、王になるという重い使命を背負う少年。

さらに体を近づけて、眠ったザクスに寄り添うと、葉菜は目を閉じた。

変わりたいなんて、数えきれないほど願ってきた。願いはいつも途中で挫折し、諦《あきら》めて生きてきた。

（――だけど、誰かの為に変わりたいと思ったのは、これが初めてかもしれない）


『お前が決定的に足りないのは、行動だ』

今や懐かしい会社勤めの頃、駄目駄目な葉菜に、上司は繰り返し繰り返しそう述べた。

『変わりたい、普通になりたいと言いながら、お前は何をしている？　言えるのか？　大きく変わるから、「大変」なんだ。お前は大変な思いをしているのか？』

告げられる言葉に、いつも葉菜は返答に詰まった。ちょこちょこと小さな努力はいつもしようとしている。だけど効果は薄く、大抵の場合は嫌になって途中で投げ出してしまい、努力を継続することができずにいた。具体的に何をして、その結果どうなっているかなど言えやしない。

『人間的にお前が悪い奴だとは言わない。他人に無関心で、気が利《き》かない所はあったとしても。だが、仕事の面ではお前は本当に駄目な奴だ。お前くらいのレベルまで行くと、小手先の努力ではどうにもならねぇよ』

そう言って上司はため息を吐いた。

『もっともっと行動をしろ。何故できないのか、どうすればできるのか、常に考えて仮説と検証を繰り返せ。四六時中仕事のことを考えてろ。そこまでしないと、お前は変わらねぇよ』

一時は刺殺したいほど憎んだ上司だったが、今思い返せば、葉菜のことをよく見て根気強く叱《しか》ってくれる、良い部分もあったのだと思う。パワハラかセクハラで訴えれば余裕で勝てるような上司だったが、言っていることは正論で、葉菜のことをよく見て、よく考えてくれていた。

恨めしく思うのではなく感謝しなければならない。そう当時も本当はわかっていた。

だが、そんなありがたい説教を聞きながら、当時の葉菜はこう思っていた。

(ただ仕事に来ているだけでも辛いのに、ごく僅かなプライベートの時間まで潰してさらに辛い思いをしなきゃなんないとか無理)

改めて、自分でも思う。——年齢だけ無駄に食ったクソガキだと。

「変わりたい」そう漠然と思うだけでは駄目だ。

変わりたいと思って、言葉にするだけなら猿でもできる。昔の葉菜がしてきたことだ。

親身になって助言をしてくれた人の言葉を、一度決めた自分の覚悟を、裏切ることなんて簡単だ。

湧き上がる自己嫌悪も、日にちが経《た》てば忘れられる都合の良い脳みそを、葉菜は持っている。

葉菜が魔力コントロールを習得する為に、必要なのは行動のみ。それに尽きる。

自分の決意や、覚悟が明確か否かは、大切ではない。そんなもの考えても答えはでないし、長く考えれば思考は逃げに走る。決意や覚悟なんて、行動が成されれば、後から勝手について来るものだ。

(まずは自分ができる、一番簡単で効果がありそうなことから、と)

結局果たせなかった、かつての上司のアドバイスを自分に言い聞かせる。

そういえば上司は元気だろうか。階段から落ちたあの日は、上司と二人で勤務の日だった。来る筈だった葉菜が出勤せず、次の日から失踪したことはさぞや上司に迷惑を掛けただろう。それまでの所業も相まって、実に申し訳ない。

葉菜は湧き上がる苦い感情を呑《の》み込んで、目の前のウイフに向き直った。

「ウイフ。言葉、歴史、常識の勉強はいい。要《い》らない。魔力教えて。魔力知りたい。コントロール、する。知識必要。そう、思う」

魔力コントロールに有効で、今の葉菜が一番簡単にできると判断した行動をとる為に。

「魔力の勉強ですか？　別に構いませんが……」

ウイフが少し考えるように言葉を詰まらせ、やがて心配げに眉を下げた。

「それほど焦《あせ》って魔力の習得をされなくても良いのですよ？　魔獣殿はまだ幼獣なのですから、魔力操作が下手でも仕方ありません。ザクス様も、魔獣殿の成長を待つと言っておりましたし」

ウイフの言葉は、葉菜の怠《なま》け心を甘く擽《くすぐ》った。いくら知識をつけても、本当にコントロールが習得できるようになるのかなんてわからない。葉菜以外の異世界人ができなかったと言われることだ。自分なんかがいくら努力したところで、徒労に終わるのではないかと、囁《ささや》く自分がいる。

先行きが全くわからない不安な行為は、できることならやりたくない。逃げたい。後回しにしたい。だけど。

「……成長が、原因とはわからない。ザクス、ガッカリ、させたくない」

葉菜は知っている。ただ月日を待ったところで何の解決策にもならないことを。

だって既に葉菜の中身は、大人なのだから。それに、今まで「月日さえ経てば」と思って何もしなかった苦手なことが、いつのまにか勝手に克服されていたなんて都合の良いことはなかったのだから。

今逃げたら、変わらない葉菜は、月日が経つうちにザクスに見かぎられる。要らないと、必要ないと捨てられる。それは、嫌だった。やってできないのなら仕方がない。諦められる。だけど、「あの時もっと頑張っていれば」なんて後悔はしたくない。

十も年下の少年にすがるのは情けない話だが、葉菜にとってザクスの存在がこの世界で生きていいという「赦《ゆる》し」になっていることは、先日自覚した。

誰から求められたわけでもなく、ただ神子《みこ》を守るフィルターだった自分を、唯一求めてくれたザクス。ザクスに求められることこそが、この世界の「異物」である自分の、存在意義になりつつある。

葉菜は、ザクスに依存めいた執着を抱きつつあることを、感じていた。

その感情は、恋だとか（年齢差を考えるとそれはそれで問題な気もするが）、親愛だとか、母性が芽生えただとか、そんな綺麗なものではない。ザクスの不幸な境遇に同情したわけでもない。

居場所がない自分が、安心して生きられる居場所を、ザクスに見出しているだけだ。

（――結局自分のことばかりなんだな、私は）

ザクスの為に変わりたいというのは、ザクスに捨てられない為に変わりたいということに他ならない。結局は自分の為に変わりたいだけだ。どこまでも自分本位な自分に、内心自嘲する。

（そういえば、あの時の獣はどこへ行ってしまったのだろう）

葉菜の為に怒り狂って暴れた、葉菜の中の獣の存在を思い出す。あれからいくら心の中に呼びかけても、獣は反応を返してくれなかった。葉菜が再び傷つくその時まで、眠っているのかもしれない。

もしザクスに捨てられたら、その時こそ、獣に体をあげて代わりに生きてもらおう。獣の中で、現実を忘れて夢を見よう。ザクスのことも、どこまでも駄目な、変われない愚かな自分のことも忘れて。

きっと、それも悪くない。

「……素晴らしいっ!!」

どこまでも後ろ向きに暴走した葉菜の思考は、ウイフの感嘆の声により引き戻された。

「魔獣殿が、そこまでザクス様を思われていらっしゃることを、このウイフめは把握できておりませんでした。なんと理想的な主従の絆……っ！　ザクス様は、素晴らしい従獣を見つけられました。不肖《ふしょう》ウイフ。喜んで、知っているかぎりの魔力に関する知識を、魔獣殿にお教え致しましょう」

葉菜は感涙に咽《むせ》び泣きながら告げられたウイフの言葉に、盛大に顔を引きつらせる。

ここまで感動されると、最早《もはや》呆気《あっけ》に取られて罪悪感すら抱かない。

リテマの時といい、後宮の使用人は皆大袈裟なのだろうか。はたまた、単なるザクス馬鹿か。他人に無関心そうなザクスの態度と、使用人のザクスへの想いにギャップがあり過ぎて戸惑う。

「……ザクス様を、よろしくお願いします」

涙を拭ったウイフから向けられる真摯《しんし》な瞳に、どきりと心臓が跳ねた。

「私やリテマのような『持たざるもの』は、ザクス様の御心に添うことはできても、真の意味でザクス様を支え助けることはできませぬ。貴方《あなた》、だけなのです。貴方だけが、ザクス様を救えるのです」

(『持たざるもの』……？)

告げられた言葉を脳内で翻訳し、文字にすることはできた。しかしそれでもなお、その言葉の意味を葉菜は理解できない。

ウイフやリテマが何を持っていないというのか。そしてそれは、尋ねても良いことなのだろうか。

意味は理解できないが、途方もなく重たいものを託されたのはわかる。ザクスの一生に関わるような、そんな重い期待を。葉菜はいきなり伸《の》し掛かってきた重圧感にたじろぐ。

自分が捨てられたくないから、それだけが魔力コントロールを習得する理由だった。認められ、誉めてもらいたい、ただそれだけの為だ。それが、何故そんな重いものを任される話へと繋《つな》がる。

「さて、ならば本格的に魔力の勉強をさせて頂きますぞ。魔獣殿。心の準備は宜しいですかな？」

葉菜の困惑とは裏腹に、ウイフはすっかり気持ちを切り替えて教師モードに入っている。

葉菜もそれに倣《なら》い、慌《あわ》てて姿勢を正した。疑問や混乱は残るが、それはひとまず後回しだ。取りあえず今は、勉強に集中しよう。

「まずは魔力の根本についてご説明致します。先日、魔力はこの世界のあらゆる生き物に宿るとお話ししました。覚えておりますかな？」

葉菜はこくりと縦に首を振る。なんせ自身の衝撃のトリップ理由を知った講義だ。忘れたくても忘れられない。

「魔力は全ての生き物に宿っております。しかしプラゴドやナトアの国民は勿論《もちろん》、人間以外の生き物でも魔法を行使する生き物は、ごく僅かです」

(んん？)

葉菜は振った首を、そのまま横に傾けた。

魔力を持っているのに行使しない。これはどういうことだろうか。

他国民のように、主義主張があるなら、自由意思で使わない選択もあるだろう。だが、そんな思想が関係ない生き物なら、絶対に使った方が生きやすい筈だ。実際、葉菜の獣生活は魔力頼りだった。

「行使しないというよりも、できないのです。多くの生き物が持っている魔力の量は、生命維持の為の量程度しかありませぬので」

「生命維持？」

「魔力の消費は、魔法の行使によるものだけではありませぬ。魔法が使えるのは、余剰の魔力がある、所有魔力が高い生き物のみ。多くの生き物は、ただ生命活動を行うだけで、体内に保有できる魔力の多くを消費してしまうのです」

魔力＝魔法の公式を、勝手に自明のものだと思っていた葉菜は、ウイフの言葉に口をぽかんと開く。ウイフはそんな葉菜の様子に、ふむと呟《つぶや》いて自身の長い顎髭《あごひげ》を撫《な》でた。

「まあ、これは他国の民ですら知らない話なので、魔獣殿が驚いても仕方ありますまい。魔力を信奉《しんぽう》するグレアマギの学者だからこそ、分かった話です」

確かに魔力の存在を根本的に受け入れていないような、プラゴドやナトアの国民は、そんな説を話しても信じないだろう。話でしか二国のことを知らない葉菜でも、容易に予想がつく。

特にプラゴドは、「穢《けが》れた力」と考えている魔力が、自分たちの生命活動を維持させているなんて知ったら屈辱に怒り狂うにちがいない。もしかしたら、聖女に至っては、そんな学説をあみだした学者を抹殺しようとするのではないか。

それくらい、以前ウイフから聞いた神聖国家プラゴドの人間は、「狂信的」な印象だった。祈りの力である「神力」を信奉し、「神力」の為なら全てを捧《ささ》げる、狂気にも似た盲目さ。神子の為のフィルター扱いをされたという怨みを置いといても、改めて今後あまり関わりたくない国だと再認識する。

「魔力、なくなる。どうなる？」

この世界において魔力がそれほど重要な存在であるなら、それを使いきってしまえばどうなるのだろうか。嫌な予感しかしない。

「通常の生活を送っていれば、魔力はまずなくなりませぬ。体が魔力の限界を感じれば、自然に魔力消費を抑制するようになっておりますので。微量ですが魔力は大気中に含まれておりますので、時が経てば勝手に回復します。――ですが体の抑制を無視し、枯渇《こかつ》するまで魔力を消費した場合は」

そこでウイフは一度、言葉を切った。葉菜は固唾《かたず》を飲んで、続く言葉を待つ。

「――体の機能全てが停止して、死に至ります。回復する術《すべ》はありません。魔力を蓄えられる強力な魔具や、魔力を分け与えることができるという、【招かれざる客人】の存在をもってしても不可能です。体の限界を越えた時点で、魔力袋は破裂してしまっています故」

「魔力袋？」

「魔力を蓄積し、その使用量を調整する、臓器のことです」

ウイフは皺《しわ》だらけの手で、自身の胸の辺りを押さえた。

「心の臓の裏側、ここに魔力袋が存在しております。この魔力袋の大きさにより、保有魔力の量が決まるのです」

（………ちょっと待て）

人間というか、生物全般にそんな器官があるとは初耳だ。というか、そんな器官が元の世界に存在していたら、とっくに機能が解明され、大騒ぎになっている筈。解明されなくとも、少なくとも謎の臓器として学界の研究の的になっているのは間違いない。

なんせ全ての生き物にあるといわれる器官だ。研究材料なんて、そこらじゅうにある。

（つまりは、体の器官からして、こっちの世界の生き物と元の世界の生き物は、違う……？）

「ウイフ……【穢れた盾】、あるの？　その器官？」

「ありませぬ。異世界には魔力そのものがないらしいですから。だからこそ、異世界から来た人物は魔力袋の許容量に関係なく、体内に途方もない量の魔力を蓄えられるのです」

あっさりと返された案の定の答えに、葉菜は目の前が真っ暗になったように感じた。何が何でも魔力コントロールを習得するという決意が、ガラガラと音をたてて砕け散るのがわかる。

魔力の為に必要な器官がないのに、魔力コントロールを習得しようとするのは、肺がないのに呼吸しようとするのと同じようなものではないだろうか。今まで異世界からこの世界に来た人間が、何故魔力コントロールを習得しようとしなかったのか、今わかった。しなかったのではない。体の構造故に習得したくてもできなかったのだ。

（今まで勝手に魔力を行使できたのは、もしかして脊髄《せきずい》反射と似たようなもの？）

たとえば熱いお湯がかかったりした時、体は脳の指令を待たずに、脊髄によって反射的に反応を示すという。それと同じで、今までの葉菜の魔法は、体に蓄えられた魔力が葉菜の意思に関係なく、勝手に反応した結果なのではないか。それならば脊髄反射による反応をコントロールできないのと同じで、葉菜が自身の魔力をコントロールできるようになれる筈がない。

葉菜は絶望にうちひしがれた。そもそもの体の構造という、どうしようもない問題がある以上、このまま諦めるしかないのだろうか。

ウイフが魔力について続けて何かを言っているが、最早葉菜の耳には入らない。

「魔力コントロール習得不可能」といった文字だけがぐるぐると、頭の中で延々と回っている。

こうなったらもう、実は【穢れた盾】だと打ち明ける最終手段しか残されていないのだろうか。

魔力の供給者となれば、ザクスの役に立てるのだろうか。

（……あぁ、でもそうしたら、ザクスと今みたいな関係ではいられなくなるかもしれない）

【招かれざる客人】だと、【穢れた盾】だと告げないことを決めたのは、そもそもは単純にプライドだけの問題だった。だけど、ザクスとの関係が変化しつつある今、真実の告白は葉菜に別の恐怖を呼び起こした。今ザクスが歩み寄ろうとしてくれているのは、葉菜を幼獣だと勘違いしているからだ。もし葉菜が元人間だとわかれば、ザクスの態度も変わってくる筈だ。そのままうっかり本当の年齢までバレてしまったら。……考えるだけでゾッとする。

騙《だま》したつもりはない、言わなかっただけだという言い訳が、ザクスに通じるとは思えない。ただでさえザクスは、他者への許容範囲が狭い、偏屈な少年なのだから。今は奇跡的にザクスが譲歩して、その偏屈さを押さえる努力をしてくれているだけに過ぎないのだ。

ザクスは基本的に他者を信用していない。一度自分を騙した人間になんぞ、二度と心を開こうと思わないだろう。万が一真実がバレても、最終的には許してくれる。かつてジーフリートに対して抱いたそんな期待を、葉菜はザクスに対してはけして抱けない。抱ける、わけがない。ジーフリートとザクスの、葉菜に対する接し方はあまりにも違うのだから。

それなのに、葉菜は思ってしまった。

願ってしまった。期待してしまった。甦《よみがえ》らせてしまった。

かつてジーフリートに対して抱いた、あの想いを。彼の死で捨てた筈の、あの望みを。

（――もしかしたら、いつか家族のように）

いつかザクスとの間に、家族のような絆が出来るのではないか、と思ってしまった。

ザクスが最初のままなら平気だった。自分が【穢れた盾】だと告げたことで、プライドがずたずたになったとしても、時間が経てば「まあ、気にしても仕方ない」で済ませられた。たまたま与えられた魔力供給能力だけでも求められていることを、この世界で生きる意味に出来た。

なのに、ザクスが葉菜を構うから。思惑はどうであれ、葉菜に優しくしようと、近づこうとしてくれているから。

葉菜はそれを、心地よいと感じてしまった。それが温《ぬく》もりだと、認識してしまった。

ジーフリートの時のように、その温もりを失うことを怖《おそ》れてしまった。

自分が今のままの状態で、対価としてザクスにあげられるものがないことなど、考えもせずに。

(なにか、なにか、方法はないか)

魔力コントロールに必要な器官がないハンディキャップを克服する方法が、何かないだろうか。

葉菜は脳みそをフル回転させて考える。

考えた末に葉菜は泣きそうに顔を歪《ゆが》めた。実際大声で泣き喚《わめ》きたい気分だった。

どう考えても、完全に詰んでいる。どうやったって魔力コントロールの習得なんか不可能だ。

もしかしたら、頑張ればできるかも。そんな風に根拠もなく期待した自分が愚かだった。

「――そういった人々は枯渇人と呼ばれております……魔獣殿？　いかがなされました？」

葉菜が思考に浸っている間もなお講釈を続けていたウイフが、葉菜の様子がおかしいのに気づき、講義を中断する。葉菜はそんなウイフに向けて（獣の顔なのでそんな細かい表情が伝わるかわからないが）力がない笑いを浮かべてみせた。

「話聞いて自信ない、なった。魔力操作、習得、きっとできない」

「っそんなことありません！　魔獣殿は必ず魔力操作を上達させられます‼」

(それはウイフが、私が異世界人だと知らないから)

真剣な表情で励ましてくれるウイフの気持ちを嬉しく思うが、完全に卑屈モードに入ってしまっている葉菜の心には本当の意味では届かない。

知らなければなんとでも言える。自分の絶望なんか、きっとわからない。

そんな八つ当たりめいた気持ちを抱いてしまう。

そんな葉菜の気持ちを察したのか、ウイフは先ほどより強い調子で、葉菜にとって完全に予想外の言葉を投げかけた。

「魔獣殿が魔力操作をできないなんてありえませぬっ！　既に限定的とはいえ、魔力操作をなさっているではないですか！　後は操作できる魔法の種類を増やし、操作の精度をあげていくだけです‼」

「……え」

思わず耳を疑った。

(魔力操作が、できている？)

自分はそもそも魔力量を調整する器官自体を持っていないから、どんな些細《ささい》なコントロールでも不可能な筈だ。なのに、魔力コントロールができているとはどういうことだろう。心当たりが全くないのだが。

唖然《あぜん》とした様子の葉菜に、ウイフは訝《いぶか》しげに眉を寄せた。

「……何を驚かれているのです？　魔獣殿は小さいとはいえ、好きな時に火を出すことができるのでしょう？　ザクス様から聞いていますぞ。魔力操作が全くできないのなら、自分の意思で魔法を展開することと自体不可能です」

（あぁぁぁーーーっ！！！）

葉菜は目を大きく見開き、心の中で叫んだ。

そうだ、自分は好きな時に火を出すことができる、ライター要らずの能力を持っていた。体の根本からして違うという衝撃の事実のせいで、すっかり失念していた。

火力の調整こそできないものの、魔法自体の発動率は一〇〇％だ。そんなに強い意識も必要なく、簡単に魔法を発動させられる。

（いや、よくよく考えれば身体強化も）

自分の意思で、体が勝手に行う身体強化を抑え込むことはできない。だが、発動自体は簡単だ。足に力を入れて意識を集中させるだけ。ザクスと最初に対峙《たいじ》した時、自分は意識して身体強化を発動させていたではないか。

（もしかして、魔力コントロールには、魔力袋が必ずしも必要ではない？）

絶望的な状況に、光明が射した。

（考えろ。魔法の発動と、それ以外では何が違う？　何がきっかけで、自分は魔法を行えている？）

葉菜は深く物事を考えるのが苦手だ。考えてもどうしようもないことは世の中にごろごろしているし、考え抜いたところでそれほど状況が変わらないのではないかと思ってしまう。

考えても、ただ疲れるだけだ。ならばさっさと思考を切り替えて、別のことを考えた方がいい。そう思ってしまう。それ故に、嘆きも反省も続かない、いい加減な思考回路をしているのだ。

だけど、今。葉菜は考えなければならない、どうしようもない状況に立たされている。

考えを放棄した瞬間、待っているのは暗い未来だけだ。そこに安寧《あんねい》はない。

葉菜の記憶力は良い方だ。学校の成績はずっと良かった。地頭は悪くないのだ。知識を応用することが、苦手なだけで。葉菜はかつてないほど、脳みそをフル稼働させて考え込んだ。

自分が、初めて火の魔法と、身体強化を発動させた時の状況を思い出してみる。

発動させたのは、異世界に来たばかりのサバイバルの時だ。とにかく、生きる為に必死だった。極限状態が潜在能力を引き出した。それは間違いない。だけど、それはあくまで最初のきっかけだ。好きな時に魔法を使える理由としては、薄い気がする。

(私は魔法を、『それを魔法だと認識しないまま』使用していた)

摩擦熱で、火がつけられる。筋肉に力を入れれば、収縮しバネ作用が起きる。

葉菜の魔法は、そんな既に自明となっている物事がより容易に、より強力になったものに過ぎない。

葉菜の魔法の前には、葉菜が元の世界で所有していた、自然原理が存在していた。

(つまりは固定観念こそが、魔力コントロールを、邪魔している?)

異世界人は元の世界の常識に縛られているからこそ、魔力コントロールができないのだろうか。

……いや、そんな単純な問題で片付けられるか？　こんな、魔力だの神力だのが当たり前に存在する異世界に来た時点で、ある程度の常識は壊されてしまうだろうに。

「ウイフ……【穢れた盾】、魔力コントロールできた、一人もいない？」

「突然どうなさいました？　史実として残っているかぎり、お一人もいらっしゃいませんね。魔法自体発動できず、あり余る魔力をもて余し、それを供給するものがほとんどのようです。お二人ほど感情の暴走故に魔法を発動させたものはおりましたが、その直後に行使した魔法により滅んでおります」

ウイフは、「なぜここで【穢れた盾】の話が出るのだ」と面食らった表情をしながらも、疑問にきちんと答えてくれた。葉菜が異世界人だからこそ出た質問なのだが、ウイフはそんな葉菜の事情など知らない為、少し気になって、と適当に誤魔化す。

つまり、拙《つたな》いながらも魔力コントロールができる自分は、異世界人の中でもイレギュラーな存在ということになる。なぜ、自分だけが異世界人の中でも特別な性質を持っているのか。

「自分は特別な存在だから」なんて、寝惚《ねぼ》けた想定はしまい。それは単なる願望で、また考えることそのものを放棄しているだけだ。所詮《しょせん》自分は神子のオマケの身。ただのフィルターだ。勘違いしてはいけない。期待するだけ、真実は見えなくなる。

物事には必ず理由がある。自分が魔力を調整する器官を有していないのに、なぜか魔力コントロールができるという事実にも、きっと何らかの理由がある筈だ。

葉菜は脳内で、一つの仮説を立てた。

「異世界人、魔力袋ない。なら、魔力どこある？」

「異世界人の魔力が宿る場所、ですか……？」

ウイフは考えこむかのように目を細めて、宙を睨《にら》んだ。

「私の記憶にあるかぎりだと、明確にどの場所とは解明されておりませぬ。全身に行き渡っているだろうとは、言われていますが。わかっているのは、異世界人が魔力を体内で移動させられること。また、体内で魔力が集中している場所は、個々によって偏りがあることとくらいです」

「偏り？」

「はい。……少々お待ちください」

ウイフはいったん部屋を出ると、暫《しばら》く後に、今にも風化しそうな、色褪《いろあ》せた書物らしきものを持って戻ってきた。

「今から一五〇年ほど前に宰相を務めたアルフトカル・ナタマフの手記でございます。アルフトカルは魔力感知能力に関しては、天賦《てんぷ》の才を有しておりました。彼は他人の体内に内在する魔力の量やその流れを、色として見ることが出来たそうです。そんな彼が、当時の【招かれざる客人】の魔力を見た際の詳細が、ここに記載されております」

ウイフは本を損なわないように、慎重な手つきで、ページをめくりだした。

「当時の【招かれざる客人】の魔力が、アルフトカルには金色に見えたようです。色は淡く全身に広がり、なぜか右腕に濃く集中しておりました。アルフトカルが客人に心当たりを尋ねたところ、客人は召喚前に右手に怪我《けが》を負っており、そのせいで魔力が集中したのではないか、と答えたとのことです。……魔力によって運搬される際、癒しきれていなかった傷口から魔力が入り込んだと考えたのでしょう」

（……やっぱり）

ウイフの言葉で、葉菜が抱いていた仮説が、より信憑性《しんぴょうせい》を増した。

傷口から魔力が入り込み、入った部分に魔力が集中するならば、葉菜の魔力はどこに集まっているのだろうか。葉菜は元の世界での最後の記憶を思い出す。階段から落ちた自分は、固い床に叩《たた》きつけられた衝撃で頭蓋骨が割れ、脳髄が飛び散る幻影を見た気がした。

もし、あれが幻影でなかったら。

あまり想像して気持ち良いことではないが、自分は本当に頭蓋骨や脳を損傷しており、死の直前にそれが何らかの作用で修復され、それと同時に魔力による異世界トリップが起こっていたならば。

（――魔力は脳に、集中する）


生物学的に、魔力が魔力袋からどのように供給され、伝達し、行使されるのかはわからない。

だが意思によって魔力を行使したり、コントロールができるなら、そこに脳の働きは不可欠だろう。

ならば、魔力が脳に集中していることは、魔力を行使するにあたってメリットになりうるのではないか。もしかしたら、魔力袋がないという欠点を、やり方次第では補えるくらい大きなメリットに。

葉菜は口回りを舐《な》めた。乾いた唇に触れるとばかり思っていた舌に、濡れた毛が纏わりつき、驚く。

そういえば、今の自分は獣だった。そんな最早自明のことを忘れるくらい、考えに没頭していた。

あくまで仮説だ。確証などない。だけど、それで構わない。

今の葉菜が欲しいのは、不可能だと思われる事柄を成せるかもしれないという、希望だ。

その希望を実現する為に、何を成せばいいか考える指針だ。

そして今、それがある。それだけで状況は全く違ってくる。

（それにこの仮説をもとに動くなら、やれることは一つしかない）

脳に集中している魔力を、コントロールできるようになる為に、今の葉菜ができること。それは、
脳を働かせることだけである。

魔力をコントロールする為に、脳を働かせる。それはつまり、イメージを強化することだ。

火は物を擦ればつくイメージがあったから、擦る動作をした時に魔法でつけることができた。

筋肉は力を入れればバネの働きが強くなるイメージがあったから、身体強化が行えた。

ならば魔法コントロールを習得する方法は、コントロールのイメージをより鮮明に描けるようになることだけだ。

単純過ぎる発想。仮説がなければ、「そんな単純なことなら、今までの異世界人が魔力コントロールを習得できないのはおかしい」と、切り捨てていただろう。

だがそれが、葉菜にのみ適応する魔力コントロールを習得する術ならば、話は違ってくる。

脳を損傷したが為に、脳に魔力が集中している葉菜だからこそ、そんな単純な方法でも魔力コントロールを習得できるのだとしたら。

葉菜はつい先ほどまでの絶望を忘れ、にんまりと口端を吊《つ》り上げた。


葉菜は基本的に単純な人間である。考えるのが苦手で、気が向くまま、本能が赴《おもむ》くままに気楽に生きていたいと思うし、実際それが行動にも現れているように思う。

ケセラ・セラ。なるようになる。そんな言葉を言い訳に、二十四年間適当に生きてきた。

そんな葉菜が物事を複雑に、熱心に考える時は、大抵が自己保身の言い訳の為であることが多い。

葉菜は自分が傷つかない為の心のあり方を必死に考え、考え抜く。その為の労力は惜しまない。

最終的に疲れ果て、考えたという事実を免罪符に、全てを放り投げて頭の隅に追いやり、忘れるのだが、それは取りあえず置いておく。

さて、葉菜は脳に魔力が集中しているが故に魔力コントロールが習得できるという説を、「仮説」

であると繰り返し述べた。間違いかもしれないと、それが正しいかわからないと、そう考えていた。

しかしこれは実際のところ、万が一「仮説」が外れた場合、自分が受けるショックを少なくする為の、自身への保険に過ぎなかった。ネガティブなくせに、単純で、都合が良い時だけ楽観的になる葉菜は、ウイフの言葉を聞いた時に、本当は確信していたのである。

（幸運にも自分は脳に魔力が集中しているという特質を持っているのだから、他の異世界人と違って魔力コントロールを習得できるのだ。そうに決まっている）

そして、こうも思っていた。

（魔力コントロールの為にイメージトレーニングなんて、簡単だ。自分はさほど努力しないでも、魔力コントロールを習得できるのだ）

つまりは舐めていたのである。

自分でも、流石に短絡的過ぎる、楽観的過ぎるとわかっていた為、失敗する可能性を努めて考えてはいたが、一度陥《おちい》った絶望から回復した反動で葉菜は浮かれきっていた。

深層心理というべきか。本音というべきか。勝手に浮かんでくる考えを、心底押さえ込むのは不可能である。元々自分にはとても甘い葉菜だ。そんな自分の考えを律することなんてできる筈がない。

だが世の中そんなに甘くない。脳内がお花畑と化している葉菜が、現実によって残酷な洗礼を受けることになるのは、必然といえば必然であった。

（な・ぜ・できない～っ！）

葉菜は火の玉のように空中に静止し、風で火の粉を揺らしながら燃えている、自らの魔法で作り出した炎を睨みつけた。先ほどから、イメージによって炎の大きさを変化させようとしているのに、炎はただその場で燃えるばかりでちっとも変化は見られない。

イメージは訓練次第で、より鮮明に思い描けるようになることを、葉菜は体験から知っている。

夢見がちでオカルト好きな少女だった葉菜は、昔「明晰夢《めいせきむ》」を見たくて、夜寝る前にイメージの練習を繰り返したことがある。今思えば黒歴史だが、全ては異世界で魔力コントロールを習得する未来の為だったと考えれば、きっと必要なことだったのだと思う。全ては必然。そういうことにしておく。

明晰夢を見る時のようにイメージに集中して、自己催眠のような状態に陥ることで、魔力をコントロールする——ファンタジーではいかにもありそうなことではないだろうか。

取りあえず目下の目標は、既に発動を習得している火魔法か、身体強化の調整を行えるようになることである。新しい魔法の習得はひとまず二の次だ。発動のみ可能な魔法を浅く広く習得していても、それを器用に組み合わせ、状況に合わせて使い分ける戦略的脳等、葉菜は持っていないのだから。

身体強化は、体内の筋肉の動きが目に見えないが為に、イメージを強化するのは難しい。

ならば自分が最初に習得すべきなのは、火の魔法の調整だろう。

葉菜は以前一度あったきりのヘタレ料理人にお願いして（普通にお願いした筈なのに料理人はブルブル震えて半泣きの状態だった。相変わらず失敬な奴だ）調理に使わない時に、竈《かまど》の火をつけて観察する許可をもらった。本当は一人屋外で焚《た》き火でもしたいところだが、火事にでもなったら恐ろしいのでやめておいた（もしかしたら、火事になるというピンチで、水魔法が習得できるのではないかと思わないでもないのだが、流石にリスクが高過ぎる）。

火の使用は責任がとれる人間と一緒でなくてはならない。そんなわけで、再度ヘタレにお願いをして（愛らしさ全開で擦り寄ってみせたのに、ヘタレはまた気を失いそうになっていた）、火の観察時は傍《そば》にいてもらうことにした。申し訳ないとも思わないでもないが、葉菜の自主トレの時間はヘタレの仕込みの時間のようだから、ちょうど良いだろう。竈だって複数あるのだから、仕事の邪魔にもならない。ヘタレが葉菜に怯《おび》えているせいで、仕込みがやたら手際が悪くなっているように見えないこともないが、気のせいだ。だって獣の自分は、かくも愛らしいのだから。

竈の中にいれた木に種火となる火をつけて、火が燃え広がる様をただひたすら観察する。

炎《ほのお》を見る。どのように木を燃やすのか。勢いを増していくのか。空気の流れで動くのか。煙はどうやって上がるのか。そして消えていくのか。

光で目がしばしばしたり、煙や煤《すす》で咳《せ》き込んだりしながらも、火をつけては消えていくまでの様子を、時間が許すかぎりひたすら繰り返し観察した。

目が限界になると目を瞑《つぶ》って休みながら、先ほどまで見ていた情景を脳裏に再現する。ついでに肌に感じる熱気を意識して、視覚以外の炎の情報をイメージに付与する。

イメージは回数を重ねれば重ねるほど、鮮明な現実的なものへと変わっていった。

何日か訓練を繰り返した後で、葉菜は一種のトランス状態のような感覚に陥った。自分が魔法によって出した炎と一体化し、意識のままに操れるかのような、そんな感覚だ。炎が思ったとおりに自在に勢いを変えていく様を、脳裏に現実のもののように、ありありと描き出すことができた。

――自分は今、火の魔法の魔力コントロールを習得したのだ。

そんな確信が、葉菜の中に生まれた。

(なーのーに、なぜ、できぬ……！)

葉菜は苛立《いらだ》ちに任せて、目の前にある木柱を爪で掻《か》き毟《むし》った。リテマが用意してくれた、葉菜の爪研ぎようの特注の柱だ。滑らかな質感の木で、爪を研いだあとの箇所がささくれだって葉菜の手を傷つけることがない、素晴らしい品である。きっとかなりの値段がする。葉菜の爪は鋭利で、殺傷能力が高い為、一回で駄目になってしまうのが実に惜しい。

(……あ、このあいだリテマさんが用意してくれた巨大猫じゃらしも、先がフワフワモフモフの素晴らしい逸品だったな~。使ってくれたのがリテマさんでなくて、ザクスだったのが屈辱だったけど)

葉菜は、捕まえた瞬間爪でボロボロにしてしまった特注玩具に思いを馳《は》せた。

葉菜の爪にかかって壊れるまではあっという間だったが、実はかなり遊んだ。何故なら、猫じゃらしを使う相手が大人げないザクスだったから。

ザクスは剣聖だか何だかと讃《たた》えられる素晴らしい身体能力の持ち主の癖に、一切手加減なく俊敏に猫じゃらしを操り、捕えようとする葉菜の手から回避させてきた。葉菜がうっかり身体強化を使う度、猫じゃらしで葉菜の横っつらを思いっきりはたくというオマケ付きで。

訓練のせいかはわからないが、なんとか身体強化を勝手に発動させないことはできるようになっていた葉菜は、自身の実力である乏し過ぎる運動神経をもってして、ザクスに挑んだ。

何十回めかのトライで、ようやく猫じゃらしを捕まえられたのだが、それも奇跡に近かったと思う。

(――思考が逸《そ》れた)

今はそんなことより、火の魔法の魔力コントロールのことである。

葉菜は魔法で発動させた火を、自分の意思で自由に消すことはできるようになった。

これだけでも、イメージトレーニングの成果はあったとはいえる。自分はよく頑張った。自分で自分を全力で誉めてやりたい。

だけど、いくらイメージしても、炎の勢いや動きを操ることはできなかった。炎の動きは、もしかしたら風魔法も必要かもしれないからまあ良いとして、炎の勢いを操れないのは解《げ》せない。あれだけ頑張って魔力コントロールの訓練を行ったのにも関わらず、成果は何処でもライター（オイルいらずで火がつけられます。火の玉状にして空中に浮かべることもできる優れもの）に、いつでもついた火を消せるという安全装置がついただけである。

葉菜は再度宙に浮かべた炎を見やる。そしてその炎がさらに勢いを増して燃える様を想像する。

イメージの炎は、まるで現実のもののように葉菜の脳裏に描かれ、そのイメージが現実の炎と重なって見えるような錯覚に陥る。だが、現実の炎は葉菜のイメージを裏切り、変わらぬ勢いのまま燃えている。葉菜がどんなイメージをしようと、その姿は変化しない。

葉菜がイメージを止めると、瞬時に火の玉は消え去った。木の枝など燃える素材に火をつけた場合はイメージを止めても火は継続するが、火が消えるイメージをすれば、どれほど勢いよく燃えている火でも瞬時に鎮火できることは実証済みだ。

葉菜はため息を吐いて、ぺたりと地面に腹這《はらば》いになった。できることは、もうやった。これ以上どうすれば、魔力コントロールを習得できるというのだ。

仮説と検証。仮説が失敗したなら、新しい仮説を立てればいい。

だが仮説は部分的に成功という微妙な結果。これから、どんな新たな仮説を立てれば良いというのか。

（――もう、これで良いんではないか）

必死に考える葉菜の頭の片隅から、そんな声がする。

（元々異世界人は魔力袋を持っていないというハンディキャップを持っているのに、自在に魔法のオンオフができるようになったというだけで、十分すごいではないか。異世界人初の快挙だ!!　これがきっと限界なんだ。もうこれ以上無理することはない）

その声は、葉菜に優越感を抱かせ、葉菜の中の自尊心をある程度満足させてくれた。

だが、一方でこんな声も聞こえる。

（もう既にいない先人と比べてどうする？　この世界でオンオフ程度の魔力コントロールしかできない自分は、間違いなく劣った存在ではないか。こんな結果で満足して、情けなくないのか）

聞こえてくる二つの声は、天使の声でも悪魔の誘惑でもない。

優越感と、劣等感。――結局は自分の中の自尊心の声だ。比較する対象が異なるだけの。

相対的な幸福は、本当の意味で幸福ではない。

相対評価の対象が代わるだけで、優越感は劣等感に、劣等感は優越感に変わってしまうのだから。

葉菜は欠点だらけの駄目人間の癖に、自尊心が高い。それ故に、いつも苦しんでいる。

（ああ、もう投げ出して逃げてしまいたい）

自尊心故の葛藤の苦しみから逃れるのに最適な方法こそ、全ての思考を放棄して怠惰《たいだ》に耽《ふけ》ることだ。

何もしない。何も考えない。それが一番楽だし、その結果さらなる劣等感に苛《さいな》まれても「何もしなかったから仕方ない」と諦められる。

もう諦めようか。あるだけで、得たものだけで満足しようか。

自尊心が満たされる言い訳は、手に入れることができたのだし。

そんな風にいつもの駄目な思考に傾きかける葉菜の脳裏に、一週間ほど前の出来事が思い出された。

一週間ほど前。

夜の訓練の際に、葉菜はザクスに初めて自主トレーニングの成果を見せた。

先ほどやったのと同じ、宙に火の玉を浮かべて、意識的に火を消してみせるだけの、それ。

ザクスに好きなタイミングで手を叩いてもらい、それにあわせて火を消していく姿を披露しながら、葉菜の内心は不安と期待でいっぱいだった。

(ザクスは誉めてくれるだろうか)

いや、言葉では誉めてくれるだろう。今のザクスは、葉菜のできた部分を少しでも見つけて誉めてくれようとしてくれる。だけどその言葉は本心からのものだろうか？　内心は、「たかがこれくらい」と思ってはいないだろうか。

葉菜の心は、まるで勉強が駄目な子どもが、クラスの平均以下の、それでも普段よりは格段に良い点数のテストを親に見せる時のようだった。

頑張った。頑張って、僅かでも成果が出た。

誉めて欲しい。喜んで欲しい。

自分の頑張りを、ザクスに心から認めて欲しかった。

ザクスの顔がまともに見られなくて、葉菜は成果の披露が終わった瞬間俯《うつむ》いた。

そんな葉菜の傍に、ザクスは静かに近寄る。

「――よく頑張ったな」

ぶっきらぼうにそう言って、ザクスは葉菜の頭を撫《な》でた。葉菜が泣いたあの時と同じように。

顔を上げた葉菜は、見た。慣れない行為に照れているのか、眉間《みけん》に皺を寄せて顔を逸らしたザクスの口もとが、嬉しげに緩んでいるのを。

「……っ!?　なぜ、泣く!?」

思わず涙をこぼした葉菜に、ザクスはぎょっとした表情で慌てふためく。その姿に笑ってしまった。

「うれし……くて」

人は嬉しい時も泣けるのだ。

そんな機会が滅多《めった》にないから、知識としては知っていても、感覚としては忘れてしまっていた。

「ザクス、ザクス」

「なんだ」

「頑張ったよ。まだまだ足りないけど、頑張って、魔法やめる、できるように、なった」

「あぁ、知っている。お前が何とか魔力操作を習得しようと学んでいたことも、空いている時間も自主的に鍛錬していたことも聞いている。……誉めてやる」

「ザクス、ザクス」

「だから、なんだ」

「もっと頭、撫でて」

「……今だけだぞ」

再開された不器用な手つきで頭を撫でる行為を、葉菜は目を瞑って堪能《たんのう》する。

瞑った目の隙間《すきま》から、涙が次々流れ落ちた。

撫でるザクスの手が温かかった。その熱に、心の奥が震えるのを感じる。

もっと、この熱が欲しい。もっと、この熱を感じたい。

その為なら、いくらでも頑張れる気がした。

ザクスから与えられる温もりが、ただ嬉しくて仕方なかった。

(――ここで諦めたら、おしまいだ)

葉菜は奥歯を噛み締めながら、床に爪を立てる。綺麗な床に深い爪の痕が残った。

ここで魔力コントロールを諦めたら、きっとあの温もりはもう手に入らない。

それだけは嫌だった。

(トレーニングを始めてまだそう時間が経っていない。もっとイメージを鮮明にしなければならないのかもしれない)

まずはイメージトレーニングを継続して、その鮮明さを向上させていこう。

それでも駄目なら、また別の手段を考えよう。

今までは、できないことはすぐに投げ出すか、努力をせずに惰性で続けるかの、どちらかだった。

勉強のように僅かな得意分野は、それほど頑張らなくてもある程度はできたし、それ以上できるようになろうとはしなかった。脇目をふらず、自尊心も放り捨てて必死に一つの物事を習得しようとした経験が、葉菜の人生には決定的に欠けていたのだ。

そんな葉菜が今、無謀だとも思われる「魔力コントロール」のトレーニングを、投げ出さず継続する決心をする。――葉菜にとっては、それは、今までにはない大きな決意だった。

何度も挫《くじ》けそうになりながらも、葉菜は諦めることなく魔力コントロールの訓練を続けた。

そんな葉菜を嘲笑《あざわら》うかのように、作り出した魔法の炎には、何の変化も見られない。

焦燥感に駈《か》られる日々。

しかしある日、魔力コントロールを習得する鍵が、外からやって来た。


「休み？」

「あぁ、最近根を詰めて訓練をしているようだからな。一日休息をやる。今日だけは勉強も訓練も忘れろ」

ザクスの口から出た思いがけない言葉に、葉菜は目を瞬かせた。

そういえばすっかり訓練と勉強で終わる日々に慣れてしまって、城に来てからろくに休日らしい休日を貰ってないことを、全く意識していなかった。

怠惰の化身とでも言うべき葉菜には、由々しき事態である。

(でもやりたいことないしな〜)

異世界に来る前の葉菜の休日は、基本ベッドの住人のままネット小説ばかり読んでいて、出掛けるのは本屋くらいだった。ネットも、簡単にすらすら読める本もない現状、やりたいことといえばベッドでごろごろすることくらいしかない。

(町に出るにしろ、今の姿じゃ無理だし)

葉菜は森で過ごした後は、すぐに後宮住まいだった為、異世界の町の様子を全く知らない。森から後宮へ向かう際も、何かザクスが特別な魔法具を使ってテレポートしていた。

ジーフリートの家や、後宮の造りからして、恐らく「中世ヨーロピアン風の町並み」だとは想像しているが、その実態は知らない。確かめてみたいが、町にこんな獣が普通に歩いていたら、阿鼻叫喚《あびきょうかん》な事態になるだろう。最悪、討伐される。そんな危険を冒してまで、満たしたい好奇心ではない。

「今日は客人が来るから、俺は一日後宮にいる。用事が終わったら遊んでやってもいいぞ。リテマがまた新しい玩具《がんぐ》を取り寄せていたようだし」

「玩具」という言葉に、葉菜の耳はぴくりと反応をみせるが、敢《あ》えてつんとそっぽを向く。

馬鹿にしないで頂きたい。葉菜は見かけは獣で幼獣扱いに甘んじているが、中身は二十四歳の大人である。淑女である。猫じゃらしなんかで遊んでもらって、嬉しいわけがない。この間は一回目だから乗ってやっただけだ。二回目なぞない。

（……まあ、ザクスがどうしてもというなら、遊んでやらないこともないが）

自分の方が十歳年上で大人なのだ。遊んでやっているつもりで、ザクスが実は楽しんでいるというのなら、付き合ってやるのもやぶさかではない。

「……夕方、ザクスの部屋、行く」

葉菜は意思とは裏腹に立ち上がる尻尾を、なんとか伏せさせようとしながら、しぶしぶと言った口調で答えた。断じて喜んでなどいない。

それよりも、先ほど聞き逃せない単語があったような気がする。

「客人？　来る？」

「あぁ。最近俺が個人的に懇意にしている薬売りだ。取引自体は最近だが、本人とは昔からの馴染みでな。……あぁ、そうだ」

ザクスは顎に手を当てて、あくどそうな笑みを浮かべた。昔馴染みを思い出して、普通そんな笑みが出るだろうか。いや、ザクスが笑った顔は、大抵悪役面だから仕方がないかもしれないが。

「多分そいつはお前に会いに行くから、わかりにくい場所にはいるなよ。部屋か庭にいるといい」

(私に会いに?)

何なんだろう。魔獣愛好家か何かなのだろうか。……まあ、葉菜自身知り合いが、虎を飼っていたりなんかしたら絶対に見せてもらいたがるので、そんな深い意味なぞないのかもしれない。

(……だが、憂鬱だ)

葉菜は近い未来を思ってため息をついた。葉菜は基本的に人見知りだ。元の世界ではそれでも頑張って、向いていない接客業などやっていたが、知らない人との交流は結構、かなり苦痛だった。異世界に来てから交流する人が限定されている為、その傾向はますます強くなっている気がする。

そんな状態で、見知らぬ人間に品定めをされるのだ。憂鬱にならないわけがない。

葉菜は客人とやらが、忙しくて自分に会いに来る余裕などない状況になることを祈った。


午前中いっぱい部屋で寝て過ごして、だらだらするのにも飽きた葉菜は庭へと出た。だらだらするのに、まさか飽きる日が来るとは。やはり習慣というのは、体に染みつくものなのだろうか。

いつも訓練で走り回っている庭だが、ゆっくり歩いてみると、また違った景色に見える。雨上がりのせいか、少し湿った草の匂いが葉菜の気持ちを安定させる。

(もしかしたらこういう精神の安定が、魔力コントロールに良いのかもしれない)

そう思って、いつものように火の玉を出してみるが、やはり火の勢いは普段通り一定のままだ。

(やっぱり駄目か)

葉菜はため息を一つついて、浮かべた火の玉を消した。いちいち落ち込んでいたらきりがないとわかっているが、感情に素直な耳は勝手に伏せ、尻尾はだらんと垂れ下がる。ポーカーフェイスでいさせてくれない体だ。

「……おい」

不意に掛けられた声に葉菜はびくりと体を跳ねさせ、尻尾を膨らませた。

どうやら件《くだん》の客人のお出ましらしい。憂鬱な気分で振り返った葉菜は、客人の姿を目に止めた瞬間、息を飲んだ。

(うんわ、滅茶苦茶《めちゃくちゃ》美形)

振り向いた先には、ザクスである程度美形耐性がついた葉菜ですら、思わずあんぐり口を開いて見とれてしまうような、とんでもない美形が不機嫌そうに立っていた。

ザクスが人形のような美形なら、客人は神がかった魔性の美貌の持ち主というべきか。

染み一つない、真っ白な象牙のような肌。切れ長な目の中で、琥珀《こはく》色に輝く瞳。すっとなだらかな、筋が通った高い鼻。薄紅色の、柔らかそうな唇。

人間の理想のような、一つ一つ美しいパーツが、小さな顔に最良のバランスで配置されている。

手足は細くて長い。指先から爪先に至るまで、全てが完璧なフォルムだ。

客人をもっとも印象づけるのは、その真紅の髪だ。さまざまな美しい朱を合わせたかのように光の加減で色を変えるその髪は、艶《つや》やかに波打っており、その長さは腰ほどまである。

「傾国の美貌」そんな、単語が葉菜の頭をよぎる。客人の性別は男か女かもわからない。だが、その美貌は性別なんて関係なく、老若男女全てを魅了するだろう。

葉菜は思わずほぉっと息を吐いた。

客人の眉間に皺がよる。そんな姿まで美しい。客人は、麗《うるわ》しい唇を動かし――

「……何を呆《ほう》けてやがる。気色悪ぃ面しやがって」

――その繊細な美貌と不釣り合い過ぎる暴言を吐いた。

「あ？　なに見てやがる」

思わず遠い目で客人を見やると、客人は舌打ちをして睨んできた。この台詞の「あ？」は、ヤンキーばりの巻き舌で発音されている。澄んでいて、高くもなく低くもない、非常に美しい声をしているのに、発せられる言葉はどこぞのヤクザかというくらい柄が悪い。

何だろうか。このがっかり感は。

人は見た目で判断してはいけないとは分かっているが、あまりに容姿とのギャップが酷過ぎる。

(ザクスといい、この世界の美形は、口も性格も良くないという法則でもあんのか)

そう考えて、葉菜は即座にかぶりをふる。ジーフリートは美形だったが、言葉遣いも性格も美しかった。ザクスと目の前の麗人が特殊なのだ。一般化してはいけない。

「で、てめぇはこんなとこで何してやがったんだ？」

眉間の皺を緩めた麗人が、頭を掻きながら尋ねてきた。

美しい髪をそんな適当でがさつな動作で、ぼさぼさにしないで欲しい。かつては身なりに無頓着《むとんちゃく》で、口元に歯磨き粉をつけっぱなしにしたり、髪をぼさぼさのまま適当に結んで「ちゃんとしたら、そこそこ見れる容姿なのに」と周囲に呆《あき》れられていた葉菜ですら、悲鳴をあげたくなるくらい勿体《もったい》ない。

「魔力、操作、訓練してた」

「はあ⁉」

麗人の呆れ混じりの声に、葉菜は体を震わせ下を向いた。

美形がすごむ姿は、迫力があり過ぎて心臓に悪い。ヤンキー口調だから、ますます怖い。

「てめぇが魔力操作？　できるわけねぇだろ。魔力袋もねぇのに」

（え）

思いがけない言葉に顔を上げた葉菜は、まっすぐにこちらを向いていた客人と目があった。

先ほどまでは顔を歪めていた客人の顔は、今は一切の表情を浮かべていなかった。無表情の中、葉菜に向けられた琥珀色の瞳だけが、先ほどまではなかった不思議な光を有して煌《きら》めいている。

「……あぁ、意識して見たことなかったが、てめぇの魔力は脳に集中してんのか。だから魔力操作の習得なんぞ考えやがったんだな」

鼻で笑うように告げられ、葉菜は目を見開いた。

「っ⁉　なんでっ」

「俺は、生物の体の中に流れる魔力が『見える』」

客人がそう言うなり、目に宿っていた光がすっと消えていく。葉菜はその様子を唖然と眺めた。

「何代か前の、ここの政治家のジジイと同じ能力だ。稀少《きしょう》だが、持っている奴がいねぇわけじゃねぇ。

俺の種……一族は全てが当たり前に持っている力だ」

ややあって今の状況を理解した葉菜は、顔から血の気が引いていくのがわかった。

（この人は今、私が魔力袋を持っていないことを、その特殊な目で見て言い当てた）

以前、魔力袋について講義を受けた時、ウイフはこの世界における全ての生き物が、魔力を有していると述べていた。魔力を有したうえで、それを生命維持に利用するのだと。

ならば、人間だけではなく全ての生き物が、魔力をコントロールする魔力袋も有していると考えるのが自然ではないだろうか。

客人は、葉菜が魔力袋がないことを即座に見破って、僅かな動揺を見せることなくそれを断言した。

それはすなわち、葉菜がこの世界の生き物ではないと確信していたからではないか。

どくん、と心臓が音を立てて鳴ったのが聞こえた。鼓動は一拍ごとに速さを増していく。

（もしかしてこの客人は、私が異世界人だと、【穢れた盾】だと、知っている？）

冷たい汗が、毛皮の内側から滲《にじ》み出るのを感じた。絶望に、葉菜の顔は情けなく歪む。

ザクスの言葉からすると、客人はザクスと単なる商売上の付き合いだけではなく、プライベートでの交流もあるようだった。そんな客人がザクスに関わるような葉菜の秘密を知っているなら、それをザクスに告げることは明白に思えた。

目の前が真っ暗になった。足元の地面が、崩れ落ちるような感覚に襲われる。

秘密はいつかばれる。葉菜だって、自分の正体を一切ばらさずに、墓の中までその事実を持って行けるとは思っていなかった。

ザクスと主従関係を継続するうえで、自分が【穢れた盾】であり、魔力を譲渡できるということは、多分かなり重要な事実である筈だ。

　いつかは告げなくてはならないと思っていた。

　だけど願わくば。願わくば、秘密がばれるのは「いつか」であって欲しかった。

「いつか」いつか、葉菜がザクスとの間に、確かな「絆」のようなものを感じられた時。

　壊れない揺るがない関係を確信した時に、覚悟をもって自ら秘密を打ち明けたいと思っていた。

　こんな早い段階で、自分以外の別の誰かによって、覚悟もないままにバラされるのではなく。

（あまりにもそれは、虫が良すぎる話か）

　葉菜は自嘲した。

　もうだめだ。もう、どんな努力をしても、頑張っても、望むものは手に入らない。

　ザクスがくれた、あの温もりは、もうけして。

「――何ますます不細工なツラしてやがる」

「……ったいたたた！！」

　すっかり負の思考に沈んでいた葉菜は、突如襲ってきた痛みに強制的に思考から脱却させられた。

　視線の先で、ぶすくれた表情（そんな顔も美しい）の客人が、葉菜の耳を容赦なく引っ張っていた。

　酷い。獣の耳は敏感なのだ。よくある半獣化小説のような耳や尻尾が性感帯だなんていう、うふんあはんな特典は全くないが（あって堪《たま》るか。そんな妄想的産物）痛覚はどこよりも鋭敏に感じる。人間だった時に耳を引っ張られるのとは、痛みの感じ方が違うのだ。

　それなのにも関わらず、客人はそのまま耳を千切《ちぎ》るのではという勢いで、躊躇《ちゅうちょ》なく葉菜の耳を引っ張ってくる。まさに鬼畜の所業である。

「ああ同じ不細工ヅラでも、そっちのツラの方がまだいいな」

そう言って客人は満足げに口端をあげて手を離した。解放された後でもなお、耳がじんじん痛む。

（絶対こいつドエスだ）

美しい顔の鬼畜野郎なんてザクスで間に合っている。ジーフリートやリテマの優しさが恋しい。

「……言わねぇよ」

「へ？」

せめてもの慰めにと、毛繕いの要領で手の甲につけた唾を耳に擦り付けていた葉菜は、低い声で告げられた言葉の意味を咄嗟《とっさ》に理解できなかった。

そんな葉菜の反応に、客人は大きく舌打ちをして、怒ったように顔を歪める。

「だから、俺はてめぇが魔力袋がねぇことを糞太子《くそ》に言わねぇっつってんだ！」

「ちょ、大きい！　声、大きい！」

怒鳴るように発せられた声の大きさに、葉菜は慌てる。

どういう心境かはわからないが、ザクスに秘密を打ち明けないでくれるというのはありがたい。

だが大声で秘密を叫んで、万が一話を誰かに聞かれていたら、同じことではないか。

葉菜たちがいる場所は、後宮の主要部から離れているが、それでもいつ誰が偶然通りかかるかはわからない。たまたま居合わせた人による盗み聞きから、広まる秘密。小説なんかではよくある展開過ぎて、笑えない。まだ客人からザクスに真実を告げられた方がましだ。

「……俺はてめぇも糞太子もどうでもいい」

そんな葉菜の内心を察したのか、客人は声を落として言葉を続けた。

「てめぇが魔力袋がねぇ新種の生物だろうがなんだろうが、俺には関係ねぇ。その事実を知らねぇで、あの糞ガキが困っても、俺は困らねぇしな。寧《むし》ろあいつが苦労すんのは愉快だ。最初から言う気はねぇよ。だからんな辛気《しんき》くせぇツラしてんな。見てて腹が立つ」

どうやら客人は、本当に秘密を守ってくれるつもりらしい。

葉菜は取りあえず今の段階でザクスに正体がばれずに済みそうなことに内心安堵《あんど》しながらも、はてと首をひねった。

「どうでも、いいの？」

「……あぁん？」

「どうでもいい。なのに、わざわざこんなところ、会いにきた、なんで？」

繰り返すが、葉菜がいる場所は後宮の主要部から結構離れているのだ。商談の間に、ちょっと気分転換に庭に、という距離にしてはいささか遠い気がする。

ならばザクスが言っていたように、客人はわざわざ時間を割《さ》いて、葉菜を探して会いに来たことになる。自分が客人にとって本当にどうでもよい存在ならば、普通そこまでするだろうか。

葉菜の素朴な疑問に、客人はかっと目を見開いた。

「はぁ？　なんで俺が、てめぇなんかに会いに来ねぇといけねぇんだ！　たまたまに決まってんだろーが！　たまたま散歩に出てみてみたら、てめぇが何かわけ分かんねぇことをしてやがったから、声を掛けてみただけだっつーの！」

「でも、遠い、屋敷」

「雨上がりで気分が良かったから、ちょっと長く出歩いてみただけだっ、ボケっ!!　俺はてめぇなんかどうでもいいんだよ！　寧ろ秘密を抱えて、ウジウジしてるところとかが、心底うぜぇと思ってる‼　誰がてめぇなんか気に掛けるかよっ‼」

唾を飛ばしながら怒鳴るその迫力に圧倒されながらも、葉菜は気づいてしまった。

客人の顔が、耳まで赤くなっていることを。そして客人の言葉の語尾が、焦っているかのように震えていることを。

（こ、これは、もしや）

怒鳴ったことにより荒くなった息を、客人が深呼吸して整えている様子を黙って眺めながら、葉菜は、一つの疑惑を胸に抱いた。

客人は最後に大きく息を吐き出すと、憮然《ぶぜん》とした表情で顔を背けながら、こう言い放った。

「――まあ、気まぐれだが、ここであったのも何かの縁だ。てめぇが何か悩んでやがることがあんなら、聞いてやんねぇでもねぇ」

（リアルツンデレキャラ、キター！！！）

葉菜の脳内に、ネットで有名な某顔文字が通り過ぎた。

思わず、ぶふぁっと噴き出してしまったのを、咳き込むふりをすることで誤魔化す。

美し過ぎる、ツンデレ。――何という破壊力だ。口調がヤンキー口調なだけに、強烈過ぎる。

客人の性別なんぞ関係ない。口調からすると男性かなとは思うが、客人が男女どちらであっても、葉菜の中に芽生えたこの胸のときめきは変わらない。

（寧ろヤンキー口調のツンデレ俺っ娘とか、萌える……）

異世界トリップにより、強制的にネット禁状態になって半年以上。久しぶりに葉菜の萌えが全開に

花開いた瞬間だった。

「……で、なんかねぇのか？　魔力を操ろうとしてやがったんだろう？」

こっそり身悶《みもだ》えていた葉菜は、客人の言葉に我に返った。

そうだ。今自分は、魔力が目に見えるという稀少な能力を持つ人物の前にいるのだ。萌えに心を奪われている場合ではない。魔力コントロールを習得するヒントが得られる、千載一遇《せんざいいちぐう》のチャンスだ。

「魔法発動、止める、できる。でも調整できない」

客人の言葉により、葉菜は脳内に魔力が集中しているが故に、魔法の発動ができるのだという仮説の正しさは証明された。ならば、なぜ魔力の調整はできないのか。

「魔力袋がねぇのに、魔法の発動と停止はできんのか……」

思わずといったように感嘆混じりで客人が漏らした言葉に、葉菜は誇らしい気分になった。やはり、魔力袋のない自分がここまでできるようになったことは、すごいことなのだ。努力の甲斐《かい》はあった。

(だけど、ここで満足しては駄目だ)

ザクスの隣にいたいなら、ここで満足して終わってはいけない。天から与えられたかのように、魔力コントロールの習得法を考えることができる、絶好の機会を得られたのなら、なおさら。

「魔法、使う。魔力の流れ、見て教えてほしい」

「……いいぜ。見てやるよ。やってみろ」

琥珀色の瞳を真っ直《まっす》ぐ見つめながら、覚悟を胸に懇願した葉菜に、客人はなぜか一瞬驚いたような表情を浮かべてから、口端をあげて頷《うなず》いた。初めて見た客人の笑みは、けして品が良いものではなかったが、それでもやはり魂が抜かれそうなほど美しかった。

いつものように、意識を集中させて炎をイメージする。そうすると、空中に火の玉が浮かび上がる。ここまでは簡単だ。いつでも自然にできるようになった。問題は次だ。

葉菜は炎が更に勢いをまして燃え上がる様を頭に思い描く。頬に伝わってくる熱や、飛び散る火の粉まで、細部に渡って鮮明にイメージする。

だが、それでも実際の炎は、ちらとも変化しなかった。

客人はそんな葉菜の姿を、瞳に先程の光を宿しながら黙って眺めていた。

「……放出される魔力量が全く変わってねぇ」

「え？」

「もういい。だいたい原因がわかった。取りあえず一旦火ぃ消せ」

あれほど葉菜が熟考してもわからなかったものを、魔力が見えるとはいえ、こんな短時間観察しただけでわかるものだろうか。少々憮然とした気分になりながらも、犬を追い払うように手を振る客人の言葉に従って火を消す。

「あぁ、なんだ。本当に自分の意思で火ぃ消せんだな」

「っ!?　そう言った！」

「実際見るまでは信じられねぇだろうが。今まで魔力袋なしで魔法を使った奴はいねぇんだから」

疑いはもっともだとは思うが、葉菜としては自分の言葉が信用されなかったようで面白くない。

（もしかして、本当は何もわかってないけど、火を消せるか確かめるだけに魔法を中断させたんじゃねーだろーな）

少々やさぐれた気持ちで客人を睨むが、客人はそんな葉菜を気にする様子もなかった。

「てめぇ、さっき魔力を操ろうとした時、何を考えた」

「え……炎、大きく変わる様子」

「あほが」

必死に考えていたイメージを、ばっさり切り捨てられ、カチンとくる。眉間の辺りに皺がより、口元がひくついた。

(落ち着け、私。相手はツンデレだ。生意気なのがデフォなんだ。そしてこれから自分に魔力コントロールを教えてくれることでデレようとしているんだ)

自身にそう言い聞かせて、沸き上がる怒りを耐える。自分もなかなか大人になったものだ。

「そんな想像だけじゃ足りねぇよ。てめぇがねぇのは魔力袋なんだから」

「……どういう、意味？」

「てめぇは魔力袋がどんな器官だと思う？」

客人の問い掛けに葉菜は、ウイフから教えられた知識が詰まった、自分の脳内の引き出しを漁《あさ》る。

「魔力、調整する器官。魔力貯めて、必要応じて、必要だけ、魔力出す、する。枯渇、ないようにして」

「そうだ。……で、てめぇが想像したのは、単に火が変化する様子だけなんだよな」

客人は片眉をあげて、腕組みをした。

「保有魔力の全体量も、魔力調整に必要な魔力量も、どれくらいの残量になれば魔力が枯渇すんのかも想像できねぇで、想像が魔力袋の代わりになるかよ」

「……あ」

目から鱗《うろこ》が落ちる思いだった。

言われてみれば、確かにその通りだ。魔力袋は脳から命令を受けて、魔力を調整する器官。魔力袋の欠如を補うなら、魔力袋の働きに対するイメージも加えなければならないのは、当然だ。

（……ちょっと待て）

「……魔力操作する、には、体内の魔力の動き、想像する？」

「まあ、憶測だがな。多分それで間違っちゃいねぇだろう」

「それ、火の想像、一緒に？」

「一緒にしねぇでどうすんだ。じゃなきゃ何の魔法に対して魔力を使うかわかんねぇだろうが」

つまり、葉菜が魔力をコントロールするには、魔法の過程にある体内の魔力の動きと、その結果どうなるのかを同時にイメージしなければならないのだ。

しかも、両方とも鮮明なイメージでもって。

（それってめちゃくちゃ難しくねーか？）

やっと見つけた、魔力コントロールの突破口。だがそのハードルの高さに、葉菜は項垂《うなだ》れた。

「――諦めんのか？」

冷たく突き刺さるような声が、落ち込む葉菜の耳を打つ。

声の主である客人は、美しい琥珀色の瞳を濁らせて、侮蔑《ぶべつ》するように葉菜を見下ろしていた。

「難しそうだから、そうやっててめぇは諦めんのか？　今まで魔力袋なしに魔力操作ができた人間はいねぇから仕方がねぇと言い訳して、自尊心を守って。駄目なてめぇを守る為、殻にこもって周りを拒絶して。そうやって、てめぇはこれからも生きていくのか？」

まるで葉菜をよく知っているかのような、今までの葉菜の思考回路を把握しているかのような、そんな言葉だった。客人と葉菜は初対面の筈なのに、なぜこうも、葉菜のことがわかるのだろう。

客人の言うことは、当たっている。葉菜はずっと、そうやって生きてきた。

今までの葉菜なら客人の言葉があまりに正しいが故に、口では否と叫んでも、内心では「でもきっと無理だ」とネガティブな諦めの言葉を吐いていただろう。

「……イヤだ」

でも、今の葉菜は違う。

「諦めないっ！」

諦める機会なんて、今までいくらでもあった。

魔力袋がないとわかった時。

どんなにイメージを強化させても、魔力コントロールが身につかなかった時。

何度も挫折を味わい、その度に絶望と、いつもの駄目な考えに襲われた。

だけど葉菜は投げ出すことなく、今まで魔力コントロールの訓練を続けてきた。

欲しいものが、出来た。何を犠牲にしても、どうしても手に入れたいものが出来た。

居場所が欲しい。温もりが欲しい。確かな絆が欲しい。——そして、それらを得る為の力が欲しい。

最初は小さかった願いは、諦めずに行動を続けてくるうちに、いつしか葉菜の中で消すことができない渇望へと変わっていた。

諦められない。諦めることなぞ、できる筈がない。

いまや、その渇望こそが葉菜が、この世界で生きる意味なのだから。

迷いなく言い放った葉菜に、客人は満足げに笑んで頷いた。

「ならば、協力してやる。俺がここにいるのは夕暮れまでだ。それまでに魔力の放出量の調整を死ぬ気で覚えろ。ひとまず火の魔法はいい。ただ魔力を放出することだけに集中しろ。俺がお前からどれくらい魔力が出ているか見てやる。体で魔力調整の感覚を覚えたら、想像と同時にやっても何とかなるだろう」

始まった魔力放出の訓練は難しかった。

体内にある、目には見えないものの働きを鮮明にイメージしなければならないのだから、火のように現実にあるものを捉えて記憶し、脳内で再現するのとはわけが違う。

まず放出の仕方がよくわからない。

客人に魔力は一体どんな風に見えるのか、どんな動きをしているのか問い掛けてみても、明朗な答えは返ってこなかった。見えるものじゃなければわからない、何とも言えないものらしい。

葉菜は早々とイメージを、より「現実的な姿」として考えることを放棄した。ようはイメージに連動させて、魔力の量が変化すれば良いのだ。そのイメージが現実のものと近くなくても構わない。

葉菜は自分の脳みそをイメージする。脳は、そこから張り巡らされた神経によって、体の器官に繋《つな》がっている。ならば、その神経をより簡略した管に、魔力が流れていると想定してみればいい。

魔力はどこから放出されるのか。

(目かな。そこから出るのが、一番イメージしやすい)

魔力は水で、脳はまるで水が湛《たた》えられた水槽だ。

水槽には管ごとに蛇口がついていて、葉菜は想像の中で、目に繋がる管についた蛇口をひねる。

脳から出てきた魔力が、管を伝って右目に向かう。視神経を通り、網膜を通過して、光彩に至り。

そこまで想像した時、カッと右目が熱をもったかのように熱くなった。

(――これが、魔力の放出)

熱は一瞬で過ぎ去った。葉菜は痺《しび》れのような不思議な感覚が残る右目を動かし、ゆっくりと瞬《まばた》きをした。特に視界の異常もない。

「そうだ。今のが魔力の放出だ。そして覚えておけ。今放出したてめぇの魔力は、てめぇの保有魔力の一〇〇〇分の一にも満たねぇことを」

「一〇〇〇分の一⁉」

「聞いてねぇのか？　魔力袋がねぇ奴は、器官の限界がねぇ分、異常なくらい魔力量が多いっつー話を。魔力量にもよるが、グレアマギの一般人なら、今の魔力の放出で二〇分の一くらいは魔力がなくなるとこだな」

聞いていた。聞いてはいたが、現時点で自身では使えない無駄なチートなんで、頭から抜けていた。

それに多いとだけ言われても、数字で表されたわけではなかったので、実際どれほどのものか実感が湧いていなかったのだ。

(一般的に二〇分の一だとすると、一〇〇〇割る二〇で……普通の人の五〇倍は魔力量があるの⁉)

暗算で導かれた数字に、尻尾と耳が思わずピンと立ち上がった。

つまり葉菜は、魔法が使える一般人五〇人分の力を持っているというのだ。

(……もし魔力コントロールができたら、結構なチートだよな)

葉菜は湧き上がってきた唾を呑み込んだ。一度諦めた筈の甘い期待が、再び甦ってくる。

魔力コントロールの習得が、現実にできうるかもしれないという今、その期待はより鮮やかなものになったとしても仕方がないだろう。

(魔力コントロールが身につけば、私もチート……特別な存在に……)

「……聞かなくても何考えているかわかる阿呆面《あほづら》してやがるが、魔力コントロール舐めてっと死ぬぞ」

「え」

呆れたように客人から発せられた言葉が、葉菜を陶酔から引き戻した。

「魔力が強ければ強ぇほど、その調整は難しくなる。限界がわからねぇから、魔力が強ぇ奴は大抵が魔力を放出し過ぎやがる。魔力袋を持っていてなお、自身を過信して魔力を放出して、枯渇する前に吹っ飛んだまぬけは吐いて捨てるほどいるぞ。魔力袋がねぇてめぇはなおのことだ」

「で、でも、魔力操作を失敗する、けれど、回復魔法、ある」

万が一魔力を暴走させても、残りの魔力で回復できれば問題ないのではないだろうか。

ファンタジーの世界では、回復魔法や蘇生《そせい》魔法はお馴染みだ。どんな死にかけの、否、死んだ人間ですら肉片さえあれば、後遺症もなく甦らせられる、奇跡のような魔法。

流石に死んだ人間の復活はあまりにゲームの世界観により過ぎるかもしれないが、魔法が普通に存在する世界なら、瀕死《ひんし》の人間を回復させるくらいは簡単なのではないか。

「回復や蘇生は神力の領分だ。魔力では、結界を張って攻撃や害意を持つ人間を弾《はじ》くことはできても、損傷したものを元に戻すことはできねぇ」

客人は、そんな葉菜の期待を、バッサリと切り捨てた。

「魔力で、回復、できない……？」

「あぁ。正しくは、『特別な一種族を除いた』全ての生物が、魔力による回復はできねぇっつった方が正しいな。ほとんどの魔力が、回復のみに特化した種族がいるにはいる。だが、その種族を除いて、魔力による回復魔法を使える生き物を、俺は知らねぇ」

淡々と告げられた言葉に、葉菜は体を震わせた。

魔法があるならば、傷ついた体を癒す魔法もあるのだと、当然のように思っていた。うっかり死にかけることがあっても、闘いに巻き込まれても、死なない限りは自分ほど魔力があれば何とかなると、最悪誰か回復魔法の持ち主に助けて貰えるのだろうと、そんな風に軽く考えていた。

まるで死んでも、教会でお金を払えば生き返らせてもらえるかのような、軽い感覚で。

瀕死の状態でも、呪文一つで簡単に全てダメージを消し去ることができるかのように思っていた。

そう、葉菜はオンオフ程度の魔法しか行使できないが故に、わかっていなかったのだ。

魔法を使うという行為が、行使者にとってどれほどの危険を伴うことなのかを。

魔力は凶器であり、行使する人間にとっても諸刃《もろは》の剣であることを。

わからないまま、ただ居場所が欲しいという感情に身を任せて、魔力コントロールの習得を求めた。

魔力を行使することが、自分にどんな悪影響を与えるのかなど、ちらとも考えることもなく。

葉菜は元の世界で一応資格兼身分証明書として車の免許を持っていたが、ペーパードライバーを貫いていた。運転したら事故を起こす、そんな確信があったからだ。

注意欠陥。視野狭窄《きょうさく》。集中力が持続しない。思い込みが激しい。空想癖。

車の運転に向かない理由をいうなら、これらの言葉を並べるだけで十分だろう。

なんせ自転車で電柱に突っ込んだ経験が、複数回あるような女だ。仕事で同じようなミスを繰り返し、一つ改めたら一つが抜けるような阿呆だ。車の運転なんか、まともにできる筈がない。

葉菜はそういった面で、自分自身を絶対に信用しない。

この世界での魔力は、元の世界では車に匹敵する、否、それ以上の凶器だ。

そんなものを葉菜が、本当に扱いきれるのだろうか。

暴走させて、自分や他人を傷つけ死なせてしまうのではないか。

「――怖ぇか？」

「怖い」

客人の問いに葉菜は即答した。

使い方一つで爆発する爆弾が体の中に埋まっているようなものだ。

怖い。怖くないわけがない。

「魔力操作の習得を、したくなくなったか？」

だけど、葉菜は続く質問にも即答できた。

「ならない。習得、する」

魔力コントロールの訓練が、その爆弾を刺激してしまうのではないかという懸念はある。訓練を行うことに対する恐怖も大きい。

だが魔力という爆弾は、葉菜が訓練をしようがしまいが、体内にあるのだ。刺激しないように極力気をつけていても、何がきっかけで暴走するかわからない。

なら多少のリスクを背負っても、自分の体内の魔力を理解し、制御できるようになっている方が最終的には安全な筈だ。

「……そうか」

（……うんわぁ！　んきゃぁ！　ぐわっは！）

葉菜の言葉に口もとに弧を描いた客人が、屈《かが》みこんで葉菜の顔を覗《のぞ》きこんだ。

至近距離でみる美貌に、葉菜は内心で奇声をあげた。心臓がかつてない勢いで、早鐘を打っている。魔力暴走で死ぬよりも早く、心臓が破裂して死ぬのではないだろうか。

「――なら、もっと怖がっておけ」

美しい唇から漏れた吐息が顔にかかり、一瞬意識が飛びそうになる。年齢は大人、中身はお子様な葉菜には少々刺激が強過ぎる。

「怖がれ、脅《おび》えろ。そして脳内にその恐怖を刻みこめ。無意識の底まで届くくれぇに。そうすりゃ、てめぇが我を忘れて魔力を暴走させやがった時も、その記憶が抑止になる」

「恐怖が？」

「そうだ。恐怖は生き物が持つ感情の中でも一際強ぇ感情だ。無理に意識しねぇでも、脳内に勝手に根付くし、他の感情が暴走した時でも、消えずに頭のどこかしらに残ってるもんだ。けして、てめぇを過信するな。魔力を甘くみるな。恐怖を忘れるな。忘れて調子に乗ってると、魔力が暴走して全身が木っ端微塵《こぱみじん》にぶっ飛ぶこともありうるぞ」

「⁉　こっぱみじん⁉」

「何代か前の【穢れた盾】の逸話《いつわ》だがな。体内魔力が膨張して、その勢いのまま宙に浮きあがり、遥《はる》か上空で爆発しちまったらしい。血やら肉片やらが四方八方飛び散って、街のあちこちで残骸が……」

「忘れ、ない！　忘れないから、もういい!!」

葉菜は尻尾を股にはさんで脅えた。

ウイフから魔力が暴走して死んだ【穢れた盾】が二人ほどいたことは聞いていたが、そんな恐ろしい死に方だったとは。同じ【穢れた盾】として、震えを禁じ得ない。

改めて心に誓う。絶対に自身の力を過信はすまい。そんな恐ろしい死に方絶対にごめんだ。


その後の時間は、主に魔力を少なく放出する訓練に費やされた。最初に放出した魔力でも放出量は多く、実際に火の魔法を使った際、爆発する可能性があるらしい。

少なく魔力を放出する。これが非常に難しい。全体の保有魔力量から適切な割合を測るには、葉菜の魔力量があまりに多過ぎた。

例えるなら、それはたっぷりと水が入った水差しから、器具も何も使わずに丁度一dℓの水を出せというようなものだ。二dℓだと多すぎて魔力が暴走する恐れがあるし、かといって〇・五dℓのように少なすぎても魔法は発動しない。

かなり慎重で、繊細な調整が必要とされた。

それでも回数を重ねるうちに、下手なりに徐々に魔力の放出量の調整ができるようになっていった。

「……よし、まあ、こんなもんか。実際魔法と併用しねぇとうまくいくかわかんねぇが、感覚としては掴めただろう」

ようやく客人から合格の言葉をもらった時には、太陽はほとんど沈みかけていた。

「……ありがとう」

「ふんっ、別に礼なんぞいらねぇ。ただの気まぐれだ。だけどせっかく俺がここまでやってやったんだ。簡単におっちぬなよ」

ツンデレ全開でそっぽを向く客人を、生ぬるい目で見つめながら、葉菜は不思議な気持ちになった。

（なんでこの人は、私の為にここまでしてくれるんだろう）

客人がツンデレ気質なのは今までの言動でよくわかった。意外に面倒見がよく、優しいことも。それにしても、何で初対面の自分を、ここまで気に掛けてくれるのだろう。

自分に恩を売ったところで、何のメリットもないだろうに。

「……名前」

「ああん？」

「名前、教えて」

ここまで世話になったのだ。名前ぐらい知りたい。

そう思って発した言葉は当然といえば当然のものだったが、何故か客人は渋い表情で唸《うな》った。

「あー……」

「『アー』？　珍しい名前」

「ちげぇよ！　……あー、そうだ、『レアル』だ!!　『レアル』!!　当然仮名だけどなっ」

（『レアル』？）

真名《まな》は人を縛る為、この世界で仮名を名乗るのは当然だ。

しかし、どこかで聞いたことがある響きなのは気のせいだろうか。

葉菜は胸にもやもやした何かが湧き上がってくるのを感じながら、目を細めて客人を眺めた。

客人の顔は赤く染まっているが、丁度夕日が差し込んでいる為、それが照れ故か夕日のせいかわからないのが惜しい。

真紅の髪が、夕日に照らされたせいで、また違った色合いに見える。

光の加減で色を変える赤い髪。単色ではなく、部分によって赤の種類が異なるその複雑な色合いを、葉菜は知っているような気がした。琥珀色……鮮やかで透明感があるオレンジ色の、その瞳も。

葉菜の脳裏に、美しい鳥の姿がよぎった。

「あ……」

「どうした？　アホ面して」

「えと、あの、ひょっとして……いや、何でもない」

問いかけようと口を開いて、やめた。

もし葉菜の推測が当たっていたとしても、このツンデレの麗人はけして認めはしないだろう。恥ずかしがって、以後葉菜の前には姿を見せようとはしなくなるかもしれない。ならば、下手なことを口にしない方がよい。

だけど、もし。もし、葉菜の考えが当たっていたら。

「――何だ。今度は急ににやけだして。気色わるぃ」

思わず口元が緩んでいたらしい。客人は、心底嫌そうに可愛くない憎まれ口を叩いてくるが、上機嫌の今の葉菜には全く気にならなかった。

まさか、とは思う。だけど人間が獣に変わる世界だ。逆だってありうるだろう。

(もしそうなら。そうだったら、私を心配してわざわざ会いに来てくれたんだよな)

葉菜は胸の奥に、温かいものが広がるのを感じた。

(……でも、何故この虎の姿で、ちゃんと私とわかったのかは謎だな。あの場にいなかった筈なのに)

「……あぁ、そうだ。忘れてた」

舌打ちを一つこぼした客人は長衣のポケットを漁ると、香水のような小瓶《こびん》を取り出した。中には透明な液体が入っており、取手の部分に麻紐《あさひも》が輪状に括《くく》り付けられている。

「いたっ、ちょ、痛っ！」

客人は何も言わずにいきなり、紐の輪の部分を葉菜の頭に被《かぶ》せてきた。

毛が紐に絡まる痛みに葉菜は抗議の声をあげるが、客人は葉菜の訴えに耳を貸さずに、乱暴に紐を首の辺りまで引っ張り落とす。

「――やっと入ったか。しかし太ぇ首だな」

心外な言葉にムッとしながら、葉菜は自身の首の辺りを見やった。

首もとのエネゲグの輪に重なって、小瓶がネックレスのように垂れ下がっている。余り質が良くない麻紐であることは、犠牲になった可哀想そうな毛たちが証明しているが、重なった輪に阻まれているため、動いているうちに毛が絡まって痛い思いをすることはなさそうだ。

「なに、これ？」

葉菜は首を横にこてん、と傾けながら尋ねる。なかなか愛らしい仕草だと自負しているが、客人は眉間の皺を増やすだけで特に反応を示さない。

嘆かわしいことだ。どいつもこいつも動物愛の精神が足りない。

まあ、客人の正体が葉菜の想像通りなら、当然といえば当然の反応だが。

「俺が扱っている水薬だ。どんな怪我だろうが、病気だろうが、大抵のもんには効果がある。症状で効果の大小はあるけどな。患部に塗っても、そのまま飲んでもどちらでも効く」

そういえば、客人は薬売りか何かだと、ザクスが言っていた。

猜疑心《さいぎしん》が強そうなザクスが購入する品なのだ。効果は当然実証済みなのだろう。

「くれるの？」

「あほ。ツケだ、ツケ。後でてめぇの主人からぶん取ってやんだよ。勘違いしてんじゃねぇ」

つまりはくれるということだろう。

素直じゃない客人の優しさに、葉菜の尻尾と耳はぴんと立ち上がった。

「……訓練でお前だけの時に大怪我したり、魔力暴走させかけたら使え。てめぇの手でうまく首から外せねぇようなら、紐を千切って瓶を地面で叩き割って、中身を舐めろ。そうすりゃあ最悪の事態は防げる。糞太子にたっぷり売り付けてやってるから、使ったらあいつに補充してもらえ」

そう言いながら客人は、真剣な表情で、琥珀色の瞳を葉菜に向けた。

「……俺がわざわざてめぇに時間を割いて訓練してやったんだ。魔力を暴走させて死にやがったら、ぶっ殺すぞ」

「……いやいや、死んだ、殺せない」

明らかにおかしい客人の言葉に突っ込みながらも、葉菜は胸の温かさが全身に広がっていくように感じていた。何だか泣きそうだった。

あまりにもその温かさが優しくて、嬉しくて。気を抜けば、涙がこぼれそうだった。

「――ありがとう。レアル」

葉菜は顔をくしゃくしゃにしながら、心からの感謝を客人に告げた。


「――でき、た」

自分の意思に合わせて、自在に大きさを変える炎を、葉菜は茫然と眺めた。

魔力放出の調整の感覚が身に付いても、当然ながら、簡単に魔力コントロールができるようになるわけではなかった。

何度も魔力を放出させすぎて、火事を起こしかけたり、爆発させたりしたし、酷い火傷《やけど》も負った。

レアルがくれた凄まじい効果の薬がなければ、葉菜の全身は火傷の痕だらけだったろう。

痛かったし、苦しかった。激しい肉体的苦痛に、何度も決意は鈍《にぶ》った。

それでも、葉菜は訓練を続けた。諦めなかった。諦めることができなかった。

最早、それは執念と言ってもいい。

葉菜はそんな強い思いが、意思が、自分のなかに芽生えたことに驚いた。

驚いて、その事実が、堪らなく嬉しかった。

そして、ザクスの戴冠式が一月前まで迫った今日、葉菜はようやく魔力コントロールの習得に成功したのだった。

「……ザクスっ！」

放心状態から我に返った葉菜は、傍に控えていた主人の名を呼ぶ。

だけど、ザクスは表情一つ変えずに、葉菜が変化させている炎を眺めた。

「……まだまだだな」

返ってきた言葉は、あまりにつれない。

「展開が遅いし、炎の大きさも安定していない。六〇点といったところか」

思わず耳がぺたんと伏せられ、立ち上がっていた尻尾が力なく垂れる。

必死に頑張ってきたのに、あんまりな評価ではないか。

葉菜が半べそをかきかけた瞬間、近づいてきていたザクスはにやりと口端を吊り上げた。

最近はよく見かけるようになった、性格が悪そうな、ザクスの心からの笑みだ。

「――だが、よくやった」

そう言って、ザクスは葉菜の頭を、くしゃくしゃに掻き撫でた。

「数ケ月という短い期間で、よくここまで頑張ったな。……お前と契約して良かった」

つん、と鼻の奥がひきつった。ぶわりと目から涙がこぼれて、視界が霞《かす》む。

下げて上げるとか、ズル過ぎだろう。

何かを口にしたかったが、言葉にならず、ただしゃくりあげそうになるのを必死で耐えた。

嬉しい。努力が報われたのが、嬉しい。努力が報われた結果が、ザクスに認められて嬉しい。

ザクスに自分の存在を、「契約」という「絆」を、肯定されたのが嬉しい。

涙の量が増えるにつれて、だらだらと鼻水も流れてきた。慌てて鼻水を啜《すす》るも、到底追いつかない。鼻で息ができないから、口で呼吸をしようとしたら、今度は我慢していたしゃっくりが出てきた。あまりにも絵にならない、間抜けな泣き方だ。

だけど、湧き上がってきた喜びが大き過ぎて、泣き方の制御なんか不可能だ。ようやく習得したばかりの魔力コントロールも、生理的な行動まではコントロールしてくれない。

無様な泣き顔を晒す葉菜の様子を、ザクスはにやにや笑いながら眺めていた。

自分との感情の強さの差が、ザクスの余裕そうな態度が腹立たしい。

(こんにゃろめ。ザクスにも私の喜びの深さを共有させたる)

そう決心した葉菜は、沸き上がるパッションに身を任せて、ザクスに突進した。

突然のことに反応しきれなかったザクスは、葉菜が飛び掛かった勢いのままに、地面に倒れ込む。

葉菜はザクスが起き上がる隙を与えずに、その上に伸し掛かった。

(う〜む。十四歳の美少年を押し倒す二十四歳……犯罪だな)

もし自分が人間の状態だったらなかなか危ない光景だが、今の葉菜は獣なので問題がない。

というか、自分が人間の状態でも、思春期の少年にとって年上のお姉さんに押し倒されるのは、ご褒美だ。ご褒美だということにしとこう。なんせそれが犯罪なら、今から葉菜がやろうとしている行為は、さらに重い猥褻《わいせつ》罪になってしまう。

(獣なんだから、獣らしく喜びは表してやらんとな)

不穏な空気を察したのか、顔を引きつらせるザクスに、葉菜はにんまり笑った。

そしてそのまま、ザクスの顔を舐めまわし始めた。

「っ……アホ猫！　何を！」

(聞こえません～。私は喜びに浮かれて、そのパッションをザクスに分け与えようと夢中なんです～)

　本当はくすぐり攻撃程度で済ませたいところだが、なんせ葉菜の手は肉球がついた獣の手。繊細な動きなど出来る筈がない。ならば舐めるしかないだろう。

　舌であちこち体を舐めるというと、とてもやらしい行為に思えるかもしれないが、それを言ったら定期的にザクスの下手くそな手で（いつまで経っても上達せず、毛に被害がくるのでいい加減やめてほしい）体を洗われている自分はなんなんだ。

　ザクスを舐めたのは初めてだが、一度舐めてみると、慣れた行為のように自然に体が動いた。獣としての性《さが》が働いているのだろう。何となく、ザクスが弱そうなポイントを狙って集中的に舌を動かす。

「っ……くは……でぶ猫……やめっ……」

(ここかい？　ここが弱いのかい？)

　ザクスの発する声と、葉菜の内心の声が、やらしい感じがするのは気のせいだ。気のせいだということにしておこう。セクハラは犯罪だ。

　葉菜が首筋を舐めた時、ザクスがびくりと体を跳ねさせた。どうやらかなり弱い部分だったらしい。面白いので、集中的にそこを狙うことにする。

「おま……くははは……そこ、やめろ……はははは」

(おや)

　葉菜の舐め回し攻撃に耐えられなくなったザクスが、声をあげて笑い出した。

うっすら涙を浮かべながら漏らしたその笑みは、いつもの底意地が悪そうな笑みとは違う。

十四歳相応か、もしかしたら年齢よりも幼く見える、ひどく無邪気な笑みだった。

(おやまー。らしくなく可愛いじゃないの)

いつものザクスの自信に満ちた笑みも嫌いではない。だけど、いつもの笑みはどこか肩肘《かたひじ》を張っているような、武装じみた雰囲気を感じる。

今ザクスが浮かべている笑みこそ、武装を取り払ったザクスの素のままの笑みなのではないか。

そう考えるとその笑みをもっと見たくなった。

しかしこれ以上葉菜の暴挙を許すザクスではない。

「……んがっっ！」

「……調子に乗るなよ……アホデブ猫が……」

思い切り腹を蹴飛ばされ、痛みに飛び跳ねた葉菜の下から脱出したザクスは、鬼のような形相で葉菜を睨み付けた。怒髪天を突くとはこのことか。完全に怒っている。

たらりと、冷や汗が頬を伝った。

(三十六計、逃げるにしかず！)

コントロールを習得した魔法をさっそく使って、足止めようの火を地面に放ち逃走を試みたものの、いつのまにかイブムを抜剣したザクスに、即座に魔法を無効化される。

ならば身体強化を、と思ったが、葉菜は未だ魔法の切り替えがスムーズにできない。

魔法が発動する前に、ザクスにエネゲグの輪を掴まれ、首を絞められた。

「……あの、ザクスさん？」

「なんだ？」

ザクスはにっこりと笑みを浮かべた。

いつもの笑みとは違う。だが、先程までの無邪気な笑みとも当然違う。

目が据わった、怒りの笑みだ。

「私、頑張った。魔力コントロール習得、した。ご褒美。怒らないことで、いい」

「……そうだな。魔力コントロールが出来た褒美をやらないとな」

そう言って、ザクスはいい笑顔のまま拳《こぶし》を握った。

「取りあえず、拳骨《げんこつ》でいいな？」

葉菜の悲鳴が後宮に響いた。


いつか。

いつか、ザクスに自分の正体を告げる時が来たら。

ザクスに正体を告げても大丈夫だと確信できるくらい、しっかりとした「絆」を結べる時が来たら。

ザクスは、あんな無邪気な笑みを自分に向けてくれるだろうか。ザクスが素の自分を曝《さら》け出せるような存在になれるだろうか。

そうなって欲しいと、そんな時が来て欲しいと、そう心から思った。

第四章

「明日、お前を城に連れて行こうと思う」

ザクスの突然の言葉に葉菜《はな》は眼を丸くした。

後宮に来てから半年以上になるが、葉菜は未《いま》だ後宮を出たことはない。悪く言えば引きこもり生活を送っている。

訓練で動き回る際も、出歩くのはもっぱら後宮の庭だけだった。そしてそれで十分なほど、後宮の庭は広い。もともとインドア派の葉菜にはさほど苦痛ではなかった為《ため》、脱走を図った時を除いては特別出たいと思ったこともない。

何となく、出たらザクスには不都合があるのだろうと思っていた。

葉菜のような大型の獣が、街や城内を自由に歩くことを許されるわけはないだろうから。

「半年以上お前の存在を隠してきたが、そろそろ限界そうでな。城では、俺が謎の美姫《びき》に夢中になり、後宮に閉じ込めて寵愛《ちょうあい》していると噂《うわさ》になってきている。次期王に媚《こび》を売っておきたいアホどもが、誰が出し抜いたのかと探り合う様が鬱陶《うっとう》しくてな。戴冠式前に、ネタばらしをしてやろうと思う」

ザクスはあっさりと告げるが、葉菜としてはなかなか衝撃的な現状だ。

十四歳の男の子が妾狂《めかけぐる》いを噂されるというのは、どうなのだろうか。異世界ではよくあることなのか。まあ、元の世界でも外国の少年王が、教育係りの年上美人にぞっこんになった史実もあるのだから、おかしくないことなのかもしれないが、現代日本を生きてきた葉菜としては、どうしても違和感を抱いてしまう。年齢に関する概念の差は大きい。

（……しかし悪い顔しとんな。ザクス。似合うけど）

何かを企《たくら》む、不敵なあくどい笑みは、ザクスによく似合う。完全に悪役の笑いだ。敵ばかりの中、孤軍奮闘する哀れな少年皇太子にはとても見えない。かと言って味方が多いわけでは、けしてなさそうだが。

半年以上も一緒に過ごせば、ザクスの立場が不安定そうなことくらいは察しが付く。

それでもザクスは王宮に蔓延《はびこ》る魑魅魍魎《ちみもうりょう》達を、だまくらかして上手くあしらっているだろう。恐らくは自分一人だけの力で。ザクスはそれが出来る能力を、齢《よわい》十四にして持っているのだ。

じわりと胸の奥に湧き上がりかけた感情を、葉菜は慌《あわ》てて押さえ込んだ。

ザクスは仮にも自分の主人だ。ならば、その能力を誇るべきだ。今抱くところだった感情は、今のザクスの状況に対して葉菜が抱くべきものではない。

（私は従獣として、ただザクスに従えばいい）

ザクスに従って、ザクスが危険だと判断したら、覚えた魔力を使って守ればいい。それが、葉菜が必死になって求めたものだ。欲しいものを、温《ぬく》もりを、居場所を求める為に必要な行動だ。

ただそれだけを考えればいい。余計な感情に、煩《わずら》わされる必要はない。

葉菜は胸に芽生えた認めたくない感情に、蓋《ふた》をした。

（うぉーすげぇ！　城だ！　王宮だ！）

葉菜は興奮で尻尾《しっぽ》をぴこぴこ揺らしながら、赤絨毯《じゅうたん》が敷かれた廊下を進んだ。

絨毯がふっかふかだ。白亜の壁も美しい。廊下の端に並べてある、高そうな鎧《よろい》や美術品も圧巻だ。

葉菜はヨーロッパ旅行などしたことはないので、西洋風のお城がどんなものかわからない。

しかし葉菜が今いる場所は、イメージやゲームでしか「王宮」を知らない葉菜の期待に、十二分に応えてくれる理想の王宮だった。思わずわくわくした気持ちになってしまっても仕方ないだろう。

ザクスが後宮で、なんか特殊な――使用しているところを見ても葉菜にはいまいち何をしているのかわからなかった――転移魔法を使った結果、葉菜とザクスは書斎のような場所へと運ばれた。

さらにザクスが本棚の本の一つを動かすと、隠し扉が現れた。フィクションでしか知らないからくりを実際に見られたことに感動を覚えつつ扉を出ると、そこは王宮の廊下に繋《つな》がっていたのだった。

「あまり騒がしくするなよ。ネタばらし前にお前の存在がばれたらつまらないだろう」

前を歩くザクスに釘を刺され、できる限り足音を消した。だけどやはり見慣れぬ特別な空間に好奇心を刺激され、視線はついついあちこちと彷徨《さまよ》ってしまう。

時折出現する幾つかの扉の前を通り過ぎて、ザクスは一際豪奢《ごうしゃ》な扉の前で足を止めた。

「ここが議会を行う部屋だ。もう既《すで》に危篤状態になっている父上を除いて、王宮の主要人物は全員、中に集まっている筈《はず》だ。……俺が扉を開けたら、入って来い」

葉菜がザクスの言葉に一つ頷《うなず》いて、中からは見えない位置に移動すると、ザクスは扉の中に入っていった。葉菜は扉が閉まるのを確認するや否や、扉にぴたりと耳を付ける。

元の世界ほど防音設備は発達していないようだが、扉の立派な様子と厚さからして、こうでもしないと室内の会話は聞こえない。全てが未知数の王宮内。中の様子が気になってしまうのは、仕方ないだろう。

「随分遅いおでましですな。ザクス皇太子殿下」

まず葉菜の耳が捉えたのは、皮肉を含んだ低いしわがれ声だった。

「定刻通りの筈だが？　何か問題でも？」

これはザクスの声だ。明らかに棘《とげ》を含んだ相手の言葉にも、平然といつもの調子で返している。

「ここに集められた高官達は、私も含めてもう暫《しばら》く前から貴方《あなた》様が来られるのを待っているのですよ。貴方様もそれを見越して早く来るのが筋ではありませんか？」

（いやいやいや。おかしいだろう。その理論）

葉菜が元の世界で社会人をやっていた頃、会議や集会等が行われる際に一番遅れてくるのは社長だった。「重役出勤」という言葉もあるように、周囲より遅れて来ることが許されるのは、権力者の特権であり、その地位の象徴でもある。

ザクスが定刻通りに来たにも関わらず、それを非難するということは、すなわちそれだけザクスを軽く見ているということだ。皇太子であり、次期国王であるザクスを、だ。

（こいつは、思っていた以上にザクスの立場は危うそうだぞ……）

裏でザクスをよく思っていなかったとしても、表面上では恭順の意を示しているのかと思っていたが、仮にも次期王に向かってここまであからさまに反抗心を露《あらわ》にしてくるとは。発言の人物がどれほどの地位の人物かはわからないが、少なくとも人前で次期王に対して馬鹿にするような態度をとっても、処分されないと確信することができる人物が最低一人はいるということだ。

その人物の言葉を表だって批判する人物の声が聞こえないあたり、地位がある人物でザクスの目立つ味方はいなそうだ。あんまりな状況に、思わず舌打ちが口から漏《も》れた。

「もしかして、今回皇太子殿下が議会にこんな時間に来られたのは、件《くだん》の愛妾《あいしょう》のせいですかな？　次期国王ともあられる方が、正妃も決まっていない状況でどこの馬の骨かもしれぬ女にうつつを抜かすのは問題だとは思われませんか？」

しわがれ声に続いて、複数の嘲笑が聞こえてくる。これだけで、ザクスの敵は一人ではないことは明らかだ。王宮におけるどのくらいの数の人物が、ザクスの味方なのだろうか。

「――愛妾か」

周囲の嘲笑に、ザクスは嘲笑で返した。

扉越しでも、ザクスがあからさまに馬鹿にした態度を見せたことは伝わってくる。それによって室内の気温が――勿論《もちろん》比喩《ひゆ》表現ではあるが――低くなったのもわかった。

「今回お集まり頂いた高位の地位を持つ貴方様方は、随分と俺が後宮に住まわせている相手を気にしてらっしゃるようですね。この度皆様にこちらにお集まり頂いたのは、せっかくなので俺の戴冠式前に、その相手をお披露目しておこうかと思った次第でして。皆様が――特に高齢であられるゴードチス閣下が、下手な邪推で心の臓を悪くさせても申し訳ないですし。――入って来い」

ザクスは嫌味たっぷりの馬鹿丁寧な言葉で慇懃《いんぎん》に言い放つと、扉を開けて葉菜を中へと招いた。

その声に従って葉菜が室内へと入ると、ざわついていた室内は途端に静まり返った。

部屋の中では、男性ばかりが二十名ほど、見るからに高級そうな席に腰を掛けていた。

一人だけウイフと同年代に見える、高齢な姿の老人がいるものの、ほとんどが四、五十代の中高年くらいの男性だ。年齢を知っているせいか、ザクスがずば抜けて若く見える。ついで二十代か三十代かほどの人が、ちらほら見受けられる。……しかし忘れてはいけない。ここは老け顔が多い異世界だ。もしかしたら葉菜が推測した以上に全体的に年齢は低いのかもしれない。

中にいる人物は、皆驚愕《きょうがく》の表情を浮かべて、現れた葉菜を見つめていた。

「……魔獣、だと……？」

最初に声を発したのは、老人だった。聞こえた声に、彼が先程までザクスに突っ掛っていた人物であり、おそらくはザクスがその名を挙げた「ゴードチス閣下」であることがわかった。

葉菜はゴードチス老人の言葉を無視して、ただザクスの下へと真っ直《ます》ぐに足を進めた。

ザクスのすぐ脇に移動すると、首だけを軽く動かして、ザクスに擦り寄って見せる。まるでプライドが高い獣が、特別な人物にだけ恭順を示すような仕草で。ザクスはそんな葉菜の様子に一つ頷くと、緩慢《かんまん》な動きで葉菜の頭を撫《な》でて見せた。

あらかじめ葉菜に話していた、筋書き通りに。

葉菜は今回の議会に参加するにあたって、ザクスからいくつか指示を受けていた。

話すな。ザクス以外と交流するそぶりも見せるな。必要最小限の行動以外とるな。

自発的な葉菜の行動が信用されてないようで腹が立ったものの、指示自体には納得ができた。

葉菜の声は、甲高いキンキン声だ。念話を使っても、それは変わらなかったし、変える方法はまだ習得していない。

声は、対象を印象づける重要な要素だ。葉菜の声では何を話しても、侮《あなど》りの要素になりかねない。そもそも魔獣の生態自体があまり知られていない為、議会に参加している人間は葉菜が人間の言葉を行使できることを知らないのだ。ならば、わざわざそれを知らせてやることはない。

ザクスにしか懐《なつ》かない、気高い力ある獣。議会の参加者に、葉菜をそう思わせる必要があった。

ザクスを侮る奴らに、その力を示す重要な機会だ。下手な行動は取れない。

「先日契約を結んだ俺の魔獣だ。──まだ幼く躾《しつけ》がなってなかった為、後宮で教育をしていたが、ようやく人前に出して恥ずかしくない状態になったので、皆々様に見てもらおうと思って連れて来た」

ザクスが周囲を見下すような、完璧悪役の嘲笑を浮かべて言い放った。

(ちょ、ザクス。喉撫でんな。盛大に鳴ったら雰囲気ぶち壊しだぞ)

ザクスの指にソフトタッチで喉を撫でられ、焦《あせ》りを覚えながら喉元をザクスに晒《さら》すも、なんとか喉の鳴りかたを適度な上品なものに押さえられた。喉を撫でるのを許されるほど、葉菜がザクスに恭順を示していることを見せつけるのには有効な行為だが、打ち合わせにないことはやめて欲しい。葉菜は咄嗟《とっさ》に機転を利《き》かせたり、応用したりするのがとても苦手なのだから。

「──さて、俺の後宮通いの理由がわかっただろう？　誰か何か意見があるものでもいるか？」

ザクスの問いに、室内の人間は皆苦々しげな表情を浮かべるものの、何も言わない。何も言えないのだろう。

(……いや、皆ではないな)

何だか、一人やたら表情を輝かせて、葉菜を食い入るように見つめている男がいる。

二十代後半くらいの、ハンサムな青年だ。……動物フェチなのだろうか。にしても、何だか視線が怖い。ぞわぞわと悪寒を感じるのは気のせいだろうか。

葉菜は不自然でない範囲で、身を隠すようにザクスの後ろへ移動した。

「――意見はないな。ならば、議会を始めよう」

ザクスが口端を吊《つ》り上げて、高らかに言い放ったと同時に、議会は開幕した。


進んでいく話し合いを横目で見ながら、葉菜はザクスの後ろで腹這《はらば》いになって寝そべりながら、舟を漕《こ》いでいた。最初は真面目に聞いていたのだが、税収がどうの、陳情がどうのと、交易がどうのと、内容が色々難し過ぎる。葉菜の脳内辞書では翻訳出来ない、知らない単語もたびたび出てくる。

この世界には一般常識程度の知識しか持っておらず、また元の世界でも面倒がって選挙に行ってなかったくらい政治に無関心だった葉菜には、あまりにハードルが高過ぎた。葉菜は始まって早々に、議会の内容を理解しようとすることを諦《あきら》めた。

（これ、寝てぃーかな？　いーよな？　うん、いいはず）

葉菜の寝顔は間抜けだ。以前ザクスからも突っ込まれたので、獣になってもなお、眠っていると時折白目を剥《む》いてしまうのも、口もとが緩《ゆる》んで涎《よだれ》を垂らしてしまうのも、変わっていないらしい。

威厳ある、気高い獣のイメージとは、ほど遠い寝顔だ。

だが、それでもうつらうつらと頭を揺らしている今の状態よりはましなのではないだろうか。

葉菜はいびきをかかない。寝相も壊滅的になることは滅多《めった》にない。寝てしまったことで議会を邪魔することはないだろう。寝顔に関しては、葉菜は席についている参加者たちより低い位置にいるし、ザクスで隠れる場所に顔がくるようにしておけば問題ない。

（よし、寝よう。おやすみなさい）

葉菜はザクスの陰で丸くなり、夢の世界に旅立った。


「――それでは議会は以上だ」

ザクスのその言葉で、葉菜は目を覚ました。ばっちりのタイミングである。

位置も変わっていないし、お咎《とが》めも受けていなかったから、問題はなかった筈だ。

そう思ってふと床を見てみると、寝てる間に垂れたらしき涎がたまっていた。証拠隠滅とばかりに前足でそれをぬぐって、濡《ぬ》れた前足を近くの敷物で拭《ぬぐ》う。

大丈夫だ。これで自分の「威厳ある獣」のイメージは保守できた。

葉菜は「威厳、威厳」と自分に言い聞かせながら、緩慢に体勢を起こして伸びをして、鋭い牙を見せつけるようにあくびをしてみせる。立ち上がっていたザクスが葉菜を見やって手を伸ばしてきたので、撫でやすいように寄っていき、その手が頭を撫でるのを甘受《かんじゅ》する様を周囲に見せつけた。

「そうだ。言い忘れていたが、戴冠式にはこいつも連れていく。これだけ魔力を持つ魔獣だ。国民もそんな魔獣がグレアマギの新王に従っていることを知れば喜ぶだろう」

そう言い捨てて、ザクスは周りの返答を待たずに歩き出した。葉菜も慌ててその背を追う。

「――魔獣の威を借るか。【枯渇人】が」

吐き捨てる言葉が背後から聞こえてきたのは、ザクスが扉に手を掛けた時だった。

声からして、発言者は件のゴードチス翁《おう》であることは察せられる。

その発言はザクスを責めたてる為というよりも、どちらかといえば聞こえよがしな陰口のようなものに思えた。負け惜しみの捨て台詞《ぜりふ》に近い印象だ。ザクスが葉菜を従えたことは、どうやら議会の参加者たちにとってそれだけ重要で、面白くないことらしい。

【枯渇人】――どこかで聞いたことがあるような単語だが、葉菜はその意味を知らない。だが、その言葉が【穢《けが》れた盾】同様、蔑視《べっし》を含んだ名称であることは何となくわかった。

しかし、名称はたかが名称。酷《ひど》い侮辱発言だろうが、聞かなかったふりをして受け流すのは簡単だ。図太い神経を持っているであろうザクスが、それくらいで傷つくとは思えない。

だが、そんな葉菜の予想は裏切られた。

(え……)

それは、一瞬。ほんの僅《わず》かな変化だった。

ザクスは議会の参加者に背を向けていたが、たとえそうでなくてもすぐ傍《そば》にいた葉菜でなければ、それに気づかなかっただろう。

だが、葉菜は見てしまった。

ノブを握るザクスの手が震えたのを。ザクスが痛みを耐えるように唇を噛《か》んだのを。

その目に、確かな憤怒《ふんぬ》と悲しみがよぎったのを。

瞬《まばた》きをした瞬間、ザクスは元の表情に戻っていた。

そしてゴードチスの発言など何も聞かなかったように、そのまま部屋から出ようとした。

気に入らなかった。

ゴードチスの発言が、ザクスにあんな表情をさせたことも。ザクスが、その表情を葉菜に対しても、隠そうとしたことも。自分が、ザクスのそんな変化を予想できなかったことも。

何もかもが腹立たしくて、体が勝手に動いた。

次の瞬間、議会の人々へと向き直った葉菜は、本能のままにゴードチスに飛び掛かっていた。

「っ!!」

突然飛び掛かってきた葉菜に、ゴードチスは目を見開きながらも、すぐに結界を展開した。周りにいた幾人かが、葉菜に攻撃魔法を放つ。だが、弱い。あまりに脆弱《ぜいじゃく》な魔法だ。

葉菜が即座に放った、葉菜に言わせれば小指の先程度の魔力の使用で、結界も攻撃魔法も簡単に相殺《そうさい》された。できないなどとは思わなかった。

頭の奥が、驚くほど冷えていて冴《さ》え渡っている。

葉菜は自身の魔力コントロールの成功を確信しており、脳はそんな葉菜の確信に正確に応えた。

そうでなければ、いけない。

ここにいるものは、簡単に葉菜が力で押し退《の》けられるような雑魚《ざこ》でなければいけない。

だからこそ、力の差もわからない間抜けばかりだからこそ、あのような愚かな発言ができたのだ。

そうでなければ、許さない。

葉菜に飛び掛かられたゴードチスは、そのまま床に倒れこんだ。老人の骨は脆《もろ》い。もしかしたら、どこかしら折れているかもしれない。だが、そんなことは葉菜の知ったことではない。

葉菜は脅《おび》えを目に宿して、葉菜を見上げるゴードチスに牙を剥《む》く。

噛み殺してやろうか。裂き殺してやろうか。それとも魔法で焼き殺してやろうか。

さっきまで冷えていた脳内が、老人の顔を間近で見たことで、沸騰したように熱くなった。

熱は脳から全身に伝わり、体内を暴れ狂う。

熱い。この熱を、放出したい。――この憎らしい老人に、全ての熱をぶつけてしまいたい。

「――怒りをお鎮《しず》め下さい。魔獣様」

室内に響いた涼やかな声に、葉菜は我に返った。

気がつくと、先ほど葉菜に熱い視線を送っていた青年が、目の前で平伏していた。

「魔獣様。貴方様が今膨らませている強大な魔力をもって魔法を行使すれば、ゴードチス閣下だけではなく、この城ごと全て吹き飛んでしまうでしょう。我々は勿論、貴方様も、貴方様のご主人であるザクス様とて例外ではありません」

（あ……）

青年の言葉に、葉菜は今の状態を理解した。

葉菜は、怒りに我を忘れて、魔力を暴走させかけていたのだ。あれほどレアルに魔力暴走の恐ろしさを教えられていたのにも関わらず、葉菜は「恐怖」を忘れて、「怒り」の感情に囚《とら》われてしまった。

青年の言葉がなければ、葉菜は、この城にいるもの全てを道連れにして、滅んでいたに違いない。

全身から血の気が引いていくのがわかった。未だ体に残る魔力が膨らんだ熱を逃すべく、ただ心を落ち着けることに集中する。

「貴方様のご主人様を愚弄《ぐろう》するような態度をとって申し訳ありませんでした。……ゴードチス閣下。貴方も謝罪をして下さい」

「っ何故私が、【枯渇人】なんぞの従獣に……っ！」

「黙れ。貴方がザクス様を侮る理由が、彼が【枯渇人】であることだというのなら、貴方がこの部屋で、否、国中で一番敬うべき相手は魔獣様の筈だ。そしてその次は私。反論は許さない。立場をわきまえろ」

鋭く怜悧《れいり》なものに変わった青年の言葉に、葉菜の下で吼《ほ》えていたゴードチスは黙り込んだ。

「……魔獣様。貴方様の気分を害する発言をしたことは謝罪致しましょう。たとえそれが真実だとしても、貴方様の前で口にすることではなかった」

ゴードチスが苦々しい顔で、葉菜に謝罪の言葉を口にした。

それはあくまで葉菜に対する謝罪であり、ザクスに対する無礼を詫《わ》びるものではなかった。

その事実はとても腹立たしいが、かといって今この謝罪を無視するわけにはいかない。

見るからに矜持《きょうじ》が高そうなゴードチスが、青年の言葉があったとはいえ、自分を曲げて謝罪の言葉を口にしているのだ。葉菜もまた、ある程度のラインで妥協は必要だろう。

葉菜は馬乗り状態になっていたゴードチスから離れて、青年と向かいあった。

圧迫がなくなったせいか、解放されるなり噎《む》せ込んだゴードチスを、近くにいた男が介抱する。

それを完全に無視して、青年はスカイブルー色の瞳を輝かせながら、葉菜に一礼した。

「ゴードチスを許してくださってありがとうございます。この場を借りて自己紹介をさせて頂きましょう。私の名は、ネトリウス・エルクド・グレアム。ザクス様とは曾祖父《そうそふ》を同じくするものでして、傍系《ぼうけい》ながら王家の系譜に名前を連ねております」

（ザクスの、親戚……）

言われてみれば、似てる……気がする。整った顔のパーツが多分全体的に、似てる。

だけど正直、ザクスも、ネトリウスと名乗った青年も、美形過ぎて、いまいち特徴がないから、似てるのかよく分からない。美形も極めると、皆同じに見えるのだな、と胸中で独りごちる（同じ美形でも、レアルは別格だ。あれは人間離れした異形に近い美形だ……いや、葉菜の予想が正しければ元々人間でないかもしれないが）。

ただ、身に纏《まと》う色は、ザクスとネトリウスは対照的だ。

ザクスが持つ色は漆黒。瞳も髪も、光の加減でさえ色を変えない、混じりけのない闇の色だ。

それに反して、ネトリウスの色は鮮やかだ。太陽の光を思い出させる、柔らかそうな金色の髪に、晴天の空の色の瞳。

おとぎ話の勇者と魔王を想像したら、きっと二人とよく似た色合いになるのではないだろうか。当然ネトリウスが勇者、ザクスが魔王のポジションで。

魔王の姿のザクスを想像したら、嵌《はま》り過ぎていて、内心吹き出す。どこまでも悪役が似合う男だ。

「――落ち着かれたようですね、魔獣様」

（ちょ、近ー！　距離が近ぇよ！　この美形）

息がかかるほど間近で発せられた声に、葉菜は思わず後ずさる。しかし葉菜が離れた分だけネトリウスは、距離を詰めてくる。

美形のドアップ。本来なら眼福な筈のそれが、ひたすら葉菜をぞわぞわ嫌な気分にさせるのは何故だろうか。ネトリウスの表情が熱を孕《はら》んだ、恍惚《こうこつ》としたものになっているせいか。何故、この場面でこんな表情になるのだ。

「少し惜しいな……先ほどまでは貴方様の魔力を全身で感じられたのに……あぁ、でもまだまだ芳《かぐわ》しい魔力の香りが貴方様を包んでいる……強大で、とても美しい魔力だ」

（ぎゃあ！　にお、匂うなあ！　気色悪い!!）

ネトリウスは、葉菜の首筋辺りに顔を埋《うず》めてすんすんと体臭を嗅《か》いできた。

全身の毛が逆立ち、尻尾が膨らむ。毛皮の下では、恐らく鳥肌が立っているのではないだろうか。

葉菜が固まっていることを良いことに、ネトリウスは葉菜の体に手を這わしてくる。その手つきがなんだかいやらしい。獣を撫でる手つきではない。

(も、もしやこいつは単なる動物フェチではなく、獣姦《じゅうかん》マニアか!?)

まさか、獣になってからセクハラ（ザクスのお風呂も見方次第では十分セクハラだが、あれとは次元が違う）を受けるとは想定していなかった葉菜は混乱する。

そんな変態がいるとは考えたこともなかった。ただひたすら、ネトリウスが怖い。

「あぁ、貴方様を抱き締めていいだろうか。また貴方様の魔力に包まれたい。貴方様の魔力に耽溺《たんでき》したい。許して下さいますよね？」

「——俺の従獣にちょっかい出すのは、それくらいにしてもらおうか。『魔力狂い』」

(ザ、ザクス〜っ)

割って入ってきたザクスの言葉に葉菜は表情を輝かせる。

この変態から、早く助けて欲しい。思わず安堵《あんど》で涙と鼻水が滲《にじ》んできた。

「——『魔力狂い』とは失礼ですね。ザクス様」

一方でネトリウスは、眉をひそめて、心外だとでもいうように抗議の声をあげる。

「私は魔力の純粋な信奉者です。敬虔《けいけん》な崇拝者です。強大な魔力を持つものには、老若男女、種族を問わず、崇拝し、傅《かしず》くべきだ。それは帝国に生まれたものなら、抱いて当然の心理でしょう」

「お前の場合は、その崇拝加減が常軌《じょうき》を逸《いっ》しているんだっ」

「仕方ないでしょう……ずっと焦《こ》がれていた魔獣様が、こんな近くにいるのですから」

そう言ってネトリウスは、葉菜に視線を戻して、うっとりと表情を緩ませた。

「ずっとずっと焦がれ、憧れておりました。魔獣様……グレアマギ帝国の、否、この世界の人間の中で私以上の魔力を有するものは、現段階では判明しておりません。もしいるならば、【招かれざる客人】様か、魔獣様しかいないと思っておりました。そして今、私は貴方様の魔力の大きさを肌で感じることができた。かくも幸せなことは私の人生の中で初めてです」

熱を孕んだ、甘い声で、ネトリウスは葉菜に囁《ささや》く。狂喜を浮かべた空色の瞳に、葉菜は毛皮の下がさらに粟立《あわだ》つのを感じた。

澄んだ美しい瞳は、確かに葉菜を映し出しているのに、ネトリウスは葉菜を見ていない。

彼が見ているのは、葉菜の魔力だけだ。

かといって、ネトリウスはレアルのように、魔力が見える特殊な目を持っているというわけではないのだろう。彼は、目に見えず香りや気配でしか捉えられない魔力を、少しでも多くの器官で捉えようと、魔力があるだろう場所を推測して仰視《ぎょうし》しているのだ。

「狂信者」そんな単語が葉菜の脳裏を過《よぎ》る。ネトリウスは、魔力の狂信者だ。

きっと彼が真の意味で敬意を払うのは、魔力という存在そのものだけなのだろう。

口では葉菜に敬意を示しているが、ネトリウスにとって、葉菜の存在は、肉体は、恐らく魔力を溜《た》め込む為の器に過ぎないだろうことが、ひしひしと伝わってくる。

思わず威嚇《いかく》するような唸《うな》り声をあげながら後ずさった葉菜に対して、ネトリウスは慈愛に満ちた笑みを浮かべた。

「脅えが混ざった魔力の香りも、これはこれで素敵ですね……あぁ、いいな。欲しいな。貴方様と契約を結べたら、貴方様の傍にずっといられたら、それはどんなに素晴らしいことでしょう」

うっとりと葉菜を――正しくは葉菜の魔力があるであろう場所を見つめると、ネトリウスはザクスに向き直った。

「――ザクス様。貴方の従獣を私に下さいませんか。もし貴方がそうしてくれるならば、私は貴方が王位を継ぎ、国を治めることを、傍《かたわ》らで全力で手助け致しましょう。この国で魔力に関しては並ぶものがなく、また王位継承権第二位をもつ私がザクス様につけば、貴方に逆らうものは誰もいなくなるでしょう」

(うっはーい。私売却フラグ立っとる……)

なんということだろう。盗賊の時に引き続き、貞操の危機再びだ。

いや実際ネトリウスに買われても、貞操を喪《うしな》うことは(多分)ないだろうが、葉菜の中の何かは確実に喪われるような気がする。

(……てか、頼むからそういう相談は、本人がいないところでやってくれよ)

葉菜はザクスを視界に入れないように、目を瞑《つぶ》った。歯を噛みしめて、胸の痛みに耐える。

葉菜は、ザクスの現状の詳細を知らない。

知らないが、ザクスの状況が危ういことなど、この王宮に滞在した短時間で重々理解した。

そして、ネトリウスがこの王宮において非常に力ある人物であり、味方にしたらとても頼もしい一方で、敵に回したら脅威だろうことも想像できた。

それに対して葉菜は、魔力量のみチートとはいえ、魔力のコントロールは未だ不安定だ。先程も魔力を暴走しかけて、王宮集団心中事件を起こすところだった。葉菜は、ザクスにとって諸刃《もろは》の剣だ。

しかも中身はともかく、見た目は獣。中身だって、内政チートする能力も、人を纏め上げるカリスマ性も、改革チートが出来るような技術知識もない、社会不適合だった駄目女だ。

どちらを取れば有用かなんか、火を見るより明らかだ。

そしてザクスは合理主義者だ。情に流されることなく、いつだって、冷静に、冷徹に、自分にとって利がある選択をできる。

変な期待をするだけ愚かだ。当然の選択。そう、わかっている。

だけど、葉菜は、聞きたくなかった。

売却されるのは仕方ない。覚悟は未だできていないけど、何とか気持ちに折り合いをつけよう。

葉菜は幼稚だが、「諦め」を受け入れられるくらいには、長く生きてきた。

だけど、それは葉菜の知らない場所で、出された結論の末であって欲しかった。

たとえ結果は変わらなくても、ザクスが、葉菜を譲り渡す言葉をネトリウスに告げるのを葉菜は聞きたくなかった。ザクスが葉菜を「いらない」と口にする場面を、自分が捨てられる瞬間を、葉菜は見せつけられたくなかったのだ。

「――ふざけるな」

だが、実際ザクスから出た言葉は、葉菜の想像とは異なり、苛立《いらだ》ちを含んだものだった。

「こいつをやれば協力してやるだと？　誰よりも俺を疎《うと》ましく思っているお前が、よくもまあそんな心にもないことを言えたものだな」

ネトリウスは、そんなザクスの様子に愉《たの》しげに目を細め、首を横に振る。

「貴方のことを疎ましいなどと思ったことはありませんよ。ザクス様。私はただ、貴方がこのグレアマギの国王として『相応《ふさわ》しくない』と思っているだけです。何せ貴方は私の求めるものとは正反対の人間だ。敬い讃《たた》えることなどできる筈がないでしょう？」

「……」

「かといって、私が王になりたいわけではない」

ネトリウスは艶然《えんぜん》と唇を緩めた。

「魔獣様を私に下さるのなら、意に沿わぬ相手に仕える不幸など大したことではありません。この素晴らしい魔力を傍で常に感じること以上の望みなど、私は持ってはおりません故。その為なら、いくらでも貴方に頭《こうべ》を垂れましょう。貴方が信用できないのなら、この場で忠誠を真名《まな》にかけて誓ってもいい」

この世界で、真名にかけた誓いは絶対だ。逆らおうとすれば、世界から何らかの制裁を受ける。その為、一般の臣下は、真名による誓約を強要されない。それほど真名による恭順の誓約は、重い。

ネトリウスは、本気だ。誓約も辞さないほど、本気で葉菜を、葉菜の魔力を欲しがっている。

しかし、それでもザクスは、ネトリウスの言葉を鼻で笑って一蹴《いっしゅう》した。

「断る」

「どうしてです？　これほど貴方に望ましい条件はないでしょう？」

「お前が信用できないからだ」

不満そうなネトリウスの言葉に、ザクスは僅かな逡巡《しゅんじゅん》もなく答えた。

「真名による誓約は確かに強制力が働く。だが、お前の誓う『真名』が、本当にお前の真名か、はなはだ怪しいところだな。誓約時には必ず特定の現象が起こるが、お前ほど魔力に精通した男なら、いくらでもそれらしく偽装できるだろう。残念ながら俺は【枯渇人】故に、真名による恭順を示されたことなぞないから、誓約の真偽なんぞわからないしな」

嘲《あざけ》るように告げたザクスの言葉。だがその嘲りはネトリウスだけではなく、ザクス自身にも向けられているように葉菜は感じた。

「魔獣を従えなくなった俺に、お前が仕える意味なぞある筈がない。よしんば誓約によりお前自身が俺に手を出さなくとも、お前を王に推《お》したいものが俺の命を狙ってくるだろうしな。直接手を下さなければ、誓約には触れないだろう？」

「……まあ、誓約の文面にもよりますがね」

渋い顔をしながら肩を竦《すく》めたネトリウスを、ザクスはねめつけた。

「こいつは、俺のものだ。契約によって結ばれた、俺の従獣だ。お前なんぞに、簡単に渡す筈がないだろう」

（……ちょ、ちょっとザクスさん）

かぁっと顔に熱が集まるのがわかった。

毛皮できっと傍目《はため》からはわからないだろうが、葉菜の地肌はきっと朱に染まっているのだろう。

（破壊力抜群すぎるんだが、その台詞）

思わず床に突っ伏してしまった。ばくばくと苦しいくらい心臓が鼓動しているのが分かる。

単にザクスがネトリウスを信用できなかったから。それだけだ。より現実的でメリットが高い対価が与えられていたら、ザクスは葉菜を譲り渡していたかもしれない。いや、きっと譲り渡していた筈。

そう手放しで喜ぶことではないと理解している筈なのに、どうしようもなく口元が緩んでしまう。

ザクスが自分を必要としてくれている。その事実が嬉《うれ》しくて、涙が滲んできそうだ。

ネトリウスのところへ行かずに済むことが、これからもザクスの傍にいられることが、嬉しくて仕方なかった。

「話は終わりだ……行くぞ、ネコ」

ザクスの言葉に慌てて葉菜は上体を起こした。

ちなみに「ネコ」という呼称は、仮名を持たない葉菜を呼ぶザクスの呼び名の一つだ。他には「糞ネコ」だの「デブネコ」だの呼ばれている……よくよく考えれば酷い呼び名だ。

主として責任もってちゃんと仮名を考えろと詰《なじ》るべきか。最早《もはや》慣れてしまって、何とも思わないあたり毒されている。

「――魔獣様」

ザクスの背を追って、扉の外に向かおうとした葉菜に、ネトリウスが呼びかける。

「必ず、また。近いうちに」

思わず振り返ってしまい、葉菜は後悔した。

朗《ほが》らかに笑いながら手を振るネトリウスの眼は、笑っていなかった。

思わず背筋に悪寒が走るような、怪しげな光を宿していた。

(近いうちなんかねーよ……うん、ないと願いたい)

葉菜は即座に視線を逸《そ》らして、扉から出て行った。

ねっとりと纏わりつくようなネトリウスの視線を、背中で感じながら。

王宮に来た時とは異なり、廊下を歩くザクスはずっと無言だった。

伝わってくるピリピリとした雰囲気に、空気を読むのが苦手な葉菜も、流石《さすが》に黙りこんで後を追う。

ようやくザクスが口を開いたのは、隠し部屋の中に入ってからだった。

「――何で勝手な行動をした」

底冷えがするような声に、びくりと体がはねる。

「俺はさんざんお前に他の奴に関わるな、そう言っていたよな？　何で勝手にゴードチスに飛び掛かったりした？」

「……………ごめん、なさい」

「魔力を暴走させそうになったあげく、よりにもよって、あのネトリウスに借りを作らせるとはな！本当に、お前は使えない！」

吐き出された厳しい言葉に、葉菜は口もとを噛んで俯《うつむ》く。先ほどまでの幸福な気分が一気に萎《しぼ》んでいくのがわかった。

(だけど、私はザクスの為に。ザクスが、馬鹿にされていたから)

思わず口に出かけた言い訳を、すんでのところで葉菜は飲み込んだ。

ザクスの為に自分は動いたのではない。自分の苛立ちを、ただ解放したかっただけだ。ザクスはそんなことは一言だって頼んでいない。

結局葉菜がしようとしたことは自己満足の行為で、ザクスの立場を一層悪くしただけだ。それをザクスの為だと言い張るのは、あまりに独善的で、押し付けがましい。

耳も尻尾もうなだらせて凹《へこ》む葉菜を、ザクスは暫く冷たく睨《にら》みつけた後、小さく嘆息した。

「……言い過ぎた。ネトリウスはともかく、ゴードチス以下の奴らにはお前の力を見せつけられたのだから、よしとすべきだったな……悪かった」

ザクスは葉菜から視線を逸らしながら小さな声で謝ると、中央にあったソファに腰をおろした。そしてそのまま、頭を抱えて項垂《うなだ》れた。

「俺らしくないな……どうも俺は【枯渇人】という言葉を聞くと、平静でいられなくなる……事実なのだから、いい加減受け入れるべきだとわかっているのにな」

弱々しく吐き出された言葉が、あまりにザクスと不似合いで、葉菜は胸の奥がざわざわして落ち着かなくなる。こんなザクス、初めて見た。自分がどう行動すべきか、全くわからない。

「……ねぇ、ザクス」

「……なんだ。ネコ」

「【枯渇人】、何？」

まずはザクスをここまで傷つけた、【枯渇人】という言葉の意味を知らなければならない。

知らなければ、葉菜が告げる言葉も、行動も、全て見せかけの嘘っぱちになる。それは嫌だ。取り繕うことができないほど傷ついているザクスに、そんなその場しのぎの行動はしたくない。

「……ウイフから、聞いていないのか」

「……聞いてないと、思う。……多分」

時々上の空で、ウイフの講義を受けていた自覚がある葉菜は、あさっての方向に視線を逸らした。

「俺の詳細はともかく、【枯渇人】のことをウイフが説明しない筈がない。お前の為にウイフが時間を割《さ》いて行っている講義だ。ちゃんと全部聞いておけ」

呆《あき》れたように言った後、ザクスは小さく笑った。

貼り付けたような、ただ笑みの形に表情を動かしたような、不自然な笑みだった。

「【枯渇人】は、グレアマギに生まれながら、魔力量が少なく、ろくな魔法が使えない人間の蔑称《べっしょう》だ」

「……え」

ザクスは、議会という公の場にも関わらず帯剣したままだったイブムを、鞘《さや》ごと腰から抜いて、両手で握りしめた。その仕草は、まるでザクスがイブムにすがっているかのようだった。

「俺は遺伝的に魔力量が一際多い筈の王族の直系ながら、生命維持に必要な量を僅かに超える程度にしか魔力を持っていないんだ」

ザクスの思いがけぬ告白に、葉菜は息を呑《の》んだ。

「え、でもザクス。契約、魔法使った」

葉菜と主従契約を結ぶ際、確かにザクスは魔力を行使していた。

魔力がない人間が、そんな高度なことができるのか。

「……イブムの力だ」

ザクスは視線を手の中の魔剣に固定したまま、葉菜の疑問に答えた。

「イブムは使い方次第で、魔力も神力も断ち切ることができる。……そしてイブムは持ち主の魔力を限界まで引き出し、増幅させる能力も備えている。たとえそれが【枯渇人】の微々たる魔力であったとしても」

そう言ってザクスは目を伏せた。

「イブムがあるから、俺は普通でいられる。イブムがない俺は、王族であっても何の力もない、底辺の人間に過ぎない」


グレアマギ帝国第四十三代国王、ヒューレイ・セブヌス・グレアムの、正妃ラタの第二子として、ザクスはこの世に生を受けた。

自分の息子が【枯渇人】であることに、国王であるヒューレイは当然のことながら、王族に次ぐ魔力の所有を誇る一族に系譜を連ねるラタの嘆きは凄《すさ》まじかった。彼女は、平民にも劣る魔力しか持たないザクスを拒絶し、けして己《おの》が子どもと認めようとしなかった。

ザクスはただの一度も母親の胸に抱かれることもないまま、王宮から隔離され、ザクス用に建てられた特別な屋敷で、同じ【枯渇人】と呼ばれる使用人に囲まれて育った。

【枯渇人】はグレアマギに住む人間にとって蔑むべき存在ではあるが、忌《い》むべき対象ではない。

ザクスは命を奪われたり、幽閉され一生陽の明かりをみることができないような、そんな悲惨な目に遭うことはなかった。不幸中の幸いといえよう。

使用人たちは、王族でありながら自分たちと同じ不遇な身の上であり、家族の情愛を知らずに育つザクスに同情し、優しく接してくれた。その中には、生まれた時から乳母《うば》としてザクスの面倒を見てくれたリテマや、一般常識から、当時はけして必要になるとは思えなかった王族の作法に至るまで、あらゆる教育をザクスに施してくれたウイフもいた。

肉親の愛情を知らずに、隔離された屋敷内でなかば軟禁されるように育った幼少期。

だが、その期間はザクスにとって、けして不幸なものではなかった。寧《むし》ろ、過去の人生の中で最も幸福な期間だったのかもしれない。当時のザクスは、それが当たり前だったのだ。

屋敷の外の世界も、肉親の愛情も、知らないのが当たり前だった。

知らないものを、欲しいとなど思える筈がない。持たないことを不幸だと思える筈がない。

だから、ザクスにとってはそれらの事物の欠乏は、全く重要なことではなかったのだ。

否、正しくは知識としては知っていた。外の世界の様子も、家族というものが本来はどういうものなのかも、ウイフが詳細に至るまで教えてくれた。ウイフはたとえザクスが知識を得ることで苦しみを抱くことになったとしても、ザクスが無知のままでいることを是《ぜ》とはしなかった。

だけど話を聞いても、ザクスはそれを羨ましいと思ったことはなかった。

ザクスは聡明《そうめい》な子どもだった。聡明過ぎる、子どもらしくない子どもだった。

ザクスは今の自分の状況下で、手に入らないものを求めることが、いかに愚かなことなのかを本能的に悟っていた。だからこそ、求めることをせず、自分の手が届く範囲の幸福で満足していた。

屋敷の中は隔離されているが故に、【枯渇人】である自分を蔑む視線に晒されることはない。

ウイフはザクスが将来傷つくことがないように、繰り返し【枯渇人】に対する世間の差別を語ったが、実際に【枯渇人】以外の人間に接したことがないザクスには、それがどんなに不幸なことなのか、全く理解できていなかった。

だが、そんなザクスの幸せな時間は七歳の頃に終わりを迎えた。両親を同じくする実の兄であり、王位第一継承者、シェルド・エルド・グレアムの病死によって。

名前でしか知らなかった兄の死を知らされるなり、ザクスは王宮に連れて来られた。そこでザクスは物心がついてから初めて、血を分けた両親と対峙《たいじ》した。

父親だと名乗る人物は、無機物を見るかのような目をザクスに向けた。

母親だと説明された人物は、一度も口を開かずに、汚物を見たかのようにザクスから顔を背けた。

元より期待なぞ抱いていなかったが、あまりに酷い親子の邂逅《かいこう》だった。

「シェルドが死んだ今、第一位王位継承権はお前に移ることになる。お前が【枯渇人】の無能だろうが、それは変わらない」

息子が死んだばかりとは思えないほど淡々とした調子で、父親と名乗ったヒューレイはザクスの状況を説明した。ザクスと違ってシェルドは魔力を十分に有していたはずなので、その能力とは関係なく、ヒューレイは「子ども」という存在自体に興味がないのだろう。

ヒューレイの表情に悲壮感は微塵《みじん》も感じられず、面倒な事態に陥《おちい》った苛立ちのみが見てとれた。泣き腫《は》らして目元を充血させ、今この場でも嗚咽《おえつ》を耐えているラタとは、対照的だった。

「現時点で、他に王位継承権を持つ者はお前以外に二人いる。一人は他大陸のクタルマヤ共和国から友好の証《あかし》に贈られたアルデシア姫から生まれたアルバ。お前の腹違いの兄だ。もう一人が、お前のはとこにあたるネトリウス。二人とも【枯渇人】のお前なんぞじゃ比べものにならない強力な魔力を持っているが、その背景が面倒臭い」

ヒューレイは男らしい端正な顔立ちを歪《ゆが》ませながら、自身の顎鬚《あごひげ》を撫でた。

「アルバに王位継承をさせた場合、まず間違いなくクタルマヤがグレアマギに干渉してくる。気候や土地の性質に恵まれていないクタルマヤは、一年を通じて温暖な気候で、土も肥沃《ひよく》なファルス大陸を羨んでいる。アルバが王になった途端、それを理由にグレアマギに干渉し、ひいてはファルス大陸の侵略の足掛かりにしようとするだろう。一方ネトリウスは、母親の一族がプラゴドに毒され、数代にわたりシュフリスカを信仰しているという情報が入って来ている。もしその影響でネトリウスがシュフリスカ信仰を国教化しようとすれば、ファルス大陸における三国不干渉のバランスが崩れ、大陸中が戦火に包まれることとなるだろう」

ヒューレイはそういって、真っ直ぐにザクスを見据えた。

「争いの種になる有能な奴と、無害な無能なら、俺は無害な無能をとる。周りが有能でさえあれば、王なんてお飾りでも十分こなせるからな。だからこそ、俺はお前が第一位王位継承権を持つことを認めた。だが、お前に期待なぞ最初からしていない。お前が本当に王になるとも思っていない。お前の役割は、せいぜい暗殺を避けて、少しでも長く俺とラタ……もしくは他の面倒がない寵姫たちの間に王たる資質を持つ子供が生まれるまで間をもたせることだ」

王宮での生活が始まり、ザクスはようやく【枯渇人】の立場を身をもって知った。

常に付き纏う、蔑みの視線と、嘲笑。

同じ枯渇人の使用人に囲まれて育った七歳のザクスにとって、それはとても苦しいものだった。ウイフやリテマも共に王宮に付いて来てくれたが、彼らもまた差別を受ける立場であり、王宮内の扱いはけして良いものではなかった。他の使用人から軽んじられている姿を幾度も目にした。

(俺たちが何をしたというんだ)

幼いザクスはその理不尽な状況に歯噛みをした。

魔力に頼らずとも、普段の日常生活には特別支障がない。魔力は枯渇すれば生命に関わる為、よほど魔力が有り余った人間ではない限《かぎ》り、日常的に魔力を行使している人間は少ない。魔力が一番必要とされるのは戦いの時だ。それ以外の場面では、魔力持ちも枯渇人もそう変わらない生活を送っている。それなのに何故、魔力がないというだけで、差別されなければならないのだ。足りないなら、補えばいい。魔力という、生きていく為に必要な力が根本的に欠乏しているなら、それに代わる力を身につければいい。

ザクスはかつて王宮一と言われた腕を持つ老剣士に、剣術の教えを乞《こ》うた。弟子にして欲しいと頭を下げた。老剣士は枯渇人ではなかったが、剣術を極める為には魔法は不要だという持論の持ち主だったが故に、ザクスが枯渇人でも蔑むことなく弟子として受け入れてくれた。

ザクスは剣術において、天賦《てんぷ》の才を持っていた。幼子とは考えられない勢いで、ザクスは剣術を習得していった。

一方でザクスは学問にも打ち込んだ。得られる知識はどんなものであろうと、ひたすらがむしゃらに詰め込んだ。それがいつか自分の糧になると信じて、誰よりも真剣に必死に勉強をした。

同年代の子どもが野山で遊んでいるような時間を、ザクスは全て自分の鍛錬に費やした。

そうしなければ、何かしらの価値を生み出さなければ、自分のような存在はきっと生きていけないだろうことを、聡明なザクスは、その時既に悟っていたのだ。

だが、ザクスがどんなに剣術を極めようと、学問で優秀な成績を修めようと、周囲がザクスを見る目は変わらなかった。ザクスがどんな結果を出そうが、魔力がないというだけで、周囲の人間はザクスを蔑む。何を成しても【枯渇人】というだけで、周囲はザクスを認めようとしない。

暗殺未遂も頻繁《ひんぱん》に起こった。生活の拠点が国中で最も警備が厚い王宮なだけに、酷い狼藉《ろうぜき》を受けることはなかったが、食事に毒物が混入されたりなぞは珍しいことではなかった。

何人もの毒見役の使用人が死んだ。

枯渇人である自分が、王位継承権第一位を持っていることが気に食わないのか。それとも単に自分が邪魔なのか。暗殺の真意まではわからない。ウイフが、枯渇人の料理人であるダレルをどこからか連れて来るまで、ザクスは安心して食事を取ることもできなかった。

父親は自分に無関心で、母親は自分と会う度、まるでザクスこそがシェルドの敵であるようにザクスを罵《ののし》ってくる。月日が経てば経つほど、ザクスは心の奥底が冷たく麻痺《まひ》していくように感じていた。

麻痺していっているのに、かつて感じた痛みは思い出したかのように唐突にぶり返し、ザクスを苛む。自分の周りだけ、なぜか空気が薄い。普通に過ごしているだけで、常に息苦しくて仕方がない。

（――いつかきっと、この城を……この国を出る）

いつしかザクスは、そんな決意を胸に抱いていた。

近い将来、王位を継承するに相応しい後継ぎが出来て、お役御免になる時が来たら、グレアマギを出て行こう。ファルス大陸の他国ではいけない。プラゴドもナトアも、魔力至上主義が、神力や精霊力に変わるだけで、根本的な部分はグレアマギと同じだ。

ウイフから、いつか聞いた。ファルス大陸とは異なる大陸。海を越えて、クタルマヤ共和国も越えて、さらに遠く。魔力も、神力も、精霊力も、全て異端と片づけられ、存在しないように扱われる国があるという。

お伽噺のような、遠い、別の世界の話。だけど、きっとそれは夢物語ではない。世界はきっと幼い自分の想像内では収まらないくらい広くて未知で満ちている。

いつか、自分はその未知の国へ行く。望むなら、ウイフやリテマ、ダレルも連れて。【枯渇人】というだけで差別されない国で、自分の能力を頼りに生きていく。

そんな野望を胸に抱き、辛いばかりの無機質な日々の慰めにしていた。


ザクスが十歳になった夏、流行病《はやりやまい》に侵され、血縁上の母親であるラタ妃はあっさりと逝《い》った。

最後までけしてザクスを息子と認めないまま、一度も、一片たりとも、母としての情愛をザクスに向けないまま、彼女がいう「唯一の息子」の元へと旅立った。

悲しみは微塵も感じなかったが、自分の中で何かが、手に入れることがないままに永遠に失われてしまったことだけは、何となくわかった。

そして、ザクスの運命を変える事件は起こった。

「初めまして。無能で哀れな弟御。偉大なるクタルマヤの王族の血を引く俺が、お前に永久の惜別を告げにきてやったぞ」

剣術の稽古中、突然襲った落雷。

剣術を極めた師匠ですら、その災厄を察知することができず、雷撃を直接一身に受け、即死した。

ザクスは落雷の影響で焼け焦げ崩れた道場の残骸から這い出ながら、そんな軽口を耳にした。

腹違いの兄にあたるアルバは、必死に瓦礫《がれき》から脱出しようとするザクスを見下ろしながら、嘲笑を浮かべた。

「可哀想に。この一撃で死んでいれば、苦しむこともないまま、お前の母や兄の後を追えたのに。死の恐怖を微塵も味わわないまま、冥府《めいふ》の扉を開けたというのに。哀れな腹違いの弟よ。俺は、兄としてお前に同情する。お前を憐《あわ》れむ。最期《さいご》までその無能さ故に、死の運命に逆らえぬお前を！」

そう言って向けてきた雷撃を、ザクスは間一髪のところで避けた。ザクスがいた場所の地面は、焼け焦げて変色していた。まともに喰らっていれば、ザクスはアルバのいう通り、一度もザクスを顧《かえり》みなかった母親の後を追うことになっていただろう。

「ラタ妃は、不慮の病で亡くなった！　お前がラタ妃から愛されていたか否かはどうであれ、彼女の死により、国内のフイオーペダク家の発言力は弱まった。無能な王位第一継承者が、『決闘』の末亡くなったとしても、文句は言えない程度には。良かったな、弟よ。俺がお前を、『王位継承者』という、お前にとって過ぎたる重圧から解放してやる！　お前の死をもってな！」

絶え間なく襲い来るアルバから発せられる雷撃から、ザクスは必死に逃げまわった。

ザクスの剣術の腕は、齢十歳にして大人の剣士と匹敵するほどのものだったが、だからといって強大な魔力によって行使された魔法に対抗できるものではない。

剣では魔力を断ち切ることはできない。剣術は、結局は魔法には敵《かな》わないのだ。

だからこそ、王宮一と謳《うた》われた剣術の能力を持つ師匠も、アルバが放った一撃で絶命した。

ザクスなど、けして敵う相手ではない。

戯《たわむ》れのようにザクスから少し外されて放たれる雷撃を避けていたが、やがて体力の限界は訪れる。

疲れ果て、地に臥《ふ》したザクスを、アルバは愉悦を湛《たた》えながら見下ろした。

「さようなら。弟よ。誇れ。お前の死が、グレアマギとクタルマヤ、二国に君臨する偉大なる王を産むことを。後世に渡るまで、お前の名は残るだろう。無能故に、偉大なる功績を残す俺から駆逐《くちく》された王位継承者として！」

——力が、欲しかった。

生きていくための力が、【枯渇人】でも、その欠点を補えるだけの強い力が、欲しかった。

惨めな無力な存在のまま、死にたくなかった。

自分はけして無能ではないのだと、生きていくに足る存在だと、そう思いたかった。

アルバの手に貯められた魔力は、ザクスが今まで感じたことがないほど強大なものだった。

これが雷撃に変換され、ザクスに直撃すれば、死の運命を避けることはできないだろう。

ザクスは強く目を瞑って、最期の時の訪れを待った。——しかし、

「っ！」

視界を閉ざしたザクスに、突然、目を閉じていてもわかるほどの眩《まばゆ》い光が降り注いだ。

光が弱くなるのを待って、恐る恐るザクスが目を開くと、光を纏った一振りの剣が、目の前に浮いていた。光ってはいても、剣の作り自体は驚くほど簡素で、不必要な装飾を一切纏っていない単純なもの。だけどザクスは、そんな変哲もない剣に理由もなく魅《ひ》かれ、思わず手を伸ばしていた。

「……魔剣イブムだと⁉」

アルバが遠くで何かを叫んでいるが、剣に魅了されたザクスは気づかない。

まるで幻のようだった剣は、掴めば確かに実体があり、ザクスはその存在を確かめるかのように、両手で柄を握りしめた。剣はまるで長年使っていたもののように、ザクスの手に馴染《なじ》んだ。

一瞬剣に気を取られていたアルバは、すぐにまた次の雷撃をザクスへと仕掛けてきた。

先程までの攻撃が戯れに過ぎなかったことが一目で分かる強大な閃光《せんこう》が、ザクスに迫る。

だが、ザクスは狼狽《うろた》えなかった。

(――切れる)

剣を握った途端、そんな確信がザクスの中に生まれていた。

間近まで迫っていた閃光に、ザクスは正確に剣を振り下ろす。

剣の刃に当たった雷撃は、瞬時に霧散して消え去った。

「なっ」

驚愕に目を見開いたアルバに出来た隙《すき》を、ザクスは見逃さなかった。

体力を振り絞ってアルバに向かって跳躍すると、その右肩から腰元にかけて一気に切りつける。

勝敗の決着は一瞬。次の瞬間には、血塗《ちまみ》れのアルバが地に伏していた。

「なぜ、お前が、【枯渇人】のお前なんかが魔剣イブムに選ばれる…っ!? 俺の方がよほど相応しいのに! 俺が王になるべきなのにっ!!」

瀕死《ひんし》のアルバの怨嗟《えんさ》の籠《こも》った慟哭《どうこく》を無感動に聞きながら、ザクスはその首もとに剣先を突き刺した。

ザクスの最初の殺人は「兄殺し」だった。

ザクスとアルバの争いは、「試合の末の不慮の事故」として片付けられ、ザクスが罪に問われることはなかった。だがヒューレイは、アルバの死によって関係が悪化したクタルマヤ共和国との闘いの最前線に、ザクスが出ることを命じた。幼子にそのような危険な任務を科すというのは、間接的な処刑命令だったといって良い。

それから二年後、クタルマヤ共和国との闘いが幕を開けた。僅か十二歳の初陣だった。

だが、ザクスは死ななかった。卓越した剣の腕と、イブムの力によって、幾度も直面した絶体絶命の危機を乗り越え、グレアマギを勝利に導いた。

鬼神の如き強さを見せつけたザクスは、枯渇人ながら、「剣聖」と渾名《あだな》され讃えられるようになる。

「――クタルマヤとの闘いが終わった時、俺は王になる決意をした」

淡々と過去を語っていたザクスは、そう言って真っ直ぐに葉菜を見据えた。

「俺は王になる。王になって、この国に蔓延《はびこ》るくだらない差別をなくしてやる……っ」

痛みを飲み込むかのように瞳に強い意思を湛えてそう宣言し、イブムの柄を握るザクスに、葉菜は何も言えなかった。

多分、本来ならここでザクスの過去に胸を痛めるのが、正しいのだろう。

今もまた、悲しみを表に出さないザクスの代わりに泣く人もいるだろう。

きっと、心優しい女性なら、そうする。物語のヒロインに相応しい、真っ直ぐな性根の持ち主なら。

そのうえで、ザクスを支えようと、彼の闇を共に背負おうと、するだろう。

親の愛を知らぬザクスに、代わりに愛情を注いであげようとするのかもしれない。

きっと今のザクスには、そういう人が必要なのだろう。そんな人物こそが、ザクスの傍にいるべきなのだろう。

だけど、葉菜にはできなかった。

頭ではどんな態度が、どんな感情が望ましいのかわかっているのに、葉菜の心はそれを裏切る。

あまりにザクスの過去が凄惨《せいさん》過ぎるが故に、葉菜の心の中に同情も共感もすんなりと湧き上がっては来なかった。まるで物語を聞いたかのように、現実味がない。ザクスの苦痛を我ことのように、自分と照らし合わせて考えることができない。

——代わりに葉菜の中から湧き上がったのは、蓋をした筈のどす黒い感情だった。

けして認めたくない、あまりに場違いで身勝手な「嫉妬心」が、膨れ上がり葉菜を襲う。

ザクスを羨むのはおかしいと、頭ではわかっている。

ザクスが悲惨な経験をした時と同じ年代の頃、自分は伸び伸びとした、幸せな子ども時代を送っていたと思う。両親の仲は円満ではなく、誰よりも幸福な子ども時代だとは言えないが、それでも葉菜はけして不幸な子どもではなかった。

ザクスの過去と代わりたいかと言えば、即答できる。否だ。そんな凄惨な体験はしたくない。

だけど、思ってしまうのだ。理屈ではなく、妬《ねた》んでしまうのだ。

ザクスの生き方が、あまりに美し過ぎて。気高過ぎて。

十も年下の少年が、二十四年間ただ怠惰《たいだ》に生きた自分とけして比べ物にならない立派な生き方をしている現実に、どうしようもなく打ちのめされてしまうのだ。

(ザクスが、完璧な人間だったら良かった)

ザクスが完璧な、欠点のない人間ならば、良かった。

別の人種だと、自分とは異なる生き物なのだと、だから仕方ないのだと納得できた。

だけど葉菜は知ってしまった。ザクスが、少なくともグレアマギという国内においては、一般人よりも劣る立場だったと。被差別的な立場でありながら、自らの不断の努力によって、その才によって、今の地位を掴みとったのだと、葉菜は知ってしまった。

妬ましい。羨ましい。――何故、そんな風に生きられる？

欠けた人間なのに。蔑まれる性質を持った、劣った存在であるのに。

どうして、まるで物語の主人公であるかのように、強く美しく生きられる？

駄目な自分は、諦めて生きてきたのに。

生まれた時から人間は平等ではない。一つしかない筈の生なのに、人生は理不尽に満ちている。

恵まれた人間が、恵まれた人生を送り、恵まれた人生を全うする。だけど持たざる人間は、自分が手に入るだけの幸せに甘んじるしかない。

生まれついた性質は仕方がない。自分が駄目なのは、そういう風に生まれついたのだから仕方がない。自分は悪くない。そう思って、自分の駄目さに抗《あらが》うこともなく、葉菜は怠惰に生きてきた。

自分の悪い部分を省《かえり》みず、目を逸らして楽な方楽な方に流されて生きていながら、ただ優れた人を、自らの力で短所を克服する強さを持った人間を妬む自分は、何て醜いのだろう。浅ましいのだろう。

変わったつもりでいた。厳しい魔力訓練を諦めることなくこなし、ついに魔力コントロールを習得した時、自分は変われたのだと、そう思った。醜い自分を、情けない駄目な自分を克服できたのだと。

だけど、何一つ、葉菜の本質は変わっていなかったことを、たった今思い知らされた。

やっぱり自分は、自己中心的で、怠惰で、他人を妬んでばかりの、最低の自分のままだった。

（……今度こそ、今こそ、獣と代わってもらうべきなのではないか）

葉菜は後宮から逃走を図って以来の、獣の気配を内に感じながら、そんなことを思った。

「枯渇人の差別からの解放」そんな、高潔な理想を掲げて、困難に満ちた茨《いばら》の道を進もうとするザクスの隣に、こんな自分は相応しくない。獣の方が、ザクスの従獣に相応しい働きをしてくれる。

ザクスを常に妬んで隣にいるのは、嫌だった。ザクスの隣に、醜い自分がいることが嫌だった。自分がザクスに相応しくないと、思い知らされながら生きていくことが、葉菜はどうしようもないくらいに、怖かった。

「――俺は、ずっとお前を妬んでいた」

だけど、そんな負の思考に沈む葉菜を、ザクスから発せられた言葉が引き戻した。

「……妬んで、た？」

ザクスの言葉が、葉菜にはすぐに理解できなかった。こんな駄目な人間の、何を妬むというのか。

「私、魔力、強い。だから？」

魔力が強いといっても、自分はその魔力を上手く使いこなせないポンコツだ。

少ない魔力を才覚でもって使いこなし、剣聖とまで讃えられるようになったザクスの方がすごい。

魔力が少ないながら、才能に満ち溢《あふ》れ、イブムに選ばれた特別な存在であるザクスと、単に「異世界から来た」というだけで強大な魔力を与えられ、使いこなす器官も能力もない自分。比べること自体が、おこがましい。

だが、ザクスは葉菜の言葉に、首を横に振った。

「……それもあるには、ある。俺にはけして手に入らない魔力を持ちながら、生かす努力をしないお前が、腹立たしくて苛立たしかった。だけど、それだけじゃない。それ以上に……」

ザクスは一瞬言葉を飲み込み、そっとその長い睫毛《まつげ》を伏せた。

「……それ以上に俺は、魔力操作が十分にできないながら……自分の欠点を知っていながら、それを受け入れて、あるがままに生きているお前が眩《まぶ》しかった」

「……え」

唖然《あぜん》とする葉菜に、ザクスは自嘲の笑みを向ける。

「枯渇人を差別から解放する……言葉だけなら立派に聞こえるかもしれないが、まやかしだ。俺は自分以外の枯渇人の不遇を案じているわけではない」

発せられたザクスの言葉は、平静を装いきれず、所々震えていた。

「俺は、俺が認められたいだけだ……！　王になるという決意も同じだ。俺は枯渇人でも王になれることを示して、自分がけして誰かより劣る存在ではないと、皆に認めさせたかっただけだ。その為に俺は、お前を従えた。魔力なき俺が、誰よりも強大な魔力を持つお前を従えるだけの力があるのだと見せつける為に……魔力の欠乏なぞ、俺にとって取るに足らぬのだと、そう思われたい為だけに‼」

それはきっと、ザクスの心からの叫びだった。

葉菜は、ザクスが今まで必死に隠そうとしていた部分が、ザクスの認めたくない闇が、目の前に晒されていることに気づいた。

「俺は、自分の無能を認めたくなかった。認めたくなかったからこそ、必死に足掻《あが》き取り繕って、平気なふりをしていた……だからこそ、自分の劣等感に押し潰されることもなく、堂々と自分らしく生きているお前が、妬ましかったんだ」

（――何を言っているんだ）

余りに見当外れな言葉だった。葉菜はけして、自分の駄目な部分をあるがままに受け入れたのではない。そんな立派なものではない。

自分の劣等感に蓋をして、諦めて楽に生きてきただけだ。見ないふりをして、生きてきただけだ。

劣等感はいつでも些細《ささい》なことで吹き出すし、葉菜の胸の奥に常に巣くって、今か今かと出番を待っている。先ほどザクスに対して、葉菜の胸の中で劣等感が溢れて暴れていたように。

余りに見当外れ、お門違《かどちが》いな「嫉妬心」。

だけど、葉菜からザクスに向けた嫉妬心も同様だったのかもしれない。ザクスが葉菜の本当の心中がわからないように、葉菜がザクスの心中を真実理解してないが故の嫉妬心だったのかもしれない。

自分たちは別の人間だ。真の意味で全てを理解なんかできない。

(結局、ただの無いものねだりなんだ)

自分に無いものを、お互い羨み、欲しがっていただけ。そう気がついた時、嫉妬に荒れ狂っていた葉菜の心は、嘘のように凪《な》いだ。

改めて、葉菜はザクスを見つめた。

ザクスは自分の発言を悔いるように、素の言葉を晒してしまった自分自身を恥じるように、顔を歪めてイブムを抱いていた。そんなザクスの姿に、葉菜の胸は締め付けられる。

そんな顔をしないで、欲しい。葉菜に本心を晒したことを、後悔なんかしないで欲しい。

そんな無機物な剣になんかに、すがらないで。

ザクスの隣には、自分がいる。

駄目でコンプレックスの固まりだけど、冷たい剣と違って、温かい熱の通った自分がいる。

「ザクス――抱き締めて、いいよ」

葉菜はザクスに近寄って、鼻先をその頬に擦《す》り寄せた。

「……何を言いだすんだ、突然」

「あにまる、せらぴぃ」

「どこの言葉だ、それは」

英語と良く似た言語の世界だが、残念ながらアニマルセラピーは通じなかった。

だがザクスが呆れたような力ない笑いを浮かべながら、葉菜の首もとに腕を回してきたのだから、よしとしよう。

ザクスは葉菜の首もとの毛皮に顔を埋めるように、葉菜を抱き締めた。

触れあったところから、ザクスの熱が伝わってくる。

触れたザクスの体が、僅かに震えているのに気づいた途端、目頭が熱くなった。

「……なんでお前が泣くんだ」

ザクスの言葉で、葉菜は初めて自分が涙を流していることに気づいた。

「わから、ない」

ザクスの為に泣いたりなんかできやしない。先ほどまで確かに自分はそう思っていた。

それは心が美しい人だけができる、尊い行為のように葉菜には思えた。

自分のことばかりで、醜い、愚かな自分。たとえ自分が涙を流したとしても、それは空気に酔っているだけか、そうあるべきだからと、無理に流したわざとらしい偽善の涙だと思っていた。

だからこそ、わからない。勝手にあふれて止まらない涙の意味が。

胸を締め付ける、どこからか湧き上がってくる感情の意味が、葉菜にはわからない。

二十四年間生きてきた。大した人生は送っていないが、時間としてはかなり長い年月だ。だから、色んな感情を一通り味わってきたと思う。

だけど、こんな感情は知らない。この想いを何と呼べばいいのか、わからない。

葉菜は涙を流したまま、ザクスの頬に顔を擦り寄せる。

ザクスは少し躊躇《ためら》ってから、いつものように不器用に葉菜の頭を撫でた。涙が、さらに量を増す。

「愛《いと》しい」は、「かなしい」とも読むのだと、昔何かで聞いたことがある。

初めて聞いた時、なんて美しい言葉だと思った。同時に、なんて作り物じみた言葉だろうと思った。

その表現はきっと、小説や物語の中で出てくるから美しいのだ。小説や物語だからこそ、現れる言葉なのだ。きっと現実では、「愛しい」をかなしいと読むような場面なんぞない、そう思っていた。

だけど、今、葉菜の脳裏にはかつて鼻で笑った、そんな言葉が浮かび上がる。

かなしい。かなしい。

ザクスが、かなしい。

劣等感や孤独と闘いながら、必死に生きている目の前の少年が、悲しくて愛しくて、仕方なかった。

第五章

戴冠式が間近になり、最近ザクスは忙しそうだ。

後宮ではなく、王宮に泊まり込むこともしばしばで、あの失敗以来王宮に行かせてもらえない葉菜《はな》とは、満足に話もできない日々が続く。たまに後宮に帰ってくる時も、葉菜が寝ているベッドに潜り込んですぐ寝てしまう。なんだか、仕事が忙しい夫と、擦《す》れ違いの日々を送る新妻の気分だ。

どうやらザクスの父親にあたる現王は、本当に危ない状況らしい。

譲位ではなく死別によって王位が譲られる場合、十二時間以内に戴冠式を行わなければならないという慣習がグレアマギ王家にはあるらしく（どうしてそんな慣習が生まれたのかは確かウイフから聞いた筈《はず》なのだが、残念ながらきれいさっぱり忘れてしまった）、一刻たりとも油断ができないらしい。

戴冠式が成功するか否かは、通常の皇太子ならともかく、周りには敵ばかりのザクスには死活問題だ。少しでも慣習に背き、次期王として相応《ふさわ》しくない態度をとってしまえば、まず間違いなく、ザクスが王として在位する上で、敵につけこまれる弱味になってしまう。

そのことを重々承知しているザクスは、常にピリピリと神経を張り巡らせている。

色々無理をしてはいないか心配だが、ただひたすら戴冠式に臨むべく必死なザクスの様子を見ていると何も言えなくなる。

ザクスは、王になるのだ。グレアマギという帝国に、数多《あまた》の人々に影響を与える権力を所持する特別な存在になるのだ。そしてその為《ため》に、自身が成せることに必死に打ち込んでいる。無責任な、葉菜の甘い言葉など、邪魔なだけだ。

現王が没しなければ、五日後に戴冠式は行われる。

そんなタイミングでザクスが不在の後宮に、葉菜を訪ねた人物がいた。——レアルだ。

「で、どうだ？　あれからてめぇはきちんと魔力操作はできるようになったのか」

リテマから葉菜の元へ案内されたレアルは、相変わらず、輝かんばかりの秀麗な姿に似合わない乱暴な口調で、葉菜に尋ねた。

「うん、できるよう、なった。レアルのおかげ。ありがと」

「魔力を暴走しかけたりはしてねぇか？」

「…………」

葉菜はあからさまにレアルから視線を逸《そ》らした。

怒りで我を忘れて、危うく城ごと吹っ飛ぶところだったなんて言えやしない。

だが、葉菜の態度に全てを察したレアルは、こめかみのあたりを引きつらせた。

「どうやら俺の脅《おど》かし方が甘かったようだな——魔力を暴走させて吹っ飛んだ【穢《けが》れた盾】の悲鳴は、それはもう凄《すさ》まじかったらしい。周囲一帯には比喩《ひゆ》ではなく血の雨が降って、町を赤く染め……」

「ごめんなさい、ごめんなさい！　私、甘かった！　だから、話す、やめて!!」

レアルの言葉に葉菜は尻尾を股にはさんで体を震わせる。

実際、かつての【穢れた盾】の二の舞を踏むところだっただけに、恐怖心は倍増だ。

レアルはそんな葉菜の様子に満足したのか、ふんと鼻を鳴らした。鼻の穴を膨らます様さえ美しいとは、どういうことなのだろうか。一体どうすればそこまで超人的に美しくなれるのか。

レアルならば、たとえストッキングを顔にかぶせて思いっきり引っ張ったとしても美しいのではないかと思ってしまう。残念ながらこの世界にストッキングは存在しないし、あっても絶対にかぶってくれなそうであるが。

「……なんかろくでもねぇこと考えてないか？」

「考エテナイヨ」

(何故、ばれたし)

必死に首を横に振る葉菜に暫《しば》しレアルは胡乱《うろん》げな視線を向けていたが、やがて舌打ちを一つして視線を逸らした。

「まあいい……それよりも、今日はお前に話したいことがあって来たんだ」

「話？」

ばれたら確実に怒られるであろう考えを白状せずに済んだことに内心胸を撫《な》で下ろしながら、葉菜はレアルの言葉に首を傾《かし》げる。

レアルは浮かべていた不機嫌そうな表情を消すと、真剣な眼差《まなざ》しで葉菜に向き直った。

「ああ……俺は糞《くそ》太子の戴冠式が終わったら、この国を出て別の大陸へ渡ろうと思う。……一応そのことをお前に伝えに来た」

「……そう」

胸に広がった寂寥《せきりょう》を、葉菜は呑《の》み込んだ。

きっとレアルは、本当はもっと早く大陸を出るつもりだったのだろうと、察してしまったから。

恐らくレアルが戴冠式までグレアマギにいてくれたのは葉菜の為だ。葉菜の後見人ともいえるザクスが、地位を確立するまで待ってくれたのだ。なのになお、レアルを引き留めることなんてできない。

レアルは明らかに消沈したような葉菜の様子に苦い表情を浮かべながらも、その言葉を撤回することはなかった。きっと既《すで》に決めたことなのだ。

レアルは葉菜の首もとに嵌《は》められたエネゲグの輪に視線を移して、一層顔を歪《ゆが》めた。

「お前は──」

「うん？」

「お前は、エネゲグの輪を外そうとはしねぇのか？」

レアルから発せられた突然の問いに、葉菜は首を傾げる。エネゲグの輪は、ザクスの一方的な契約魔法によってつけられたものだ。葉菜の意思で外せるものではない。

「俺はかつてつけていたエネゲグの輪を、半年後に外した。共に生きる決意をした。てめぇと糞太子は、まだ無理なのか？　そんな関係になれてねぇのか？」

「ごめん、レアル、輪外せるの？　はじめて知った」

「まさかてめぇは、エネゲグの輪の意味を……」

続く筈《はず》だったレアルの言葉は、突然背後から響いた破裂音によって遮《さえぎ》られた。

葉菜とレアルは目を見開いて、同時に振り返る。

(甘い、香り……？)

まるで熟《う》れきった果実のような、甘ったるい香りが鼻孔《びこう》を擽《くすぐ》った。

そしてすぐに、アルコールを摂取したかのような酩酊《めいてい》感が、葉菜の全身を包みこむ。

「――気持ち良いでしょう。直《じか》に、眠気が訪れます」

すぐ後ろで、聞き覚えがある声がした。

「プラゴドに自生する特殊な木を乾燥させたものを、魔法で燃やしております。この香は人体には何の影響もありませんが、貴方《あなた》様のような姿の生き物を酔わせ、眠りをもたらす効果があります。少々効果に不安はありましたが、効いてくれて良かった。貴方様ほどの魔力の持ち主に抵抗されたら、いくら私でも傷つけず攫《さら》うことなどできませんから」

ぐったりと地面に伏せた葉菜の前に現れたネトリウスは、微笑《ほほえ》みながら片膝をついた。

「お迎えにあがりました。魔獣様」

次の瞬間、凄まじい眠気が葉菜を襲う。抗《あらが》うこともできないまま、葉菜はそのまま意識を失った。

遠くで、葉菜の名前を呼ぶレアルの声を聞いたような気がした。

◆◆◆　◆◆◆　◆◆◆

獣の失踪がザクスに知らされたのは夕刻。父親の訃報《ふほう》と同時だった。

まるで諮《はか》ったかのような時機。否、実際諮られたのだろう。

王の死ですら、本当に自然死だったのか怪しいところだ。病でくたばりかけの男を、楽にしてやることなぞ、それこそ赤子の手をひねるようなことなのだから。

獣が失踪した。しかし、ザクスの指に嵌められたエネゲグの輪は、反応を示していない。

つまり、獣は自分の意思で後宮を出たわけではない。何者かに攫われたのだろう。

その何者かが誰かなど、考えるまでもない。

一見警護が緩いように見える後宮は、歴代の王によって継続的に魔力を注がれた、強力な結界で守られている。ザクスは例外であるが、歴代の王は総じて魔力量が高い。強大な魔力の持ち主、それも複数人によって作り出された結界は、他のどんな結界よりも頑丈で性能が高い強力なものだ。今後宮に住んでいるのが、魔力を十分有さない枯渇人ばかりであろうが、結界の性能は簡単には緩まない。

そんな結界を打破できる魔力の持ち主など、そしてそのうえで獣を誰よりも連れ去りたいと切望している人物なぞ、ネトリウス以外にいる筈がない。

しかし、獣を攫った犯人がわかったところで意味はない。

王が死んだ。ならば、今から十二時間以内にザクスは戴冠式をこなさなければならない。

王位を継ぐ者が、戴冠式を行う前に果たさなければならない儀礼や責務は、目白押しだ。

戴冠式を終えるまでは、ザクスには、ネトリウスと争って獣を取り返す時間なぞない。

獣の安否は別に心配していない。ネトリウスは魔力の狂信者だ。奴にとって強大な魔力を持つ獣は、崇《あが》め讃《たた》えるべき対象。傷つけることなぞ、けしてしない。できない。ネトリウスにとって、魔力が高いものを傷つけることは、神を冒涜《ぼうとく》する行為と同等なのだから。

王宮に来て以来の付き合いだ。仲が良いとは言い難《がた》いザクスでも、それくらいはわかる。

置物か何かのように大事に閉じ込めて、我物にするくらいが関の山だろう。

獣の安否よりも、今は戴冠式に獣を連れていけない損失の方が気にかかる。

獣は、ザクスの立場の証明だった。魔力がない自分でも、魔力を持つ獣を従えることができる。そのことを民衆に知らしめる重要な要素だった。

獣がいない以上、ザクスは戴冠式で民衆に自分の力を誇示することができない。

それは【枯渇人】という前代未聞の立場で王位を継承するザクスにとって、かなりの痛手だった。

ザクスは溢《あふ》れあがる不安をかき消すように、イブムの柄《つか》を握りしめた。

（――俺は、王になるのだ）

今まで、ただ一人で生きてきたとは言わない。リテマや、ウイフ、ダレル、その他の【枯渇人】である使用人たちに支えられて生きてきた自覚はある。

誰よりも孤独の中を生きてきたとも言えない。それを口にすることが、自分を客観視できない故の愚かな行為だとはわかっている。

だけど、ザクスは十五年間、常に付き纏《まと》う孤独と戦いながら、生きてきた。

相対的な見識を述べたり、自分よりも恵まれていない人間を目《ま》の当たりにしてもなお、紛《まぎ》らわされることがないほど、孤独は深く強くザクスの中に根付いていた。

それでいいと思っていた。

自分は孤独の中、イブムだけを味方に立つのだと、王として孤高の存在になるのだと思っていた。

獣と自分の関係は、あくまで、一方的な契約から生まれた、利害のみで繋《つな》がったもの。

できる限り努めた優しい態度も、全ては幼い精神を持つ獣を懐柔《かいじゅう》する為のものだった。

獣はザクスが王になる為の、重要な駒だった。それ以上でも、以下でもなかった。

――なかった筈だった。なかった筈だった、のに。

いつからだろうか。

ベッドで寄り添う獣の温《ぬく》もりが、当たり前のものになったのは。

獣と過ごす時間に、楽しみを見出《みいだ》すようになっていたのは。

誰にも見せたことがない本心を、それと気づかぬうちに吐露《とろ》してしまうほど、獣に心を許していたのは、いつからだったのだろう。

過去の記憶を悪夢で見る度、隣で感じる体温に安堵《あんど》するようになったのは、一体、いつから。

(愚かなっ……っ)

ザクスは唇を強く噛《か》みしめた。食い込んだ歯と唇の間から血が流れ、鉄の味が口内に広がる。

従えるべき存在に心を許し、感情が揺すぶられるなぞ、為政者《いせいしゃ》としてあってはならないことだ。

王は、誰かに依存してはいけない。誰かに依存し、感情が振り回された結果、公私がわからなくなり国を傾けた先例はいくらでもある。そんな暗君に、ザクスはけしてならない。

(イブムがあれば、俺は獣になんぞすがらなくても王になれる)

ザクスは何もない宙を、鋭い目つきで睨《にら》みつける。

この時機にネトリウスが獣を攫ったということは、ほぼ間違いなく戴冠式でネトリウス派による妨害が起こる。ゴードチスを筆頭にした貴族たちが、ザクスの戴冠式を何らかの形でぶち壊そうと画策している筈だ。

自分はその妨害を乗り越えて、王にならなければならない。

獣のことなぞ気に掛けていられない。

「……まずは神官の宣託《せんたく》を受けなければならないな」

ザクスは、自分に言い聞かせるように口内で呟《つぶや》くと、席を立った。

まずは神殿に行って、儀礼を行い、戴冠式の期日を明確にしなければならない。

その他にもやらなければならないことは山ほどある。すぐに行動をしなければ、間に合わない。

ザクスは背筋を伸ばして、王となる身に相応《ふさわ》しい風格を湛《たた》えながら、戴冠式の準備へと取り組み始めた。

少年は一人、王になる決意を固め、それを実現すべく動き出した。

胸の奥で広がった喪失感を、不要のものだと切り捨て、目を背けたまま。

◆◆◆　◆◆◆　◆◆◆

「――ここは……」

葉菜が目を醒《さ》ますと、そこは檻《おり》の中だった。

「おはようございます。魔獣様。そしてようこそ我屋敷へ」

檻の外にいたネトリウスが、葉菜が目を醒ましたことに気づくなり、ひざまずいて葉菜に向かって恭しく一礼してみせた。

「……レアルは？」

「――お前の後ろだ」

不機嫌そうな声が、すぐ近くから聞こえた。振り向くと、レアルが眉間《みけん》に皺《しわ》を寄せてソファに身を投げ出し、億劫《おっくう》そうに寝そべっている姿が目に入った。

ネトリウスに気を取られて全く気がつかなかったが、レアルも同じ檻の中に入れられていたらしい。

檻といっても、それはけして狭苦しい窮屈な空間ではなかった。天井から四方の壁に至るまで金属製の柵で囲まれているが、広さ自体はワンルームくらいある。

柔らかい敷物やクッション、ソファが設置されて、ゆるりと寛《くつろ》げる空間になっており、シャワーやトイレも完備されている。柵さえなければ、通常の生活スペースとさほど変わらないだろう。

「……かようなところに、高貴な魔力を持つ貴方様たちを閉じ込めて申し訳ありません」

ネトリウスは檻の中を外から眺めながら、まるで葉菜やレアルの不便を我が事に感じているかのように、悲痛な声色で謝罪を述べた。

「しかし、戴冠式が終了するまでは、貴方様にはここにいてもらわねばなりません。魔力を吸収し、魔法を制御する特殊な金属で覆《おお》われた、この部屋の中に。貴方様を自由にすれば、私たちの本願を叶《かな》えることは非常に困難になりますから」

「……本願？」

思わず発した葉菜の言葉に、ネトリウスは花開かんばかりの輝かしい表情で微笑んだ。

ハッとするほど美しい笑みだった。だが、葉菜はその笑みの中に言い知れぬ禍々《まがまが》しさを感じた。

「十分な魔力を持たぬ【枯渇人】が、王位を継承してしまうという間違いを未然に防ぐことです」

(やっぱり)

返って来たのは、予想通りの回答だった。わざわざ戴冠式までまもなくというタイミングで葉菜を攫ったのだ。ザクスの王位継承の妨害以外に目的はありえない。

「……ちょっと待て」

納得する葉菜とは裏腹に、レアルは眉間の皺を一層深くしながら口を開いた。

「こいつがあの糞太子の従獣なのは確かだ。糞太子に害を成そうとする相手がいれば、妨害する可能性はある。あいつが王位に就くのが面白くねぇのなら、こいつを引き離しておいて間違いねぇだろう。……だが、何故俺まで攫う必要がある？　俺はあいつがどうなろうが、知ったこっちゃねぇぞ」

「……またまた」

ネトリウスはレアルの言葉にくすりと笑いを漏《も》らしながら、大げさに肩を竦《すく》めてみせた。

「貴方が皇太子に、妙薬を売り渡しているという報告を受けています。かつての主以外の人間を疎《うと》み、関わることそのものを嫌っていた貴方が、御自ら。たとえ気まぐれだとしても、貴方が皇太子の手助けをすれば、こちらとしては非常に面倒な事態になってしまいます。ならば皇太子と離しておくにこしたことはないと判断したまでです」

ネトリウスは、真っ青な澄んだ瞳で、レアルを真っ直《まっす》ぐに見据えた。

「貴方はこの世界で唯一『癒しの魔法』を使える『不死鳥』なのですから」

「な、何を……」

目に見えて狼狽《うろた》えだしたレアルに、葉菜は小さくため息をついた。

レアルは直情型と言うか、なんと言うか、演技ができない人（というか鳥であることが今確定した）だと、改めて思う。自分から、ネトリウスの言っていることが正しいと態度で示している。

「覚えていらっしゃらないようですが、私は一度貴方にお会いしたことがあるのですよ。ジーフリート卿《きょう》に連れられた貴方は気高く美しく……そして、初めて感じる独特の魔力を纏っておりました」

そう言ってネトリウスは、レアルから漂う香りを嗅ぐように、すんと鼻を鳴らした。

「私は貴方の種族のように、魔力を目で見ることができる能力は備わっておりません。その代わり、私はその他の器官による魔力感知——特に嗅覚による魔力感知は並ぶものがないと自負しております」

香りを堪能《たんのう》するかのように大きく息を吸い込み、ネトリウスはうっとりと顔を綻《ほころ》ばせた。

「貴方の魔力の香りは、森の香りだ。生命力に溢れる木々、青々と照る葉、流れる清涼な川、咲き誇る無数の花々、植物が根を張る豊満な大地……全てを統合して不純物を取り除き、純化させたような、そんな清々《すがすが》しい香りだ。一度嗅いだら忘れられません」

(なぜ神は魔力フェチの変態に、そんな面倒な能力を与えたもうたのだ)

思わず遠い目をしてしまった葉菜だったが、続けられたネトリウスの言葉に現実に引き戻された。

「——だからこそ、貴方様の正体も分かってますよ。魔獣様……いえ、【招かれざる客人】様」

全身に冷水を浴びせられたような衝撃だった。頭の中が真っ白になり、喉の奥がひゅっと鳴った。

「先日貴方様の魔力の香りを堪能させて頂いた時に、すぐ気づきました。貴方様の香りは頭部から発せられていて、魔力袋があるべき位置からの香りは薄かった。魔力の操作も、失礼ながらあまり上手ではいらっしゃらないご様子」

ネトリウスが葉菜に向ける目は、確信に満ちていた。

「そしてなにより、その魔力量。魔獣の生態はほとんど知られておりませんが、私は縁があって一度他国で祀《まつ》られている魔獣と対峙《たいじ》したことがあります。神格化されている存在ならば、さぞ強大な魔力量なのだろうと期待してみれば、その魔獣はグレアマギの高位魔力者程度の魔力しか有していなかった……正直、興醒めでした。しかし、その国の人間は枯渇人程度の魔力しか有していないのが一般的な故に、あの程度の魔力でも十分敬うべき存在に思えるのでしょうね」

否定しようと口を開きかけたが、ネトリウスは葉菜に口を挟む隙《すき》を与えない。

「しかしグレアマギでは違う。グレアマギは魔力所有者の中でも、強い魔力を持つものたちが集まって興《おこ》された国です。さらに私は、特別魔力が高い高位の人間を日常的に見て過ごしました。誰よりも魔力に対する目は肥えているのです。そんな私が、貴方様を一目見た瞬間、呼吸を忘れました。対峙している存在が現実のものだと信じられなかったのです。――それほどまでに貴方様の持つ魔力は強大だ。この世界では並ぶものがいないと確信できるほどに」

王城で初めて葉菜と対峙した時を思い返すように、ネトリウスは眼を細めて虚空を見つめながら、恍惚《こうこつ》に満ちたため息をついた。

「何故貴方様が獣の姿をしているかまでは存じません。魔力の暴走ゆえの結果だろうとは察しておりますが、恐らく尋ねたところで真実は教えてはくださらないでしょう。――だけど、貴方様が【招かれざる客人】様であることは間違いない。それだけは断言できます」

「……もし、私、招かれざる客人、なら、何、関係ある？」

ネトリウスは、葉菜の正体を確信している。ならば、取り繕うだけ時間の無駄だ。

葉菜は即座に開き直った。葉菜が一番正体をバレたくないのは、ザクスだ。

正体を隠して獣に甘んじていた情けなさを、知られたくない。それ故に、見かぎられたくない。

それはリテマや、ウイフも同じこと。獣で過ごした自分を見ていた相手に、自分が元々人間であったことを知られることに、葉菜は羞恥心を感じる。

だが、ネトリウスとの邂逅《かいこう》は二度目だ。一度目とて、実際に傍《そば》にいたのはほんの僅《わず》かな時間。

ネトリウスは獣として生きている葉菜の状況をほとんど知らないのだ。そんな相手に正体を知られても、羞恥心なんぞ感じない。せいぜいザクスに告げ口をするのではと疑心暗鬼に陥《おちい》るくらいだ。ザクスとネトリウスの仲はどう見ても良いとはいえないので、そもそもそんな情報交換が行われる機会があるか自体怪しい。

ならばネトリウスに正体がバレたところで、何の問題もない。

「——勿論《もちろん》、関係ありますよ」

ネトリウスは意味深な笑みを深めながら、自身の唇を舐《な》めた。

ぞくりと背中に悪寒が走る。葉菜を見るネトリウスの青い瞳が、怪しく光ったように感じた。

「貴方様が【招かれざる客人】様ならば、貴方がザクス様に向ける感情は、無理に形成された偽りのものだと、教えて差し上げることができるのですから」

（え……）

唖然《あぜん》とする葉菜のもとに、ネトリウスは一歩近づく。

葉菜とネトリウスを遮る柵にぎりぎりまで寄って屈《かが》み込むと、十五㎝ほどの隙間に手を差し込んできた。途端にネトリウスの手もとから真っ青な閃光《せんこう》が上がり、パチパチと電気が流れるような音が聞こえてきた。眩《まぶ》しさに思わず目を閉じ、光に慣れるのを待っていると、何かが葉菜の首もとを擽った。

暫しの瞬きの後、光に慣れた眼で「何か」がネトリウスの手であることを確かめ、喉の奥で小さく悲鳴をあげた。葉菜がいた場所は、入り口の柵のすぐ傍だ。柵の外から手を伸ばしても届く距離なので、葉菜の首もとに手が届いたこと自体は特に驚くべきことではない。葉菜が悲鳴をあげたのは、ネトリウスの手が、柵を越えた辺りから、燃え盛る青い炎に包まれていたからだった。

「大丈夫ですよ。客人様。この炎は境界を害したものだけに、影響する炎です。いくらこれを纏った手で貴方に触れても、貴方を焼くことはない」

まるで微笑ましいものでも見るようにネトリウスは目を細めて、葉菜を宥《なだ》める。

「あ、熱くないの？」

「結界を防御する魔法を、手元に施してありますから」

そう言ってネトリウスは、手に纏った炎を弄《もてあそ》ぶかのように指先を動かした。

「しかし防御魔法を使わない限りは、この炎は実際に焼かれるような苦痛を、境界に入ったものに与えます。肉体を損傷することなく、脳に直接作用し痛覚のみを刺激する便利な魔法です。肉体は傷つかずとも、大の男でものた打ち回り苦しむ程の苦痛なので、客人様もお気をつけてくださいね」

告げられた言葉は完全に脅し以外の何ものでもなかった。逃げ出そうとすれば、とてつもない苦痛が待ち受けていることを、言外に伝えているのだ。満面の笑顔なところが、恐ろしい。

恐怖で固まっている葉菜をよそに、ネトリウスは葉菜の首もとを再び撫でた。

柔らかい首もとの毛を擽り、やがてその指は葉菜の首もとに嵌《はま》った首輪に触れる。ザクスと葉菜が主従契約を結んだ際に嵌められた、エネゲグの輪だ。ネトリウスは指先でその表面を数度撫でた。

「……客人様は、この輪の意味を知っておりますか？」

攫われる前に、レアルから聞かれた言葉が脳裏に甦《よみがえ》る。

レアルは、葉菜にエネゲグの輪を外そうとしないのかと、そう問いかけた。

そして、その意味を知らないのかと、今のネトリウスと同じことを尋ねた。

「この輪は、仮契約の証《あかし》」

淡々と告げながら、ネトリウスは指先で軽く輪を引っ張った。

「双方の気持ちが伴わない、一方的な主従契約が結ばれた際に、仮契約の証明と、契約を遂行する枷《かせ》として嵌められるのが【エネゲグの輪】です」

思いがけぬ言葉に、葉菜は眼を見開いた。

どくん、と心臓が大きく鳴ったのがわかった。頭の奥で、警鐘音が鳴る。

(――聞きたく、ない)

続く言葉を聞きたくない。意味を理解したくない。

だがネトリウスは容赦なく言葉を繋ぐ。

「つまり、この輪が嵌められている限り、貴方様とザクス様は、真の意味の主従関係で繋がってはいないのです」

ネトリウスから告げられた真実に、葉菜は足元が崩れていくような感覚に見舞われた。

「首輪を外すには互いの口から、再度契約の言葉を交わす必要があります。そのことをザクス様が貴方様に告げなかったということは、すなわちザクス様は貴方様と真の意味で契約を結ぶつもりはなかったということではありませんか？　――ザクス様は貴方様を、魔力を持つ傀儡《かいらい》として欲しかっただけ。ならば、仮の契約で十分だと、そう思われたのではありませんか？」

「違うっ！　……ザクスは、ザクスはっ……」

咄嗟《とっさ》に出た反論の言葉は、続けることができないまま、口内に消えていった。

ネトリウスのいうことは、間違っていない。利害関係、元々はそれだけで結ばれた契約だった。

葉菜が真名《まな》の持つ意味を知らなかったが故に結ばれた、一方的で理不尽な契約だった。

なぜ、忘れていたのだろう。最初からザクスは葉菜を利用する気を隠していなかった。葉菜の利用価値がどのようなものかも明らかにしていた。葉菜を駒として扱った。それが普通だった。

それなのになぜ、自分は結ばれた契約が本物だと勘違いしていたのだろう。

いつの間に、それが「絆《きずな》」に変わったかのように錯覚していたのだろう。

「貴方様は私に攫われた。恐らく聡明《そうめい》なザクス様は、貴方様がいなくなった時点で、真っ先に私を疑ったでしょう。ですが、ザクス様は今に至るまで貴方様の救出に来ることはおろか、使者を寄越すことすらしていません。この意味が、貴方様にはわかるでしょう」

ネトリウスが続けた意味は、わかる。だが、わかりたくなかった。

自分がザクスに切り捨てられたことなんか、わかりたくなかった。

今のザクスの状況からして、葉菜を切り捨てるのも仕方ないことだと、頭では理解している。

ザクスは王になるのだ。王の世界等、葉菜にとっては物語の世界の絵空事でしかないが、それでも葉菜のような存在にいちいち振り回されていてはいけない立場であることはわかる。

一人で生きていくことすら、自分ひとりを生かすことですら難しい葉菜の基準で照らし合わせて考えてはいけない。ザクスは何千万もの民を統《す》べる王となり、一を切り捨て百を救うような行動が求められてくるのだ。そんなザクスが、葉菜が攫われた程度の些事《さじ》で、王位継承式の手配を放り出して、救いに来てくれるわけがないことなんて、わかりきっていたことだった。

それなのに、葉菜の胸はどうしようもないくらい締め付けられる。

「――可哀想な、客人様」

ネトリウスは慰めるように、項垂《うなだ》れる葉菜の頭を撫でた。ザクスの不器用で乱暴な手つきとは違う、優しく労《いた》わるような手つきだった。その手つきはどこか、ジーフリートのそれと似ていた。そっと頭の毛を指先で絡め取られる。そのまま心まで、一緒に絡め取られそうだった。

「利用されて、捨てられて。それでも健気にザクス様をお慕いになられて。御労《おいたわ》しい。……だけど、貴方様がそんな風に傷つく必要はないのですよ」

囁《ささや》くようにネトリウスが告げた言葉に釣られて、葉菜は顔を上げた。

「そもそも貴方様がザクス様に向ける感情は、勘違いなのですから」

「……勘、違い？」

「ええ。勘違いです」

洗脳するかのように、ネトリウスは甘く優しく、言葉を紡ぐ。

「招かれざる客人様。貴方様は、遠い異世界から来られたのでしょう。何もかもを失ってすがるものもない状態で、一人ぼっちで。だからこそ、貴方は結ばされた契約という繋がりに、依存してしまっただけです。自分の居場所を、そこに見出されただけです。――たまたま、淋《さみ》しい貴方様の前に現れたのが、ザクス様だっただけに過ぎないのです」

ひゅっと喉の奥が鳴ったのがわかった。ネトリウスは葉菜の動揺を見逃さず、即座に畳み掛ける。

「ザクス様でなくてもいいのです。居場所を与えてくれる相手なら他にもいます。ザクス様のせいで貴方様が、そんな風に感情を乱される必要はありません。だけど貴方様は契約を結んだザクス様こそ、唯一の存在だと勘違いをしてしまった。唯一、居場所を与えてくれる存在だと思い込んでしまった。そうではありませんか？」

（そうだ、私だってそうだった）

居場所が欲しいが為に、葉菜はザクスの存在を求めた。ザクスを利用していた。一方的に利用されたと、切り捨てられたと嘆くのはあまりに勝手だ。

お互い自分のことばかりで、打算に満ちた契約関係。望みのものを与えてくれるなら、別にお互いでなくても構わなかった。

なんて薄っぺらな、淋しい関係だったのだろう。

「ザクス様でなくても良い――そう。私でも良いのですよ」

甘い声で囁きながら、ネトリウスは小さく自嘲するような笑みを浮かべた。

「客人様は、私の母方の一族のことをご存知ですか？」

記憶を遡《さかのぼ》り、以前ザクスの過去の話を聞いた時に、そんな情報が出ていたことを思い出す。

「プラゴド、同じ神、信じている」

「そう――高貴なる魔力を身に纏っている身でありながら、神力などという異端の力を絶対として、シュフリスカなんぞを信仰する愚かものどもだ」

ネトリウスの声が低くなり、秀麗な顔が耐えきれない憤怒《ふんぬ》で、悪鬼のように歪んだ。

「魔力に恵まれた身であるのにも関わらず、それを穢れた力だと、そんな力がある故に正式にシュフリスカ信者になれぬ自分たちは呪われた存在なのだと嘆く、愚かものども!!　実に、穢らわしい!!　あれらと同じ血が流れていると思うだけで、全身の血を抜いてしまいたくなる!!　私の魔力全てをもってして、一族の者全て、一人残らず存在ごと消し去ってやりたい……っ!!」

ぎりと噛み締められた唇からは血が滲んでおり、葉菜を撫でていた手に力が籠《こも》る。

そのあまりの剣幕に思わずたじろいだ葉菜に気がついたネトリウスは、取り繕うようにいつもの笑みを貼り付けた。

「私がかくも魔力を愛していても、私の体に流れる忌まわしい害虫どもの血が、周りにそれを認めさせない。私はその事実が許せない……だからこそ、私には貴方様が必要なのですよ」

そう言ってネトリウスは、真っ直ぐに葉菜を見つめた。

「何で、私、必要？」

「シュフリスカは、プラゴドの民の唯一神であり、絶対神です。唯一神は、どこの世界においても嫉妬深く、排他的なもの。自分以外のものを神の如《ごと》く信仰する人間を許さず、他の信仰を邪教として敵対する。……貴方様が私の傍にいてくれるなら、私は貴方様を神の如く崇拝し、讃えるでしょう。そして、それは私がシュフリスカも神力も信仰していない、何よりの証明になるのです。それが王という立場で、公に行うことならば、なおのこと」

一拍を置いてネトリウスの言葉の意味を察した葉菜は、唖然と目を見開いた。

「私、神にする、気？」

ネトリウスが浮かべた無言の笑みは、肯定を意味していた。

「――グレアマギの民は、魔力に対する愛が足りない」

ネトリウスは葉菜の方に伸ばしていた手を引いて、その場に立ち上がる。

「私は、プラゴドも神力も虫唾《むしず》が走るほど嫌いですが、シュフリスカや聖女、神子と言った象徴的存在をうまく活用している点では感心しています。目に見える精霊から直接、精霊力を与えられるナトアの信仰は、なおのこと崇拝対象が分かりやすい。ですが、魔力は違います」

そう言ってネトリウスは自らの魔力を確かめるかのように、自身の手のひらを握りしめた。

「魔力は体内に宿る力――目に見えず、由来すらわかっていない、生命の根源の力です。それ故に魔力は、神力や精霊力のような形で、信仰対象として捉えるのは難しいのです。グレアマギの民は、高い魔力を持つ人物を敬いはしても、魔力そのものを崇拝対象にする者は少ない……だからこそ、『象徴』が必要となってくる」

続けられた言葉は、まるで悪魔の誘惑のように、狂気じみた甘さを含んでいた。

「貴方様は、何もしなくても良いのです。ただいるだけ、それだけでも貴方様の存在は価値がある。グレアマギの――否、『私の』神様になってはいただけないでしょうか？　客人様」

「何もしなくてもよい」――その言葉は、葉菜にとって堪《たま》らなく魅力的な言葉だった。

楽に生きたい。ありのままの自分で生きたい。そんな考えが葉菜の中には深く根付いている。

世界は、元の世界もこちらの世界も、変わらず葉菜に優しくない。強大な魔力量を偶発的とはいえ手に入れているし、何だかんだで生きているので、世界が残酷で厳しいと絶望するにはまだ恵まれた状況にあると客観的には思うが、それでも葉菜の中の生きることへの恐怖は消えてくれない。

社会に上手く適合出来ない自分は、いつだって持て余すほどの劣等感と生きづらさを抱えて生きてきた。ザクスの傍でも、同じだ。寧《むし》ろ、劣等感はザクスの傍にいる方が増える。無いもの強請《ねだ》りだとはわかっていても、それはお互い様だと悟ってもなお、美しく強いザクスの生き方を、葉菜は妬《ねた》まずにはいられない。駄目な自分と比較して、惨めになることは止められない。

捨てられたくない、見捨てないで欲しいという不安も常に胸に抱えていた。精神的にいつもどこか不安定で、息苦しかった。ザクスの傍で、葉菜が真の安らぎを得ることは、きっとこれからもできないだろう。

だけど、ネトリウスは違う。ネトリウスは葉菜が葉菜である限り、葉菜がどんな行動を取ろうとも気にしない。葉菜の所有魔力が変わらない限り、ネトリウスは盲目的に葉菜を崇拝し続ける。

惨めなのは嫌だ。辛くて、苦しいのも嫌だ。

肯定して欲しい。認めて欲しい。そのままでいいんだと、ありのままの自分を受け入れて欲しい。

駄目な自分を、変われない自分を、否定することなく、そのまま愛して欲しい。

ネトリウスはきっと、葉菜のそんな我儘《わがまま》な渇望を叶えてくれる。彼にとっての価値判断は、所有する魔力量、それだけなのだから。

ネトリウスの傍でなら、葉菜はありのままの自分でいられる。

恐怖も苦痛も感じることもない、真の安寧《あんねい》を得られる。

それはきっと、かつて葉菜が心から望んだ、「幸せ」だった。――だけど。

「――いやだ」

葉菜は突如響き渡った声に、息を飲んだ。自分は今、何の言葉も発していない、その筈だった。

「ザクスが、いい」

けれども響いてきた高い声は、聞き覚えがあり過ぎる声で。

二十四年間慣れ親しんできた、葉菜自身の声に他ならなくて。

自分が、息を吸うように自然に使いこなしていた「念話」に失敗したのだと気づいた瞬間、葉菜は泣き笑いのように情けなく顔を歪めた。

念話を失敗するほど、語る気がなかった言葉が勝手に出てきてしまったほど、いつの間にか葉菜の中の想いが大きくなってしまったことに、否応なく気づかされた。

自分の気持ちを偽れない。自身を誤魔化《ごまか》すことができない。

葉菜は、浮かび上がる想いを噛みしめるように、今度こそ自分の意思で言葉を紡いだ。

「……ザクスが、いいんだっ……‼」

告げた瞬間、目から熱いものがこぼれ落ちた。

孤独な少年。孤独な状況で一人立ち上がり、誰に頼ることもなく、たった一人で理不尽な運命と戦おうともがきながら、王になるべく邁進《まいしん》する少年。

愛を知らず、その矜持《きょうじ》故に愛を求めることもできない「かなしい」男の子。

彼の傍に、いたいと思った。惨めでも、苦しくても、傍で、彼を支えてあげたいと思った。

それは切り捨てられた今でも、変わらない。寧ろ、自分を切り捨てたことで、孤独を深めただろう彼のことを思うと、どうしようもないほど胸が締め付けられる。

自分が与えられるものがあるのならば、ザクスに与えたい。

与えられるものがないならば、せめて傍にいてその感情を共有したい。

(ああ、そうか……)

自分がいつだって一番大切な葉菜は、いつだって欲しがってばかりだった。誰かから、与えられることばかりを求めていた。

こんな風に自分がどうなっても、傷つけられても誰かに与えたいと、そう思ったのは初めてで。

(きっと、この感情が、「愛」なんだ)

ようやく、そのことに気がつくことが、できた。

「――残念です」

葉菜の言葉に、ネトリウスはため息混じりに首を横に振った。

口調はやわらかいのに、その声はどこかぞっとする冷たさを含んでいた。

「ザクス様が貴方様に施した洗脳は、簡単に解けないほど強いもののようです。本当に口惜しい。私は貴方様を悲しませたくなかったのに……」

「悲しむ……？」

嫌な予感がした。何か、とてつもなく恐ろしいことが起こるような、そんな予感が。

「えぇ」

わざとらしい嘆きの表情を浮かべていたネトリウスは、射抜くように葉菜を見つめながら、つと口端を吊り上げた。

「勘違いさえ醒めていれば、ザクス様が亡くなっても、貴方様が嘆くことはないでしょう？」

「っ!?　どういうこ……ああああああああああぁぁぁぁぁっっ！！！！！」

ネトリウスの言葉に身を起こして柵際に詰め寄った葉菜は、鼻先が柵の隙間に入った瞬間、絶叫しその場で転げまわった。

熱い。痛い。

鼻に焼きごてを押し付けられたかのような、体験したことのないような苦痛が葉菜を襲う。

痛みは柵から離れるなり、一分もしないうちに嘘のように消え去った。

だが葉菜にはそのごく僅かな時間が、何時間にも思えた。

涙と鼻水で顔をぐちゃぐちゃに濡《ぬ》らしながら、葉菜は床に伏せて喘《あえ》いだ。口端からはだらだらと涎《よだれ》がこぼれているが、いまだ残る苦痛の余韻に、口もとを閉じることも、涎を拭《ぬぐ》うこともできない。

「……だからお気をつけて下さいと言いましたのに」

激痛に呻《うめ》く葉菜を余所《よそ》に、まるで粗相をした子供をたしなめるかのように軽く声を掛けるネトリウスに恐怖を覚えた。傷つけたくないなどと言っておきながら、結局この男はどうでもよいのだ。

魔力至上主義のこの男が、気に掛けるのは、葉菜の魔力だけ。そして、魔力を閉じ込めている「器」としての、葉菜の体のみ。葉菜の心がどれだけ傷つこうが、葉菜が痛みを感じようが、魔力と肉体に支障がなければ、気にも留めないのだ。

ネトリウスは誰よりも魔力を愛している。狂信的に、他者からは理解できないまでに深く、強く。

彼はその魔力を深く愛し、また自身も魔力に恵まれた代償に、人間が当たり前として持っている物が色々と欠落してしまっているのかもしれない。思いやりや、愛のような、人間として当たり前の感情も、魔力を基準にしてしか考えることができないほどに、彼は感情の全てを魔力に捧《ささ》げてしまっている。魔力の為なら、自身の命を捧げることも辞さないほどに。

(怖い)

葉菜は、未知の狂気を宿すネトリウスに怯《おび》える。

それでも葉菜は湧き上がった恐怖を押さえつけて、未だ涙が滲む目でネトリウスを強く睨《にら》みつけた。

「……ザクス、死ぬ……どういう、意味」

この男は、ザクスが死ぬと言ったのだ。そんな言葉を前にして、脅《おび》えて怖気《おじけ》づくことなどできない。

怖気づいた結果、何もできないまま、ザクスを失いたくない。

ザクスを失うことの方が、ネトリウスの狂気なんぞよりも、葉菜にはずっと怖い。

ネトリウスは、そんな葉菜の様子に笑みを深めながら、言葉を続けた。

「貴方様が眠っている間、先王陛下が亡くなりました。先代が亡くなって十二時間以内に戴冠式が遂行されなければ、次代は正式に王位を継いだとみなされない。間もなく、戴冠式が始まります。ゴードチスはザクス様が正式に王位を継ぐことを妨害すべく、私兵を率いて戴冠式に乱入することを私に打ち明けました」

ゴードチス。葉菜は議会の時に、ザクスを馬鹿にした老人の姿を脳裏に浮かべる。

葉菜に飛び掛かられて、死の恐怖を味わってもなお、ザクスに謝罪の言葉一つ述べなかった老人。彼は枯渇人であるザクスを蔑《さげす》み抜いていた。彼なら、そんな行動を取ったとしても不思議ではない。

「……ザクス、死なない。強い」

だが、ゴードチスの率いる私兵がいくら強かろうが、ザクスが簡単に死ぬ筈がない。ザクスは十二歳という幼さで処刑同然で戦争に駆り出され、過酷な戦場を生き抜いて祖国に勝利をもたらした猛者《もさ》だ。剣聖と讃えられる英雄だ。権力者の私兵程度に、簡単にやられる筈がない。

これは、罠《わな》だ。ネトリウスは、ただ葉菜に揺さぶりを掛けたいだけだ。ザクスが死ぬかもしれないという葉菜の不安に付け込もうとしているだけだ。惑わされてはいけない。

「――ええ、ゴードチス程度の私兵では簡単に制圧されて終わりだったでしょうね。……ただし、ザクス様が貴方様に出会う前までは、の話ですが」

ネトリウスの青い瞳が、愉悦を滲ませて妖《あや》しく煌《きら》めいた。

「貴方様に出会い、エネゲグの輪による契約を交わしたからこそ、たかがそんな私兵程度を相手にしただけでも、ザクス様は亡くなられるのですよ」

「私の、せい……？」

罠だ、騙《だま》されるな。そんな疑心は、ネトリウスの思いがけない言葉で瞬く間に吹き飛ばされた。

「貴方様のせいではありません。全てはザクス様の無知さと、魔力量のせいです」

ネトリウスは葉菜を慰めるように首を横に振る。

「魔剣イブムは魔力を増大させます。ですがイブムが魔力を増大させる為には、その元になる魔力が一定量必要なのです。――ザクス様のような枯渇人にとっては、元になる僅かな魔力ですら、失えば致命症になりうる。事実、ザクス様は先の戦争において、何度も枯渇寸前になったと聞いております」

「でも、でもザクス、生き残った!!」

そんな絶体絶命のピンチを幾度も潜り抜けて、ザクスは生き延び、英雄となったのだ。

ならば、そんなことは今更の事実だ。ザクス自身が誰より自分の限界を分かっている筈。

しかし、そんな葉菜の主張を聞いても、ネトリウスの表情は崩れない。

「イブムとて、自らの主を殺したくないのでしょう。魔剣イブムが引き出す魔力量は、その状況に相応しい魔法を行使するのに必要な量ぎりぎりで止《とど》めてあります。また、敵の攻撃魔法から魔力を吸収するなどして、主の負担を最低限に止めようとします。意思を持った、忠実で賢い剣です。――だが、エネゲグの輪は違います」

葉菜は思わず自身の首元に手をやった。肉球がついた獣の手のひらに、エネゲグの輪の冷たい金属の感触が伝わってくる。

「魔力消費量が少ないが故にあまり知られておりませんが、エネゲグの輪もまた、使用している人物の魔力を吸収して、存在を維持しております。エネゲグの輪自体、魔力から形成されたものなのですから、維持にも魔力が必要となるのは当たり前でしょうに、何故か皆、最初の形成時のみに魔力を使用すればいいと勘違いされている」

そう言ってネトリウスは、場違いなまでに艶《あで》やかな笑みを浮かべた。

「イブムによって限界寸前まで追いつめられているザクス様の体……そこに微量とはいえ、エネゲグの輪による魔力消費が起こったら、ザクス様は一体どうなると思われますか？」

「最後の藁《わら》」そんな英語の熟語が、葉菜の頭の中に浮かび上がる。

限界まで積荷を積ませたラクダ。その背骨が折れるのは、もしかしたらたった一本の藁をその背に乗せたことを契機に起こりうるのかもしれないという、「臨界点」を意味する言葉。

もし、ザクスにとって「最後の藁」が、「エネゲグの輪による魔力の消費」であったら。

『――ですが体の抑制を無視し、枯渇するまで魔力を消費した場合は』

いつぞやのウイフの講義を思い出した葉菜は、青ざめた。

『――体の機能全てが停止して、死に至ります。回復する術はありません。魔力を蓄えられる強力な魔具や、魔力を分け与えることができるという、【招かれざる客人】の存在をもってしても不可能です。体の限界を越えた時点で、魔力袋は破裂してしまっています故』

魔力が枯渇し、魔力袋を破裂させた人間の末路は、「死」のみだ。

「行かな、きゃ」

乾いた口から、力ない声が漏れ出た。ザクスの傍に、一刻も早く行かなければならない。

葉菜は、【招かれざる客人】、【穢れた盾】だ。魔力コントロールが下手な代わりに、魔力供給能力には特化した存在だ。葉菜ならば、枯渇寸前のザクスに魔力を供給して、彼の死を防ぐことができる。

その為には、ザクスが無茶をする前に、彼の傍にいなければならない。

「わざわざザクス様から遠ざける為に貴方様を攫ったのに、簡単に貴方様を解放すると思います？」

しかし、ネトリウスはそんな葉菜の言葉を即座に一刀両断する。

目の前が真っ暗になった。

「ネトリウス。契約、する」

葉菜は、ネトリウスを真っ直ぐに見つめながら、躊躇《ためら》いがちに口を開いた。

「ザクスと契約、やめる。忠誠、ネトリウスに、誓う。言うこと、聞く。なんでも」

ネトリウスを「主」として仰ぐ決意をする。

「神に、なるよ」

ネトリウスが、望む至高の存在になって見せよう。最大限に、神らしく演じて見せよう。

「――だから、すぐ檻から出して、ネトリウス!!」

それでザクスが生きられる、ならば。

葉菜は檻の外にいるネトリウスに平伏し、形振《なりふ》り構わずに懇願した。

「……参ったな」

独りごちるようにそう言って、屈み込んだネトリウスに、葉菜は淡い期待を覚える。

檻の鍵らしきものは、足下の辺りについているのが見えた。葉菜の必死な様子に、ネトリウスが心を動かされて葉菜を解放してくれるのではと、続く行動を待つ。

しかしネトリウスの手が鍵に触れることはなかった。ネトリウスは片膝をついた状態で柵の隙間から両腕を差し込むと、再び青い炎を纏った手で葉菜の顔を挟みこみ、無理矢理上を向かせた。

「今まで、欲しいものなどなかったから、初めて知りました……っ！　自分がかくも、独占欲が強いのだということをっ……!!」

告げられた言葉は抑えきれない激高に震え、ネトリウスの青い瞳はまるで手に纏った炎のように爛々《らんらん》と光っていた。

「貴方様がザクス様の為に、かくも心を注ぐのが、腹立たしくて、腹立たしくて仕方ない…っ!! 枯渇人の皇太子なんぞの為に、高貴な貴方様が私に懇願するなぞ…っ!!」

憤りから立てられた爪が、葉菜の頬に突き刺さり痛みがはしる。しかしネトリウスは激するあまり、そのことに全く気がついていないようだ。葉菜は自分の行動が、全くの逆効果だったことを知った。

「……貴方様が私の物になると契約にて誓ってさえ頂ければ、解放しようと思っていましたが、やめにします。ザクス様が魔力の枯渇で亡くなったうえで、私と契約を結んで下さるまで、私は貴方様をここから出さない」

「なっ……」

「狭量な私をお許し下さい。……貴方様の心にザクス様がいることが許せないのです」

ネトリウスはせつなげに葉菜を見つめながら、指の腹で愛撫《あいぶ》するかのように、先ほどまで爪を立てていた葉菜の頬を優しく撫でた。

「愛して、いるのです。貴方様を、心から愛している故に、貴方様の心の全てが欲しいのです。その心が私以外の人間に向けられるのが、許せないのです。どうかわかって下さい」

葉菜は憤怒で、目の前が真っ赤に染まるのを感じた。

(何が愛だっ!!)

「……おっと」

怒りに任せて頬に添えられた手を噛《か》み千切《ちぎ》ろうとするも、ネトリウスは添えていた手を離して簡単に葉菜の牙を避けた。その軽快な動作が、葉菜の中の怒りを一層煽《あお》る。

「魔力、だけ。なのに、よく言う!!」

魔力しか見ていない男が、魔力を基準でしか人を見られない男が、愛なぞ語るなと葉菜は吠《ほ》える。

先ほど自分が自覚したザクスへの想い。葉菜が生まれて初めて感じた、温かく優しい気持ち。

その気持ちを、ネトリウスが自分へ向ける底の浅い執着心と一緒くたにされるのなぞ、許せない。

葉菜の中の「愛」を、穢された気分だった。

「……魔力だけ。しかし、私にはそれが全てなのですよ」

ネトリウスは、そんな葉菜の怒りに、微笑をもってして応えた。

「私にとっては、魔力こそが全てで、魔力に対する思いが『愛』です。貴方様がどんなに私の『愛』を否定し、拒絶しようとも、それが私にとって真実の想いであることは変わらない」

「そんなの、真実、違うっ」

「――真実ですよ」

葉菜の否定の言葉にも、ネトリウスは僅かな揺らぎも見せない。

「それこそが私にとって、真実で、唯一の、絶対的な感情なのです」

葉菜とネトリウスでは、「愛」への考え方が、根本的に違うのだ。

ネトリウスには届かない。いくら議論しても、それはきっと平行線のままだ。いくら葉菜が否定したところで、葉菜の「愛」とネトリウスの「愛」は、けして相容《あいい》れない。

「すぐに理解してくれとは、言いません」

柵から手を抜いたネトリウスは、ゆっくりと立ち上がった。

「ゆっくり理解して下されば、いいのです。私は焦《あせ》りません。時間はいくらでもあるのですから」

その「いくらでもある時間」が、「ザクスが死んだ後の時間」だと気付いた葉菜の中に再び、ザクスを失う恐怖感が甦る。

「お願い……ネトリウス……だして」

葉菜の力無い哀願に、ネトリウスは笑みのまま首を横に振った。

「安心して下さい、客人様。この部屋には一定量以上の魔力は制限される呪《しゅ》をかけてあります。貴方様がどんなに怒り狂っても、嘆いても、魔力が暴走して貴方様が滅びることはありません」

「ネトリウスっ」

ネトリウスが、檻から背を向ける。

「ゆっくり、ゆっくりで良いのです。ゆっくり、私の物になって下さい。私だけの、神様に」

歩き出したネトリウスの背に、葉菜は吠えた。

「出せっ!!　ネトリウス、出せっ!!　ここから、出せっ!!」

必死な葉菜の叫びにもネトリウスは振り返ることなく、そのまま部屋を去って行った。

葉菜は炎の魔法を展開して、出来た火の玉を柵へと投げつける。

しかし、普段よりも小さい大きさにしかならなかった炎は、柵に触れた途端に霧散し消失した。

「……俺もてめぇが起きる前に一通り試したが、この檻に攻撃魔法は一切効かねぇみてぇだな」

ずっと黙り込んでいたレアル……改めフィレアが、いつの間にか葉菜の脇に立っていた。

フィレアは棚に飾ってあった花瓶《かびん》を手に取ると、柵に向かって勢いよく投げつけた。しかし、花瓶は柵に触れる前に、何かに弾《はじ》かれたかのように跳ね返り、そのまま床に落ちて割れた。

「生態反応がねぇものは、弾き飛ばすのか……物理攻撃が一切効かねぇ……詰んだな」

フィレアの言葉を葉菜は絶望的な気分で聞いていた。

「でもっ、行かなきゃ!! ザクス、死ぬ」

「ひとまず、落ち着け……魔力暴走によって死んだりはしねぇとしても、感情が暴走して、体内魔力がおかしくなると、色々支障がでるぞ」

たしなめるように言って、フィレアは指先でそっと葉菜の頬に触れた。一瞬温かい熱を感じた後、ネトリウスが傷つけた爪痕の痛みが引いていく。頬を確かめると、傷跡は綺麗《きれい》に消え去っていた。

「これくらいの傷は、涙無しで癒せる……攻撃魔法以外なら、威力も弱まらねぇで使えるみてぇだな」

「……ありがとう」

フィレアの言葉に、葉菜は落ち着きを取り戻す。

ここを脱出して、早くザクスの元に行かなければならない。一刻も早く。最悪の事態が起こる前に。

だが、気持ちばかり焦っても仕方がない。

冷静になれ。考えろ。ここから脱出できる方法を、何とかして見出さなければ。

「攻撃魔法だめ……身体強化で、檻も壊せない……」

現在葉菜が使える魔法は、この状況では活路になりえない。

「……転移、魔法なら」

ザクスは葉菜を伴って王宮を訪れた際、なにか特殊な道具を使って王宮まで瞬間移動をしていた。

葉菜が森から後宮に来た時も同様だ。

転移魔法なら、檻に直接干渉しないし、攻撃魔法のように制限されることもないのではないか。

しかし、葉菜の言葉にフィレアは首を横に振った。

「……百人に一人だ」

「え？」

「魔力持ちの中でも転移魔法を魔具なしで行使できる人間は、百人に一人しかいねぇ。行先地を自在に指定できる奴は、そんなかでもごく一握りだ。転移魔法を使える奴が稀少《きしょう》だからこそ、グレアマギでは転移魔法の構造が古くから研究されて、特定の場所のみ直行になっている魔具が発達してんだ。当然俺も魔具なしでは使えねぇ」

思いがけない言葉に、葉菜は愕然《がくぜん》とした。

「そんなに、少ない……」

「あの変態が、うっかりこの部屋の中に魔具を置き忘れたりなんて間抜け、やらかすと思えねぇしな。万が一あったとしても、まぁ十中八九罠だな」

(それじゃあ、どうすればいい……？)

葉菜は、八方ふさがりな状況に途方に暮れた。

もしかしたら。そんな期待が、葉菜にはあった。もしフィレアが転移魔法を使えなくても、もしかしたら絶体絶命の危機の前に、自分に転移魔法の能力が覚醒するのではないかという期待が。

実際、葉菜はトリップ当初の危機で、炎や身体強化の魔力を無意識に習得していた。

それと同じように、今回も転移魔法を簡単に習得できるのではないかと、思ってしまったのだ。

しかし、転移魔法を使える人間の少なさに、自分の期待がいかに甘いものか気づかされた。

魔法に精通した人物でも習得が難しい稀少魔法を、自分程度の人間が簡単に身に付けられるとは思えなかった。たかだか魔力コントロールの習得程度で、あれだけの時間と訓練が必要だったのだ。そんな稀少な能力の習得なんて、できる筈がない。

それこそ瀕死《ひんし》の状態まで追いつめられたりしないかぎり、到底そんな奇跡が起きるとは思えない。

脳裏に、かつて自分が死にかけた時の記憶が浮かび上がり、葉菜は眼を見開いた。

（――瀕死の、状態？）

「あ……」

トリップ直後のサバイバル。瀕死の状態で倒れた自分。

あの時、すがるように伸ばした手は、そのまま宙を切る筈だった。

だって、あの場所には他に何もなかったのだから。

「……できる」

だけど、伸ばした手はジーフリートの家の扉に触れた。けして触れる筈が無かった、倒れた場所から何㎞も先にあった扉に。

あの状況で、考えうる限り最も安全な場所に、葉菜はいつのまにかいた。

「できるよ！　私、転移魔法、できる！」

それはすなわち、葉菜が無意識のうちに、望んだ場所へと移動する転移魔法を、習得し使用していたことに他ならない。

コントロールは上手くできずとも、一度習得した火の魔法と身体強化魔法は使えた。ならばきっと、転移魔法だって同様な筈だ。

葉菜は、黙って目の前の柵を睨みつける。必要なのはイメージだ。檻の外にいるイメージと、それに必要なだけの魔力が自身の体を覆って魔法が作用するイメージ。

いくら稀少な魔法だろうと、一度できた魔法だ。できない筈がない。

「っああああああああ！！！！」

「っおい！　大丈夫か⁉」

魔法を展開した瞬間、転移距離を誤った葉菜は勢いよく柵に叩きつけられた。途端襲った、全身を焼かれるような苦痛に葉菜はのた打ち回る。

駆け寄るフィレアに、葉菜は息も絶え絶えながらも、ゆっくりと身を起こして見せた。

「大丈夫……転移は、できた」

葉菜は少しも体を動かしていない状態のまま、柵にぶつかっていた。僅か数十㎝の距離ながら、確かに転移そのものは成功していたのだ。失敗したのは使用する魔力量のイメージ。多過ぎないように調整したら、逆に魔力が少な過ぎたようだ。距離が距離だけに、難しい。

葉菜は大きく息を吐き、今度は先ほどよりほんの僅かに多く魔力を使用するイメージを描く。

そんなに多くする必要はない。計るなら、小さじ一杯分の魔力量を加えるだけで十分だ。

葉菜は強く目を瞑《つぶ》って、自身が檻の外にいるイメージを浮かべた。

(大丈夫だ。自分なら、できる)

そんな確信があった。

「――できた」

眼を開いた瞬間、葉菜は檻の外にいた。

魔法の成功の余韻に、ほおっと息を吐くが、すぐに気を引き締める。ぼんやりしている暇はない。

「あとで、助けに、来る！　待ってて」

「……待てっ」

急いでザクスの元まで転移魔法を展開しようとした葉菜を、フィレアが引きとめた。

「……てめぇが転移魔法を使えるなら、魔力を同調させれば、俺も一緒に移動できる。てめぇの魔力量を見て調整することも、方向の狂いも正せる……万が一てめぇが傷を負うことがあっても、癒せる。だから、俺も連れて行け」

真剣な表情で告げられた言葉に、熱いものが込み上げてきた。

「フィー……」

思わず口にした名称に、フィレアは気まずげに視線を逸《そ》らした。

（……そういえば、偽名名乗ってたし、正体隠してたね）

もうすっかりフィレアの正体に気づいていた葉菜としては、衝撃の事実でもなんでもなかったのだが、正体を偽っていた（というか隠していた）フィレアとしては居た堪れないだろう。

葉菜は再び転移魔法を使って、檻の中に戻る。今度は簡単に成功した。

真っ直ぐフィレアに近寄って、俯《うつむ》いている顔を下から覗《のぞ》き込んだ。

「大丈夫、知ってた」

「……は？」

「レアル、フィーなこと知ってたよ」

「……っはあ⁉」

葉菜の言葉に、フィレアの顔が瞬時に赤く染まった。

その姿が余りに愛らしくて、葉菜はこんな状況にも関わらず胸がきゅんと高鳴るのを感じた。

「え、おま、なんで」

「だって色、同じ。名前、似てる。私、心配してくれる。……気づくよ、普通」

「っ心配なんかしてねぇだろーが！　するわけねぇだろ‼　ただジーフリートが、自分が死んだら頼むとか、ふざけたこと抜かして死にやがったからっ……てめぇがあんまりふがいねぇからっ……」

「うん、わかってるよ」

どこまでもツンデレなフィレアに自然と笑みが漏れた。

「わかってるよ。フィーなら、そう言う思ってた。だから、言わなかった」

言えば恥ずかしがって否定するだろうから、きっと認めないだろうから、葉菜はフィレアの正体について触れなかった。だけど。

「本当は名前呼んで、お礼、言いたかった」

かつて一緒に暮らしていた時は、嫌がって呼ぶことを許してくれなかった、その名を。

「気に掛けてくれて、お城来てくれて、魔力操作教えてくれて、嬉しかった」

あの時、フィレアがいなければ、きっと葉菜は今でも魔力コントロールを習得できていなかった。

「ありがとう、フィレア。――だいすき」

葉菜の言葉にフィレアは、赤い顔をさらに真っ赤にさせて息を呑み込んだ。

そして、いつもの不機嫌そうな顔で、そっぽを向いた。

「……名前で呼ぶなって、何回も態度で示しただろうが」

「うん、何回もつつかれたね」

「勘違いすんじゃねぇぞ。俺が今からお前に付いていってやるのも、ジーフリートの遺言だからだ。別にてめぇの為じゃねぇ」

「うん、わかっている」

「だけど……」

フィレアは一瞬の逡巡《しゅんじゅん》の後、葉菜の方を見ないまま、小さく付け足した。

「だけど……今のてめぇにならら、名前で呼ばれてやっても、いい」

いつかの訓練の後のように、温かいものが全身に広がるのを感じた。嬉し涙で目の前が、霞《かす》む。

ようやくフィレアと、「家族」になれた気がした。

「……それじゃあ、行くぞ」

フィレアは葉菜の腕に手を置いて、自身の魔力を同調させる。

「跨《また》がっても、いーよ？」

「……触れる面積が変わっても魔力同調には影響がねぇからいい」

自分に跨がるフィレアの様子を想像すると、何かの物語のキャラクターみたいで格好よさそうだったので、少し残念である。

フィレアに触れられた箇所から熱が流れこんでくるような感覚がした。少しくすぐったい。

「よし、こんなもんか」

フィレアは葉菜の中に流れ込んだ自身の魔力を眺めるように、葉菜の全身を見回して一つ頷《うなず》いた。

「戴冠式は王宮のバルコニーで、集まった国民を見下ろしながら行われる。王宮を想像しながら、糞太子の所に行きてぇと強く念じろ。舵《かじ》は俺がとってやる」

「わかった」

「転移魔法は魔力の消耗量も多い。まずは鍋一杯分の魔力を使うつもりでやってみろ」

「うん、やってみる……っ！」

葉菜は深呼吸して、ゆっくりと目を瞑る。

（ザクスの、元に）

それだけを考えて、魔法を展開する。

目を開くと、そこは森だった。

「っ!?　どこ、ここ」

「ネウトの森だ！　アホ。西に逸れ過ぎだ！　もっと東を意識しろ」

「東、どっち!?」

「あっちだ！」

フィレアに指を指された方を意識しながら、魔法を展開する。

次の瞬間、葉菜達は、海の上に浮いていた。

「うわっ!?　落ちる！　落ち！」

「魔力量が多過ぎだ！　杯《さかずき》二杯分くらいの魔力量で、あっちに行く想像をしやがれっ!!」

「う、うん！」

次に葉菜達がいたのは、後宮だった。見慣れた景色にホッと胸を撫で下ろす。

「あとは、杯半分くらいの魔力量でいい。だが、恐らくさっきの海上みてぇに宙に投げ出される可能性はある。そん時は後ろに向かって火魔法を展開しろ。放射を強くすれば、十分宙を駆けられる」

「フィレアは？　飛ぶの？」

「………人前で羽を見せたくねぇから、最後は跨がらせろ」

（やった。白虎《びゃっこ》に跨がり宙を駆ける麗人の図が……）

「……ろくでもねぇこと考えてるだろ」

「マサカ、ソンナハズ」

緊張感の薄いいつものやり取りの後、フィレアは急に真顔になり、橙色《だいだいいろ》の瞳で葉菜を射抜くように見据えた。

「――戴冠式の場に行く前に言っておく。覚悟を決めておけ」

低い声で告げられた言葉に、心臓が大きく跳ねた。

「覚悟？　ザクスを助けに行く覚悟なら、とっくに……」

「ちげぇ。わかってんだろ？」

視線を逸らしながら、早口に告げようとした言葉は、すぐにフィレアから断ち切られた。

とぼけることも、現実から目を逸らしたままでいることも、フィレアは許してくれない。

「着いた頃には、糞太子がとっくに死んじまっているかもしれねぇことを、受け入れる覚悟だ」

躊躇《ちゅうちょ》なく、葉菜が敢《あ》えて考えないふりをしていた、残酷な可能性を突き付けてくる。

「……っ死んでなんか、いない……」

葉菜は一瞬言葉に詰まってから、眉尻を吊りあげてフィレアを睨みつけた。

そんな、筈はない。そんな、未来は、来る筈がない。

認めたくない可能性に、葉菜は聞き分けのない子どものように、首を横に振った。

「ザクスは、死なない……っ」

何の根拠もない言葉だとわかっていながらも、葉菜はそう言い放った。

ザクスが死んでいる可能性を認めれば、それがそのまま現実になってしまいそうで、怖かった。

フィレアはそんな葉菜の様子にため息をついた。

「……もし覚悟を決めねぇのなら、俺はてめぇが戴冠式へ向かうのを全力で邪魔をする。恨まれようが、その結果糞太子が死のうが、絶対に行かせねぇ」

「何で!?　早く行かなきゃ、ザクスが！」

「ってめぇが【穢れた盾】だからだよっ!!」

抗議の声をあげる葉菜に、フィレアは憤怒の形相で掴《つか》みかかった。

掴まれたエネゲグの輪は葉菜の首もとを圧迫し、葉菜は潰された蛙《かえる》のような声をあげた。

「く、苦し……」

「良く聞け……てめぇは今まで、二度魔力暴走をやらかした」

喉をのけぞらして葉菜は喘ぐが、フィレアはそんな葉菜の訴えを黙殺する。

「一度目は、虎に変わって盗賊どもを一瞬で噛み殺した。二度目は知らねぇが、最悪の事態になる前に止められた。だが、三度目はどうなる？」

フィレアの言葉の重さに、葉菜は息苦しさも忘れ、固まった。

一度目は無我夢中で、それを魔力によるものだとさえ、自覚していなかった。自覚しないまま、気がつけば全てが終わっていて、葉菜は虎に変じていた。

だけど、二度目の魔力暴走の時は、葉菜はそれがいかに危険な行為か知っていた。それにも関わらず、怒りで我を忘れて、感情のままに魔力を暴走させてしまった。もし、あの場でネトリウスがとりなしてくれなければ、今頃どうなっていたのだろうか。考えるだけでぞっとする。

そして、三度目。もし、ザクスが目の前で命を落とした時、もしくは既に命を落としていたとしたら、葉菜は自身の感情の暴走を止められるだろうか。

「魔力暴走を犯した【穢れた盾】の話をしたな。あれは誇張でも何でもねぇ、事実だ。――そしてその時の爆発で、その場にいて巻き込まれた数十名も一緒に弾け飛んだ」

魔力暴走を犯して、体内魔力が膨張し、木っ端微塵《こっぱみじん》に吹き飛んでしまった穢れた盾の話。

その暴走に巻き込まれた者がいたことなど、考えもしなかった。

だけど考えてみれば、当たり前だ。肉体が国中に散らばるような、強い爆発。それほどの大事故が、当事者ただ一人の犠牲で済む筈がない。

(そういえば、止めに入ったネトリウスも言っていた)

葉菜があのまま魔力暴走を起こせば、城ごと吹き飛んでしまうだろう、あの時ネトリウスはそう言っていたではないか。ただただ自分のことばかりで、それに巻き込まれるかもしれない犠牲者のことなど、考えられていなかった。

「戴冠式には、何千もの民が集まる。てめぇが魔力暴走を犯して、過去の【穢れた盾】のように吹き飛んだ場合、恐らく全員が巻き添えを食らって吹っ飛ぶぞ。助かるのはてめぇの魔力に対抗できるだけの強力な結界が張れる僅かな人間と、不死の俺だけだ」

自分が起こしうるかもしれない事態のあまりの大きさに、葉菜は愕然とする。

自分の感情一つで、それだけの多くの人の命を奪うかもしれないのだ。そして、命を奪われた人間に関わる、数多の人々の人生を狂わせることになるかもしれないのだ。

正当防衛から盗賊数名の命を奪ったのとでは、わけが違う。そしてそれだけの犠牲を代償に、葉菜が得るものは「自身の死」だけだという事実が、葉菜をどうしようもないほど恐怖させる。

「俺は人間がどれだけ死のうが構わねぇが、ジーフリートの遺言だけは守りてぇ。魔力暴走を起こして、てめぇが死ぬかもしれねぇ以上、てめぇを絶対に戴冠式に行かせねぇ」

そう言ってフィレアは葉菜の眼を真っ直ぐ見据えた。

「どうしても糞太子を助けに行くっつーのなら、覚悟を決めろ!!　どんな事態に陥っても絶望せず、平常心を失わねぇ覚悟をっ!!　そして、それを俺に誓え!!　それができねぇのなら、俺はてめぇが糞太子の元に行くのを絶対に許さねぇ!!」

フィレアの言葉は、正しかった。

魔力暴走を起こさないと確信を持てないならば、葉菜はザクスの元に行ってはいけない。

ザクス一人の命と、何千もの人間の命。天秤《てんびん》にかけるまでもなく、後者を重視するべきだ。

それが葉菜自身の命すら犠牲にするかもしれないのなら、なおさら。

二度目の魔力暴走。あれは、ゴードチスがザクスを愚弄《ぐろう》して傷つけたが故に起こったことだ。

たかがそれだけのことで、葉菜は我を忘れた。ザクスの命まで奪われた場合、暴走がどれほど大きいものになるか、葉菜でさえ予想がつかない。

ザクスの死に絶望した結果、葉菜が、数多の人々を巻き込み命を奪う大災厄に変じてしまう事態は大いにありえた。

「――そして、てめぇが魔力暴走をやらかすことは、糞太子の名を汚すことにもなる」

フィレアは容赦なく言葉を続ける。

「ただでさえ、あいつは【枯渇人】というだけで、先の戦いの功績があっても周囲の評価は低い。魔力と縁が薄い一般大衆にはそこそこ人気があるみてぇだがな。だが、あいつの死によって、てめぇが魔力暴走をやらかしたら、あいつの評価はそれこそ地に落ちるだろう。『死してなお災厄をもたらす呪われた皇太子』としてな」

吐き捨てるように言ってフィレアはエネゲグの輪を掴んでいた手を離した。

地面に落とされ咳き込む葉菜を、感情の読めない目で静かに見下ろす。

「仮とは言え、てめぇは『従獣』だ。主に仕え、尽力する存在だ。かつて、同じ従獣だった立場から言ってやるよ。そんな事態をひき起こす奴は、最低の従獣だ。従獣と言えねぇ。自分を律する覚悟がねぇなら、あいつが死んで主従契約が破棄されるのを待った方がいい」

（そうか……フィレアとジーフリートは主従関係を結んでいたのか）

葉菜から見ても心から信頼し合っていたように見えた二人。その背景に、主従契約があったことを今葉菜は初めて知った。

契約という魂の絆で結ばれた二人。葉菜とザクスのような一方的な仮契約ではなく、互いに覚悟を決めて正式な主従関係を結び生きてきたフィレアとジーフリート。

そんなフィレアの言葉だけに、その言葉はとても重く葉菜に伸《の》し掛かる。

ジーフリートは死んだ。だから、フィレアは主をなくす悲しみを、嘆きを、誰よりも知っている。

そんなフィレアが、葉菜に耐えろと、自分を律しろと言うのだ。それだけ葉菜はフィレアの言葉を重く受け止め、真剣に深く考えないといけない。

ザクスを失った時、葉菜は平静を保てるだろうか。考える間もなく、結論は出た。

「……無理だ」

二十四年間生きてきて、初めて、自身の安穏《あんのん》を捨ててでも、傍にいたいと思った相手。

そんな相手を失って、平静でなんていられるわけない。

フィレアは俯いた葉菜を暫《しばら》くじっと見つめた後、小さくため息をついた。

「……そうか。なら諦め、」

「だけど！」

葉菜は顔を上げて、強い調子で言葉を続けた。

けれども、それがどんなにリスクを負う危険な行為だとしても。

見知らぬ誰かの、そして自身の命を危険に晒す行為だとしても。

「諦めたく、ない！」

僅かな可能性があるなら、すがりたい。自分が行くことでザクスが助かるかもしれないならば。

「ザクスを助けに行くことを、諦めたく、ない！」

失えば我を忘れるほど大切になってしまった人の命を、諦めたくない。諦められる筈がない。

「――っいやだいやだばっかりで通じると思ってんじゃねーぞ!!」

葉菜の言葉に一瞬虚を衝《つ》かれたフィレアは、すぐに憤怒で顔を歪めた。

「どちらかだ……っ！　諦めるか、腹を括《くく》るか。どちらも嫌だっつーなら、俺はてめぇを気絶させてでも……」

「一人じゃ、無理だっ！」

葉菜はフィレアの言葉を遮るように叫んだ。

「一人じゃ、無理だ！　絶望する気持ち、止められない。だから、フィレア、止めて欲しい!!」

一人でそんな残酷な現実を突き付けられたのなら、葉菜は耐えられない。湧き上がる深い絶望の中に飲み込まれてしまう。

だけど、一人じゃないなら。傍で葉菜を止めて、諫《いさ》めてくれる人がいるのなら。

「フィレアが、傍にいて、声を掛けてくれたら、我に返れる!!」

どんなに感情が乱れても、葉菜にはフィレアの声なら聞こえる自信がある。

「暴走しても、『家族』の声は、聞こえる!!　聞こえたら、暴走、止められる。……それは、誓うよ!!」

フィレアは、「家族」だ。ザクスとは違う意味で、大切な無二の存在だ。たとえ不死で回復能力があるとしても、「家族」であるフィレアの肉体を傷つける恐れがある以上、魔力暴走など絶対起こさない。

「だから、お願い。助けて……」

語尾が尻窄《しりすぼ》みになり、掠《かす》れた。

葉菜は、基本的に頼みことが苦手だ。もし断られたら、もし相手が嫌な気分になったら、とマイナスのことばかり考えてしまい、二の足を踏んでしまう。相手が快く受け入れてくれたとしても、それはそれで負債を負ったような気分になって嫌だった。誰かに借りを作りたくなかった。

それ故に葉菜はどうしようもない時以外は、極力頼みごとは避けて生きてきた。会社員時代に、「無能な癖にプライドが高い」と言われた要因の一つだ。

今だって、本当は怖い。我儘で、決断力がない、勝手なことを言っているのはわかっている。

葉菜の頼みは、葉菜が自身で負うべき負債を、フィレアに一部押し付けていることに他ならない。

自分がフィレアの立場なら、嫌だ。そんなことを、フィレアに頼むのは、あまりに自分勝手だ。

だけど、一人じゃ、どうしようもなくて。弱く、駄目な自分だけでは、ザクスはけして救えなくて。

「ザクスを……私を、助けて、フィレア……」

葉菜は、フィレアにすがる。懇願する。

葉菜が今の状況で心から信頼して、全てを預けられる相手は、フィレアだけだから。

「……っの糞が！　面倒事ばかり押し付けやがって！　俺はてめぇのお守りじゃねぇんだぞ!!」

「う……ごめん、なさい……」

苦々しげに顔を歪めたフィレアは舌打ち混じりに悪態をつくと、耳を倒して項垂れる葉菜から視線を逸らした。

「……万が一声を掛けても魔力暴走止めない時は、首を絞めてでも落とすぞ……」

告げられた言葉は、素直じゃないフィレアなりの了承の言葉だった。

言葉の意味を理解した途端、葉菜の顔が輝く。

「……っありがとう!!　フィレア」

「喜んでんじゃねぇ……ったく世話が焼ける野郎どもだ」

大きくため息をつくと、フィレアは葉菜を顎《あご》でしゃくった。

「おら、屈んで跨がらせろ。てめぇ以上に世話が焼ける糞太子を助けに行くんだろう？」

「うん!!」

「ったく……なんで俺がここまで……」

ぶつくさ言いながらも、何だかんだで面倒見が良いフィレアに、葉菜はこっそり笑みを漏らす。

こちらの世界で出来た葉菜の「家族」は、素直でないけれど、温かくて、とても優しい。

心から愛《いと》しく誇らしい、葉菜の大切な存在だ。

葉菜はフィレアが跨がったのを確かめて、しっかりと四足を地面について立ち上がった。

「さぁ、何千もの観客を前にした救出劇だ。みっともねぇところ見せて、俺に恥をかかせるなよ」

「うんっ」

「……ぜってぇ、死ぬんじゃねぇぞ……『ハナ』」

「っ……うん！」

初めて名を呼ばれた喜びに思わず顔が緩むが、すぐに引き締める。浮かれている場合じゃない。

(――必ずザクスを助けるんだっ)

葉菜は固い決意を胸に刻み、深呼吸を一つして目を瞑った。

目指すは、王宮。戴冠式が行われているバルコニー。

(ザクスの、もとに)

葉菜は集中力を最大限まで高めて、転移魔法を展開した。


目を開くと、葉菜は王宮の上空にいた。

重力に従って体が落下していくのを感じた途端、葉菜は後方に向かって火魔法を発動させる。放った炎の勢いは、葉菜を空中で前進させた。絶え間なく炎を放ちながら、葉菜は宙を駆ける。眼下で、集まった何千もの人々が葉菜とフィレアの出現に驚きの声をあげているが、気にしている余裕はない。葉菜は真っ直ぐに、ザクスがいるであろうバルコニーを目指した。

葉菜がバルコニーに辿《たど》り着いた頃には、襲撃は既に終わっていた。

倒れ臥《ふ》している兵士達。ゴードチスは中央で、苦悶《くもん》の表情で絶命していた。

バルコニーを染める血の赤が、襲撃の激しさを物語っている。

バルコニーの隅の、他の死体から少し距離があいたところに、ザクスは倒れていた。

「っザクス‼」

背中にフィレアを乗せたまま、葉菜はザクスに駆け寄って、その容態を確かめる。

倒れたザクスは葉菜が声を掛けても反応を返すことはなかったが、その胸は僅かに上下しており、ザクスが呼吸していることが見てとれた。目立つ外傷もない。一先《ひとま》ず最悪の事態は免《まぬが》れたことに、葉菜はホッと胸を撫で下ろす。

しかし葉菜から降りて、ザクスの様子を見たフィレアの表情は険しかった。

「魔力袋が破れて、体内の魔力が空気中に放出されてやがる……」

「……え」

「こいつに一度魔力供給をしてみろ」

「う、うん」

フィレアの言葉に従い、葉菜はザクスに前足を当てる。

「魔力を放出して、触れた箇所から流れこむ想像をすりゃいいだけだ」

葉菜は一つ頷くと、自分の魔力がザクスの中に移っていく様を思い浮かべた。体内で魔力がザクスへ向かって移動しているのが、感覚でわかった。

「駄目だ……入れた端から魔力が抜けていきやがる……」

フィレアは舌打ちを一つついて、強いまなざしを葉菜に向けた。

「魔力袋が破れて助かった奴はいねぇ……あと半刻《はんとき》も持たねぇだろうな」

(――ザクスが、死ぬ)

ただ目の前でザクスが死んでしまう様を、見ているしかできないのか。何の成す術《すべ》もなく。

(イヤダイヤダイヤダイヤダイヤダイヤダイヤダイヤダイヤダイヤダ)

胸の奥に広がる絶望と共に、体内の魔力が膨張しざわめくのがわかった。

このままでは魔力暴走を起こしてしまう。心を静めて止めなければ。

頭の片隅ではそう分かっているのに、止められない。魔力が葉菜の中で暴れだす。

この暴力的な流れに身を任せてしまえば、ザクスを失う絶望を感じずに済むのかもしれない。

そんな甘い誘惑が脳裏をよぎった途端、意識が遠くなり――

「――ハナ!!」

自分の名前を呼ぶ声と、首もとを引っ張られる感覚に、葉菜は我に返った。

「あ……」

「あ……じゃねぇ、ボケ!! 魔力暴走起こすなっつったろーが!! 本気で首絞めて落とすぞ。あぁ!?」

「ご、ごめん。ありがとう、フィレア」

完全に魔力暴走モードに入っていた。止めてくれたフィレアには、感謝してもしきれない。

(危なかった……!!)

(だいたい、絶望するのはまだ早い)

ザクスは、まだ死んでいない。諦めて絶望するには、早過ぎる。

(――考えるんだ)

魔力コントロールを習得した時も、転移魔法で檻から脱出した時も、葉菜は絶望的な状況を「考える」ことで、脱してきた。考えることを放棄し、諦めたら、今葉菜はここにいなかった。

「考える」かつての葉菜はその行為がどうしようもなく苦手だった。否、今でも苦手だ。世の中、考えてもどうしようもないことが多過ぎて。考えてもどうしようもないくらい、突き詰めれば絶望してしまうほど、自分には駄目な部分が多過ぎて。

考えず、思考を放棄してしまうことが葉菜の精神安定の術だった。それが一番楽だった。

だけど、今の葉菜は知っている。

「考える」という行為が、もたらすものを。そしてその成功を、身をもって体感している。思考の放棄はただの逃避で、状況が良くなるどころか悪化するだけなことも、重々理解した。

葉菜は考える。――考えることを諦めることは、もうやめた。

葉菜が落ち着いたのを確かめると、フィレアは掴んでいたものを離した。

フィレアが掴んでいたのは、エネゲグの輪ではない。ネックレスにつけられた、いつぞやもらった小瓶。中身がなくなる度、ザクスに注ぎ足してもらっていたそれは、なみなみと水薬が詰められている。

(——クスリ！)

「フィレア!!」

「なんだ」

「この、薬！　これ、魔力袋、治せない!?」

葉菜が訓練で火傷《やけど》を負う度、痕も残さず治癒をした凄まじい効果の薬。フィレアは、大抵のものには効果があると言っていた。ならば、魔力袋の破裂も治せるのではないか。

しかしフィレアは、葉菜の言葉に苦い表情を浮かべた。

「……今まで内臓の破損までは試したことがねぇから、効果はわからねぇ。それに患部に直接かけられない場合は、効果が出るのに時間がかかる」

フィレアは険しい表情のまま、ザクスに視線をやる。

「思っていた以上に魔力の放出が早ぇ……多分効果が出るまで、持たねぇだろうな」

「でも、でも、魔力供給、すれば！」

薬の効果が出るまで、葉菜がザクスに魔力供給をし続ければ、ザクスが魔力枯渇で死ぬことは免れるのではないだろうか。

しかし、フィレアは首を横に振る。

「穴の開いた袋に水を注ぎ続けるようなもんだ。いくらてめぇが魔力量が多いからといって、長く持つ筈がねぇ。最悪、てめぇの魔力が枯渇するぞ」

「大丈夫！　魔力、枯渇しても、私、死なない！」

葉菜は異世界人だ。魔力を全て放出したとしても、この世界の人間のように死にはしない。

「ああ、死にはしねぇだろう……だけど、人格を保ってられるかどうかは、別だ」

「――え？」

思いがけないフィレアの言葉に、葉菜は眼をまるくした。

「前回の魔力暴走時、てめぇの中に獣としての人格が形成された。てめぇの人格と、獣の人格、二つを共存させているのは魔力だ。獣としての人格は、魔力の中に普段は閉じ込められている。……魔力が無くなったら、てめぇは最悪、獣の人格に飲まれるぞ」

それは、葉菜の精神の喪失を意味していた。獣に体を代わってもらうのとは、わけが違う。いつでもまた望めば戻れる、そんな優しい状況ではない。

葉菜は、完全に獣になるのだ。かつて読んだ『山月記《さんげつき》』の主人公が、獣の性に飲み込まれたのと同じように。……それは、死と何が違うというのだろう。

想像するだけで、怖い。逃げてしまいたいと、思う。

――それでも。

「それでも、可能性があるなら、やりたい」

それでも、ザクスを喪うことの方が怖いと、思う。喪いたくないと、生きて欲しいと思う。

葉菜は決意を胸に、フィレアに向き直った。

「お願い、フィレア。私、魔力供給する。ザクスにこれ、飲ませて」

葉菜の手は、獣の手だ。肉球がついていて、鋭い爪もあるが、小瓶を開けてザクスに中身を飲ませることはできない。フィレアの手助けが必要だ。

「……これっぽっちの涙じゃ、足りるかよ！」

フィレアは暫く黙り込んでいたが、やがて決心がついたように両腕を振り上げると、次の瞬間鳥の姿に変じていた。ジーフリートの家で共に過ごした時の、懐《なつ》かしい真紅の鳥の姿だ。

「それに入っているのは、俺の涙だ。涙はこの状態でねぇと効果がない。直接涙を口の中に流し込んでやるよ」

「フィレア……」

「こんな大衆がいる前で、俺が本当の姿を晒してやったんだ……糞太子、絶対に助けるぞ」

「うん……っありがとう」

葉菜は、倒れたままのザクスに近寄る。

魔力の枯渇のせいか、顔は土気色に変色しており、唇が紫色に変わっている。吐き出される息が荒く、苦しそうだ。

葉菜はザクスの胸に、額を当てた。魔力供給はどこからでもできる。ならば葉菜の魔力が一番多い、脳に近い部分から、患部に近い場所へと直接魔力を流し込んだ方が良いだろう。

当てた額から、ザクスの心臓の鼓動が伝わって来る。

ザクスの生を確かめさせてくれるその鼓動が、嬉しくて愛おしい。

「ザクス……」

名を呼んでも、返答は返ってこない。それでも葉菜は、ザクスに呼びかけた。

「全部、あげるよ」

葉菜があげられるものは、全部ザクスにあげたい。それがたとえ、葉菜の魔力の全てでも。

「全部あげる……だから、生きて」

そう言って、葉菜はザクスの胸に顔を埋めるような状態で眼を瞑った。不思議と心は穏やかだった。

いつも自分のことばかりの、醜い自分が嫌いだった。それでも人間は自分以上に、誰かを愛することなんてできやしないんだと開き直り、いつからか誰かを愛することすら諦めていた。

――こんな風に自身を犠牲にしても、誰かを助けたいと思える日が来るとは思ってもいなかった。

自分がそんな感情を抱けたことが……誰かを、ザクスを愛せたことが、どうしようもなく、嬉しい。

これが、真実の愛だなんて大それたことは言わない。

愛は人それぞれで、何が真実かなんて答えはない。あの時葉菜は否定したが、ネトリウスが口にした愛も、また彼にとって真実なのだろう。葉菜のザクスに向ける感情自体、そもそもただの依存心なのかもしれない。悲劇的な状況に酔っているだけなのかもしれない。

それでもいいと思う。

この感情がどんな種類のものであろうと、葉菜がザクスに自身の魔力全てを渡してでも、生きて欲しいと思ったことは、事実だ。

そしてその事実が、堪らなく幸せだった。


(――ここは？)

気がつくと葉菜は、見知らぬ空間に一人立っていた。

辺りは薄暗く、まるで霧の中にいるかのように霞《かすみ》がかっていて、周りを見渡すことはできない。だけど、そんな得体の知れない場所にいるのに、不思議と恐怖は感じなかった。あるべき場所に戻ってきたかのような、知己《ちき》の場所にいるかのような、そんな奇妙な安らぎすら感じる。

何となしに自身の手を見た葉菜は、一瞬違和感を覚えた後、ぎょっとした。

目に入ったのは、細く長いとは言えないが、しっかりと五本に指が分かれて節くれだった人間の手。

見慣れてしまった獣の手ではない。

葉菜は、ぺたぺたと自身の全身に手をやる。いくら触っても厚い毛皮の感触を感じることはない。どこもかしこも、かつて人間だった頃のままだ。纏っている服もまた、獣に変化する前に着ていた、あのワンピースのままだった。

(――いや、胸はもっと大きかった気がする)

両手で自身の胸を掴みながら、誰も突っ込んでくれない寂しい脳内一人ボケをしていると、不意に背後に気配を感じた。勢いよく振り返った先に見えたのは、つい先刻までの自身の姿。

真っ白な毛皮を纏い、王者のような風格をもって佇《たたず》みながら、葉菜を見据える一匹の白虎。

(――獣)

獣と対峙した瞬間、葉菜は理解した。ここは、現実ではない。葉菜の精神世界だ。そして葉菜が魔力をザクスに与えたことで枷がなくなった獣が、葉菜の人格に会いに来たのだ。

人格を喰らって、体の主導権を我が物にする為に。

(怖い)

覚悟を決めた筈だった。

こうなるかもしれないとわかっていて、それでもザクスを救う為に全力を尽くす覚悟を決めた。だけど、実際に自身の危機を前にすると、やはり怖い。全身が震えて、かちかちと奥歯が鳴った。獣が一歩、近づいてくる。葉菜は「ひっ」と小さく悲鳴をあげて、後退《あとずさ》りをした。逃げようにも隠れようにも、こんな場所ではどうにもならない。葉菜は気休めにもならないとわかっていながら、自身を守るように両手を握りしめて体を縮めた。

獣がさらに近づいてくる。

あの爪で、葉菜を引き裂くのだろうか。あの鋭い牙で噛み千切るのだろうか。

精神の死でも、肉体と同じように痛いのだろうか。

もし消えるなら、せめて苦痛がないまま一瞬で消して欲しい。死を死と認識することもないままに。

獣が目の前まで迫った。葉菜は恐怖故に足に力が入らず、その場にへたりこむ。

獣が大きく口を開いた。かつて自分のものだったとは信じられない、鋭い牙が光る。

(もう、だめだ)

葉菜は目をきつく瞑って、最期の時が訪れるのを待った。

しかし葉菜に触れたのは、鋭い牙ではなく、獣の生ぬるい舌だった。

「……へ？」

「ハーナ」

舌で葉菜の頬をぺろりと舐めあげた獣は、無邪気な声で葉菜の名前を呼ぶと、甘えるように葉菜に擦り寄ってくる。獣の尻尾はぴんと立ち上がっているし、表情が読みにくい獣の顔は、どうもこの状況を喜んでいるように見える。味見の為に葉菜を一舐めしたわけではなさそうである。

「け、獣……？」

「ウレシイ、ハナダ。ハナニ、会エタ。チャント会エタ。ウレシイ」

獣から発せられる声は、以前聞いたものと同じだ。

葉菜が逃走を試みた際、葉菜を批判したザクスに、怒り狂った獣の声だ。

「ねぇ、もしかして……」

「ナーニ？　ハナ」

葉菜は意を決して、尋ねてみることにした。

「私のこと、食べないの？」

「ナンデ、ハナ、食ベルノ？」

きょとんとつぶらな瞳を丸くして、心底不思議そうに首を傾げる獣の姿に、葉菜は大きく安堵のため息をついて脱力する。脱力した途端、その場に崩れ落ちた。

「!?　ハナ、ダイジョウブ!?」

「あ、うん……大丈夫。ちょっと、腰が、ね。うん、多分、すぐ治るから、多分、大丈夫」

安堵のあまり、腰が抜けた。どうやら、精神世界の癖に、こんな肉体的現象はちゃんと起こるらしい。なんでそんな所が、無駄にリアルなのか。

(こ、怖かったっ!!　ほんっとに、怖かった!!)

今度は涙や鼻水まで滲んできた。心臓がばくばくうるさい。

恐怖のあまり、うっかり漏らしてしまわなかっただけ、良かったと思うべきだろうか。

「ほれ。よーしよしよし」

「今度、アゴノ下」

「ほいほい」

「ハナ、頭ナデテ」

葉菜は、自身の精神世界で、獣と戯《たわむ》れていた。

（――いや、こんなことをしている場合ではないんだが）

しかし手を止めると、獣がもっととつぶらな瞳を向けてせがんでくるので、ついつい構ってしまう。

葉菜に首もとを撫でられ、ゴロゴロと喉を鳴らして目を細める獣は、実に愛らしい。

だが、時おり口もとから見え隠れする鋭い牙に、どうしても本能的な恐怖を感じてしまう。

（ヘタレよ……ごめんよ。ヘタレなんぞと言って）

葉菜は心の底で、何ヶ月経《た》っても葉菜に怯《おび》えていたヘタレ料理人（残念なことに、やはり名前は覚えていない）に謝罪する。自分では可愛い子猫のようなつもりでいたが、実際虎を目の前にすると、どんなに大人《おとな》しかろうが可愛かろうが、怖い。寧ろ葉菜の存在に慣れた、リテマやウイフを尊敬する。

（……しかし、ザクスは今頃どうなっているのだろうか……）

呑気《のんき》に獣と戯れているが、やはり内心はザクスのことが気になって仕方がない。

精神世界ではこんな状態でも、葉菜の肉体は今もなおザクスに魔力を注ぎ続けているだろうとは思うし、状況を知ったところでどうにもならないのだが、やはり気になるものは気になる。

「ハナ……ザクス気ニナルノ？」

心ここにあらずな葉菜の態度を察したのか、獣はジッと葉菜の顔を覗き込みながら、尋ねてきた。

「……そりゃあ、気になるよ」

「ハナ、ザクス好キ？　大切？」

獣の言葉は、子どもの疑問のように、直球で、遠慮がない。

「好きだし、大切だよ。命を懸けていいと思うくらいに」

だからこそ、葉菜は直球で獣の言葉に応える。素直な自分の感情を、ありのままに伝える。

ザクスが、好きで、大切だ。それは最早《もはや》、葉菜にとって、揺るぎない事実だった。

「ソッカ……」

獣は少し俯いて考えこんだ後、ゆっくりと尻尾を左右に揺らしながら、再び顔を上げて葉菜を見た。

「──ソレナラバ、ザクス、助ケテアゲル」

「え？」

「魔力カラ、生レテ来タ。ダカラ、魔力、戻ル、簡単。自分ナラ、袋破レテテモ、意思デ、ザクスノ中、トドマレル」

獣の言わんとすることが、葉菜にはすぐに理解できなかった。

固まる葉菜に、獣は人間の眼でもはっきりとそれとわかる、笑みを浮かべて見せた。

「ザクスの魔力、ナッタゲル。袋破レテテモ、出テイカナイ」

「……っ⁉」

獣の言葉を理解した途端、葉菜は息を呑んだ。

「……何で？」

「ハナ、ザクス大事、言ッタカラ」

「だからっ、何で⁉」

葉菜は語気を強くして、獣を見据えた。

獣は、自身の人格を消失させてでも、葉菜の代わりにザクスの魔力になると、そう言ったのだ。

「何で私の為に、そこまでしてくれるの⁉」

葉菜は、獣に何か特別なことをしたわけではない。寧ろ自分のことに精いっぱいのあまり、普段は獣の存在自体忘れていたくらいだ。なのにどうして獣は、ここまで葉菜に尽くしてくれるのだろう。自分の消失まで厭《いと》わないほどに獣に慕ってもらえる要素なんて、葉菜は持っていないのに。

「――ダッテ、ハナ、望ンダカラ」

獣は唖然とする葉菜の頬に湿った鼻先を擦《こす》り付けながら、そう口にした。

「ハナ、望ンダ。ダカラ、生マレテ来タ。ハナノ、絶対的『庇護者』トシテ」

「『庇護者』？」

葉菜の言葉に、獣は頷く。

「無条件デ、全テ、愛シテクレル存在。ハナ、守ッテ、危機、助ケテクレル、強イ誰カ。アノ時、ハナ、望ンダ。醜イ自分、絶望シナガラ、同時ニ求メタ。自分ノ全テ、許シテクレル、庇護者」

そう言いながら、獣は葉菜に寄りかかるように上体を預けて目を細めた。

「ハナノ為ダケニ、生マレタンダヨ」

ジーフリートが死んだ時、まず自分のその後を心配した、自身の醜さに葉菜は絶望した。

醜い、どうしようもない自分。いっそ人間を、やめてしまいたいと、そう思った。

だけど葉菜は浅ましくも、同時に願っていた。

醜い自分を、許して欲しい。仕方ない、悪くないと、そう言って愛して欲しい。

無償の愛を注いで、守り慈しんで欲しい。

その結果生まれたのが、獣だった。

獣は自我が芽生えた瞬間、葉菜を襲った盗賊達を噛み殺した。ただ、葉菜を守る為だけに。

「ダケド、ハナ、モウ、庇護者ナクテモ大丈夫」

獣は葉菜に優しく語りかける。その言葉には、確かな慈しみと愛情が込められていた。

「ハナ、強クナッタ。大切ナ人、見ツケタ。庇護者ナクテモ、生キテイケル。ダカラ、ザクスノ魔力、ナッタゲル」

葉菜の目から涙が溢れた。

なんで、獣に食われるなんて、怯えたりしたのだろう。

いつだって獣は、葉菜を大切にしてくれたのに。葉菜が傷つかないよう、見守ってくれていたのに。

「泣カナイデ、ハナ」

獣の舌が、葉菜の涙を舐めとる。

「魔力、戻ル。デモ、消エルワケジャナイ」

獣は、葉菜の顔を覗き込むように、葉菜を真っ直ぐに見据える。

「人格、無クナルカモ、知レナイ。モウ多分、ハナト、喋《しゃべ》レナイ。ケド、ズット、ザクスノ中、イル」

獣の輪郭がぼやけていることに気づき、葉菜は息を呑んだ。

それは、葉菜の涙のせいだけではない。獣の体が端から、細かい粒子に変わっていっていた。

「獣……」

「ザクスノ中デ、ハナ、見テル。ハナヲ、見守ッテイル。――ハナ、忘レナイデ」

「獣っ!!」

獣の体が粒子に変わっていく。粒子はきらきらと温かい光を帯びていて。

獣が、光に溶けていく。

「ハナ、忘レナイデ。ズット、ハナノ傍ニイル」

光が獣に侵食していく。獣は、光に飲まれ、ほとんど見えなくなった口もとを最後に動かした。

「大好キダヨ、ハナ」

「獣ぉぉぉっ!!」

獣の体が全て光の粒子に変わった。

粒子に向かって手を伸ばしても、粒子は葉菜の手をすり抜けて、そのままどこかへと流れていく。

せめて、名前をつけて、その名を呼んであげれば良かった。

そんな後悔が葉菜の中に浮かんだ。


「――ハナっ!!」

フィレアが呼ぶ声で、葉菜は目を醒ました。

「大丈夫か!?　てめぇ、意識なくしてやがったぞ……!?　獣に人格食われてやしねぇか!?」

焦りを滲ませながら葉菜に呼びかけるフィレアに、笑みを返す。

「大丈夫……意識ある。人格も、私の、まま」

葉菜の姿は、獣の姿のまま変わっていなかった。

姿の変化は葉菜が人間である自身に絶望したが故で、獣の人格とは直接的に関係はないのだろう。

一見、何も変わっていない。

だが、葉菜の胸の奥には、獣がいなくなった、確かな喪失感が広がっていた。

「……っ⁉　糞太子の魔力放出が、止まった……⁉」

フィレアがザクスを見て、驚愕の声をあげる。

獣だ。獣が、魔力に変わって、ザクスを助けてくれた。

全ては、葉菜の為だけに。

「………うっ………」

ぴくりとも動かなかったザクスが、小さく声を漏らした。

葉菜はザクスの胸から額を離して、黙ってザクスを見つめる。

ザクスの睫毛が小さく揺れ、閉じられていた瞼《まぶた》がゆっくりと開かれた。

「……ネコ？　………」

ザクスの漆黒の瞳が、確かに葉菜を捉えた。

ザクスが意識を取り戻したのは、獣の犠牲があったからだ。

ザクスの為に、獣の人格は消えてしまった。それを、忘れてはいけない。

「――ザクス」

それでも葉菜は、どうしようもない喜びが胸に湧き上がってくることを、止められなかった。

◆◆◆　◆◆◆　◆◆◆

(――寒いな)

ザクスは、いつもの悪夢の中にいた。過去の暗い記憶の追憶。

向けられる蔑視の視線に、現れてはザクスを罵っては消える、見覚えがある人々。

もう、とっくにこんな夢は慣れきっていた。今さら傷つきなどしない。

たとえこの悪夢から、もう二度と醒めないことをわかっていても。

(まさかあの程度の襲撃で、やられるとはな)

口元に自嘲の笑みが浮かぶ。

想定内だった、ゴードチスの襲撃。ザクスは勝利を確信して、先の戦のようにイブムを振るった。

敵を殲滅《せんめつ》させるのは、そう難しいことではなかった。実際、襲撃者達の中で、地面に伏してないものはいなかったように思う。それなのに何故、自分は魔力の枯渇で倒れたのか。全く理解できない。

(伝説の魔剣イブムを、俺みたいな枯渇人なんぞが従えること自体、土台無理な話だったのか)

つまりは、そういうことなのだろう。

大声で笑いだしたい気分だった。こんな無能な自分が、よくも王になる野望なぞ抱けたものだ。

野望を目前に、醜態を晒して散る。惨めな自分には、似合いの最期だと思った。

野望の為に、全てを捨てるつもりだった。湧き上がりかけた情も、不要なものだとして切り捨てた。

その結果が、これだ。何も持たず、全てをなくして、ただ一人、孤独に逝《い》く。

これが、自分の末路かと考えると、いかに自分がろくでもない生を送ってきたか実感する。

ザクスは胸の奥から湧き上がる凍えに、胸を震わせた。

まるで、胸の奥から凍り付いていくかのようだ。凍えは、徐々に全身に広がっていくように感じる。

隣でそんなザクスを温めてくれた熱は、もうない。

(このまま脳にまで凍えが広がれば、もう何も考えなくて良いのだろうか)

惨めさも、悔しさも、胸を締め付けるどうしようもない息苦しさも、全て感じなくなるのだろうか。

もう、それも悪くはないのかもしれない。もう何も、考えたくなかった。

ザクスは何もないその空間に横たわり、目を閉じた。きっとこのまま眠りにつけば、全てが終わる。

自身が消え去る最期の瞬間を、そうやって待つつもりだった。

しかし、不意に覚えがある熱と重みを感じ、ザクスは目を開いた。

「――ネコ?」

目を開いた先にいたのは、横たわる自分に伸し掛かりながら、見下ろす白虎。

先刻切り捨てた筈の獣が、黙ってザクスを見つめていた。

(……………いや、違うな)

何故か、すぐにわかった。

同じ姿をしているが、この獣はザクスの良く知る獣ではない。別の獣だ。

ザクスの腹部の辺りに前足を乗せていた獣は、憮然とした態度で鼻を鳴らすと、

「――オマエナンカ、嫌イダ」

「つぐっ!」

そのまま全体重を、ザクスの腹部に乗せてきた。その圧迫感に、ザクスは思わず身をのけぞらせる。

「ハナ、苛メタ。ハナ、泣カセタ。嫌イダ。嫌イ。嫌イ。オマエナンカ嫌イ」

獣はザクスを責め立てながら、律動的に腹部を圧迫してくる。ザクスは獣の前足が腹部にめり込む度、呻いた。ここは自分の夢の中の筈だ。なのに現実のように苦痛を感じるのは、どうしてだろうか。

「オ前ナンカ、大嫌イダ……ダケド、助ケテヤル」

不意に獣が、前足を腹部からどけた。

「……え?」

獣が言った言葉が、すぐに理解できなかった。

「オマエナンカ嫌イダケド、ハナ、望ンダカラ、助ケテヤル」

「何を……」

視線をやって、ザクスは息を呑んだ。獣の体は輝きだし、端から細かい光の粒子に変わっていた。

「——生キロ。ハナノ為ニ」

次の瞬間、ザクスは光に包まれていた。

獣から変じた光の粒子が膨れ上がり、まるで大雨のように勢いよくザクスに降りかかる。

光の海に溺《おぼ》れる、そんな錯覚に襲われてザクスは手足を揺らしてもがいた。

もがいているうちに気がつくと、夢から醒めていた。

「……ネコ? ………」

目を開いた先には、今度こそザクスがよく知る獣が、黙ってザクスを見つめていた。

◆◆◆　◆◆◆　◆◆◆

葉菜は、目を醒ましたザクスを、暫く黙って見つめていた。

言いたいことは山ほどあった。だけど、言うべき言葉は、ただ一つだった。

「――我が名は、斎藤《さいとう》葉菜《はな》」

普段は片言にしかならない言葉が、なぜかすんなりと音になった。

「サイトー・ハナ。それが、我が真名の全て。その全ての真名を、我が主、ザクス・エルド・グレアムに捧ぐ」

まるで台本をなぞるかのように、勝手に言葉が出てきた。

そんな葉菜を、ザクスが驚愕の面持ちで見ていた。

「我が真名を、我が全てを、主に捧ぐ。誰に強制されたわけではなく、全て我が意に基づいて、我が主に忠誠を誓う。主の許しがあらば、我が魂にその忠誠の証を刻もう」

葉菜はザクスの前に伏せるようにして、頭を垂れてみせた。本来は片膝をついて恭《うやうや》しい忠誠のポーズをとりたい所だが、獣の体では不可能なので致し方ない。

伏せた状態のまま顔をあげると、ザクスの口が小さく動いたのが見えた。

声にすらなっていない、思わず漏らした、小さな小さな呟き。

だけど葉菜には、はっきりその言葉が耳に届いた。

『傍に、いてくれるのか』――確かに、ザクスはそう言っていた。

「――傍に、いるよ」

葉菜はザクスに、微笑みかけて普段の言葉で応える。

「ずっと、傍にいる」

だから、この忠誠を、受け取って欲しい。

葉菜は今、自らの意思で正式な主従契約を結ぶことを宣言したのだから。

「……汝《なんじ》、全ての真名をもってして、従属の意を示した。ならば我はその意思に応えよう」

返ってきたザクスの言葉は、震えていた。

「全ての真名を捧げた汝の忠誠に、我も全ての真名をもってして応えよう」

その頬に、一筋光るものが流れ落ちたように見えたのは、葉菜の見間違いだろうか。

「我が名はザクスフィス・エルドランデ・グレアム。東の地を統べる王となったもの。我は我が真名に誓う。汝の主となることを」

葉菜とザクスを包むように、どこからか白い光が集まってきた。

「汝が求めるものを、全て与えよう。その代わり汝の全てを我に捧げよ。――これは違《たが》うことが許されない魂の盟約である」

集まった光が、目映《まばゆ》いばかりに輝きを増していく。ぱきりと、音をたてて首輪にひびが入った。

「今、この時をもって、主従の契約が成されたことを、ここに宣言する!!」

ザクスが宣言した途端、首輪が地面に落ちた。そのまま首輪は粉々になり、光に溶けこむように消えていく。

光が消え去ると、ザクスが装飾がなくなった自身の手を、唖然とした表情で見ている姿が目に入った。指輪もまた、同様に消え去ったらしい。

仮契約の時とは異なり、葉菜もザクスも、目に見える契約の証は何も持っていない。

だけど葉菜は、魂に刻まれた確かな契約が、自身の胸の奥にあることを実感していた。

「――宣誓による魂の盟約とは、ずいぶん派手派手しくて重い契約を結んだな」

契約の余韻に呆《ほう》けていたが、すぐ傍から聞こえてきたフィレアの言葉に引き戻される。

ザクスに意識を取られたあまり、すっかり存在を忘れていた。

「単なる正式な主従契約じゃねぇ。一度結べば、もう二度と他の奴と同じ契約ができねぇ、最上級の契約だぞ。わかっててやったのかよ。てめぇら」

（……いんや、わかってなかった。ぜんぜん）

知らずに、浮かんだ言葉をなぞったらそんな契約になっていただけだ。

まさか、そんな重い契約だったとは。

しかし、そんな衝撃的事実を聞いても、不思議と後悔の念は湧かなかった。

たとえ事前に知っていたとしても、きっと葉菜は同じ契約をザクスと結んだに違いない。

フィレアがザクスの方へ近づいていったので、葉菜は一歩後ろへ下がった。

ザクスの目前にまで来たフィレアは、不良がガンを飛ばすかのような姿勢でザクスを覗き込んだ。

しかし、鳥の姿なので、正直あまり迫力はない。

「……フィレア＝レアル・シエク・グレアム。それが、ジーフリートがくれた名の全てだ」

「……っ!?」

ザクスと葉菜が息を呑んだのは、ほとんど同時だった。

「魂の盟約はジーフリートと結んだ。それを書き換えることはできねぇし、するつもりもねぇ。だが真名くれぇ、捧げてやるよ」

それは、フィレアがザクスを主と定めることを意味していた。

「俺の生は、忌々《いまいま》しいことにまだ七〇〇年ほど残っている。どうせ長くて一〇〇年程度。気まぐれで王に仕えてみるのも悪くねぇ」

どこか遠くを見ながら発せられたフィレアの言葉は、自分自身に言い聞かせているようでもあり、またどこかにいるジーフリートに語りかけているようでもあった。

「真名を受け取れ、糞太子……いや、糞王。てめぇの為に大衆に正体を晒してやったんだ。せいぜい、俺の庇護に尽力しろよ」

ザクスを真っ直ぐに睨みつけながら、告げたフィレアの言葉は相変わらず素直じゃなかった。これでは、どちらが主なのかわからない。

だけどその言葉に隠れた、確かな覚悟はちゃんと葉菜に伝わった。それはザクスも同様なのだろう。

「――汝が真名を、確かに受け取った。汝が望む庇護を与えることを、我が真名に誓う。代わりに我に従い、忠誠を捧げよ」

先程の魂の盟約の光より淡い光が、ザクスとフィレアを包み込む。

「ここに、もう一つの主従契約が成されたことを宣言する」

少しの余韻を残して契約の光が消え去った途端、バルコニーの階下から割れんばかりの喝采《かっさい》の声が響いた。

◆◆◆　◆◆◆　◆◆◆

それはまるで、神話の一篇を見ているような光景だった。

「――奇跡だ」

戴冠式の最中、襲撃にあった枯渇人の皇太子。

彼は階下からでも分かる勇猛さで果敢に複数の敵に挑み、襲撃者達の全てを殲滅したが、自らもまた傷を負って倒れてしまった。

誰もが彼の死を確信した時、天から火を纏う白虎に跨がる麗人が現れ、瀕死の皇太子の元へ駆けた。

麗人は伝説のような存在とされている不死鳥に姿を変え、その涙で皇太子の傷を癒した。

息を吹き返した皇太子。途端二つの契約の光が、バルコニーを包んだ。

天から現れた不死鳥と、白虎。――皇太子は、天から現れた神獣を配下として従えたのだ。

枯渇人の皇太子が、新王になることに内心不満を抱えているものは少なくなかった。

グレアマギは、魔力の国。いくら魔剣イブムを従える英雄であろうと、一般人よりも魔力が少ない彼が国の頂点に立つことは、やはりグレアマギの国民にとっては不満だった。

だがそんな不満も、目の前で起こった奇跡を前に吹き飛んだ。

(皇太子は、神から愛された存在だったのだ)

きっと、枯渇人に生まれたことですら、神から与えられた試練の一つだったのだ。

そして皇太子はその試練を乗り越え、その結果神の加護を得た。

神から愛された国王。彼ほどグレアマギを統べる王に、相応しい存在はいない。

誰かが発した新王を讃える声は瞬く間に広がり、やがて喝采へと変わっていった。

グレアマギ帝国第四十四代国王、ザクス・エルド・グレアムが、国民から新王として承認された瞬間だった。

◆◆◆　◆◆◆　◆◆◆

「――疲れだ～」

全ての儀礼を終えたザクスと葉菜は、疲労困憊《こんぱい》な様子で後宮のベッドに身を投げ出した。

あの後、色々大変だった。

儀礼はまだ色々残っているのに、「神から愛された新王」の顔を少しでも近くで見ようと、願わくば言葉を掛けてもらいたいと、国民がこぞってザクスのもとに集まってきた。

当然、伝説の片棒を担がされる結果となったフィレアや、葉菜も矢面に立たされる。

国民の興奮を鎮静するまで、威厳をもった態度を保ち続けなければならないのが一番大変だった。

(しかし、ずいぶん誇大解釈されるもんだな)

いつのまにか神獣扱いだ。ネトリウスが葉菜を神のように据えようとしていたが、そんなことをしなくても勝手に神格化されてしまった。実際葉菜は、ただの異世界からやってきた魔力が高いだけの人間に過ぎないというのに。

一つの事実が歪曲され、華美に装飾されて語られる。伝説とは結局そんなものなのかもしれない。

「……明日からもまた色々あるだろうが、今日はゆっくり休め」

当然のように、隣に寝転ぶザクスから伝わって来る熱が嬉しい。ここのところ一人寝続きだったから、なおさらだ。ザクスが生きて隣にいることを実感できる。

全てが丸く解決したわけではない。

儀礼後、ザクスはすぐさまネトリウスの屋敷に、新王に対する反逆罪として兵を差し向けたが、屋敷は既に蛻《もぬけ》の殻だった。目立つように置いてあったのは、葉菜に宛てた置手紙。

書かれていた言葉はただ一言。「必ず、また」。

王宮で初めて邂逅した時に、ネトリウスが葉菜に告げた言葉だ。

またなんか無いと思いたいところだが、まず間違いなくネトリウスはいつか葉菜に接触してくるだろう。あの変態は、絶対執念深い。

（まあ、とりあえず考えるのはやめておこう……）

葉菜は嫌な予感を振り払うように、隣に寝ていたザクスの胸の辺りに、鼻を押し付けた。

ここに、獣がいる。

フィレアが儀礼後、言っていた。ザクスの魔力袋は完治したわけではない。定期的にフィレアの涙を摂取したとしても、破けた穴がふさがるまでにはかなりの時間が必要だろうと。

破れた穴をふさぐように、眠った小さな虎の形をした魔力が、ザクスの体内に宿っているらしい。

（――【ハク】）

葉菜は、獣に名づけた名前を内心で呼ぶ。

白虎だから、「ハク」という名は安直かもしれない。だが、葉菜がつけた名なら、きっと獣は喜んで受け取ってくれる筈だ。

獣は、消えたわけではない。ザクスの中で、魔力に変じて眠っているだけだ。

ザクスの魔力袋が完全に癒えた時、獣はきっと目を覚ます。

きっとまた、言葉を交わせる。その時には、必ずその名を呼んであげようと思う。

「今日は、よく、やった。……礼を、言う」

慣れない調子で感謝の言葉を口にしながら、葉菜の頭を撫でるザクスに、思わず笑みが漏れた。

愛しいという気持ちが、どうしようもなく胸の中に広がる。

（――しかし、私が母性愛なんかに目覚めるとはなぁ）

子どもが出来たらもしかしたら、自分も献身的な愛を注げるようになるかもと思っていた時期があったが、まさかザクスに対してそんな感情を抱くようになるとは思っていなかった。そんな感情を抱けたことが誇らしくて、少し照れくさい。

恋愛経験が乏しい葉菜は、芽生えた愛情が、母性によるものだと信じて疑わない。……否、もしかしたら別の種類の愛情かとちらりと思わなくもないのだが、敢えて考えないようにしている。

もし葉菜の愛情が恋愛のそれなら、年齢だとか人間と獣だとか身分だとか、思い悩まないといけない要素が多過ぎる。

今はまだ、そんな自身の感情を明確に名づける必要はない。葉菜がザクスを愛しているのは確かだし、これから葉菜はずっとザクスの傍にいるのだ。思い悩むのは、いつかザクスに葉菜以外の大切な相手が出来てからでもいい。

今はただ、生きたザクスの傍にいられる歓《よろこ》びだけに、浸っていたい。

葉菜はザクスの温もりを感じながら瞼を閉じ、そのまま眠りについていった。

◆◆◆　◆◆◆　◆◆◆

穏やかな息をたてて眠りについた獣の顔を、ザクスは暫く眺めていた。

王になる為に、一度は切り捨てた獣。

しかし獣は自ら危機を脱出し、そして見捨てた筈の自分を助けに来た。

自分が魔力を枯渇する可能性も顧みず、ザクスに魔力を注いだ。

そう認識した途端、気がつけばとうの昔に涸《か》れた筈の涙が、頬に伝っていた。

夢の中に出てきた、獣と同じ姿をした、別の獣。その正体を、獣は曖昧《あいまい》に笑うだけで教えてはくれなかった。

だけどあれが、獣にとってとても大切な存在だったことは何となくわかった。そして、あれが自分の命を救う為に、いなくなってしまったのだということも。

あれは、ザクスに生きろと言った。葉菜の為に生きろと、そう言った。

自分は王だ。尽くすべきは国と国民。獣のことだけを考えて生きるわけにはいかない。そう思いながらも、ザクスは自身の胸に手を当てた。

そこには、あれが変じた光の粒子と、魂に刻んだ契約が存在している。

獣の為だけには生きられない。――だけどそれらがザクスの胸にある限り、ザクスが与えられるものは全て獣に与えようと、改めて口に出さずに誓う。

「――ハナ」

最初の契約時以来、その名を呼ぶのは初めてだった。

名前を呼びながら、ザクスは眠る葉菜の額に自身の額を当てる。

「ずっと、傍にいてくれ」

獣が起きている状態ではけして告げるつもりはない懇願を口にする。

夢の世界にいる筈の獣が、それに応えるように縦に首を振ったのが見えて、小さく笑みを漏らした。

そのまま獣につられるように、ザクスもまた、眠りに落ちて行った。

眠りに落ちる瞬間、たまたまザクスの唇が、葉菜のそれと一瞬重なる。

葉菜の獣の姿は、無意識のうちに自分自身に掛けた呪いだ。ならば、その解除方法も、葉菜の無意識によって定められている。

葉菜が、幼いころ読んだお伽話《とぎばなし》。お伽噺における呪いを掛けられた登場人物の解呪方法なんて、ほとんどが定番で決まっていた。

そんなもの、愛する人からの口づけに、決まっている。


「ーーーーっ!!」

翌朝、定刻より早く目覚めた新王は、声にならない声を上げた。

獣が寝ている筈の場所に眠っていたのは、自分と同年代か、それ以下に見える裸の少女。

何が起きたのかわからず、ザクスはベッドの上で、一人狼狽《うろた》える。

そんなザクスの気配が伝わったのか、少女はゆっくりとその眼を開き、その上体を起こした。まだ完全に覚醒しきっていない、焦茶色の瞳がザクスに向けられる。

特別に美しいわけではない、十人並みより少々かわいらしい程度の容姿。

だが、ザクスはその姿を見た途端、どくんと心臓が跳ねるのがわかった。何故か視線が少女に引き付けられ、目が離せない。

少女はゆっくりとザクスに近づき、固まるザクスに顔を寄せた。少女の息が、ザクスの顔にかかる。

「……ザクス、おはよ」

少女はそう言うと、その赤い舌で、ザクスの顎から唇にかけてを獣のようにペロリと舐めあげた。

次の瞬間、少女の姿は消え、いつもの見知った獣の姿が目の前にあった。

寝ぼけ眼の獣は、大きな欠伸《あくび》を一つ漏らして、再び丸まって夢の世界へと戻っていく。

「――は？　……え？　……」

精神年齢の高さに反して、色事には全く縁がない生活を送ってきた少年は、何が起こったのか理解できないまま、一人赤面した。

終章

グレアマギ帝国第四十四代国王、ザクス・エルド・グレアムは、枯渇人という被差別的立場にありながら、グレアマギの王として君臨した唯一の存在として後世に名を残している。

若くして王位を継ぎながら、どんな事態でも動じることなく冷静沈着に為政を行ったザクス王は、しばしば「冷徹王」と揶揄《やゆ》されたと、複数の文献に記載されている。

彼は少ない魔力の代わりに、魔剣イブムと、天から遣わされた二体の神獣の力を借りて、グレアマギの統治を行った。自らが枯渇人ゆえの差別を味わったが為《ため》に、ザクス王は統治の傍《かたわ》ら、枯渇人の差別の撤廃にも力を入れたという。

彼と魔剣イブム、または秀麗な人間の姿にも変化したという不死鳥との間の逸話《いつわ》も数多《あまた》残っているが、やはりザクス王を語るうえで欠かすことができないのは、「白虎姫《びゃっこひめ》」の伝説だろう。

天帝の娘である白虎姫は、王という立場にありながら枯渇人として生まれたザクス王を天から見下ろし、憐《あわ》れんだ。彼女は神獣の毛皮を身に纏《まと》って、不死鳥と共に地上に降り、神獣としてザクス王が王となる為に尽力した。

ある日、彼女がこっそり毛皮を脱いで休んでいる姿を、ザクス王はたまたま目撃してしまう。

白虎姫の真の姿に一目で恋に落ちたザクス王は、毛皮を隠して獣の姿に戻れないようにして、彼女に求婚した。冷徹王の渾名《あだな》に似合わぬザクス王の情熱に、最初は躊躇《ためら》っていた姫も、やがて承諾し、彼の妻になった。

白虎姫は時には毛皮を纏った獣の姿で、時には美しい人間の姿で、公私共に王を支えたという。

伝説では語られない。

後に「白虎姫」なんていう大層な名称で語られることになる人物が、「人間の姿は色々と面倒臭いから」というしょうもない理由で、獣の姿をとっていることが多かったことを。

まるで白虎姫にべた惚《ぼ》れだったかのように語られるザクス王が、そんな彼女が何か粗相を起こすたびに、その頭を手加減なくひっぱたいていたことを。

伝説でしか二人を知らない後世の人間は、知らない。

冷徹王と揶揄されたザクス王が、白虎姫の前でだけひどく感情豊かになったことを。

彼女の前でだけ、穏やかに満ち足りた笑みを見せたことを。

今の世でそれを知るのは、二人の生涯を傍で見ていた、一羽の不死鳥だけだ。

おまけ（新王はお年頃）

最近、ザクスの様子がおかしい。

気がつけばしょっちゅう物言いたげにじっと葉菜を眺めているし、夜もあまり眠れないらしく目の下に隈《くま》を作っている。しかも、葉菜にとっては喜ばしいことであるが、ＤＶ的な行為も随分減った。

「ザクス、夜寝れないなら、一人で寝れば」

たまには広いベッドで一人寝も悪くあるまい（というか葉菜がそうしたい）と思っても首を横に振るばかりで、別々に寝るのは断固拒否してくる。意味がわからない。

（まあ思春期の男の子だし色々あんだろなー）

もうちょっと成長したら落ち着くだろう。そう勝手に結論付けて、葉菜は気にしないことにした。

◆◆◆　◆◆◆　◆◆◆

「一体、どういう原理なんだ……」

すぐ隣に眠る少女を見下ろしながらザクスは頭を抱えた。少女は布団に包《くる》まりながら、半目を開いた間抜けな顔で、すぴすぴ鼻を鳴らしている。

「この間抜けな寝顔……やっぱりネコ、だよなぁ」

一度寝たらなかなか目を醒《さ》まさない寝汚い獣を使って色々検証した結果、口づけで獣は人型に変化することが判明した。再度口づけすれば再び獣に戻る。だが、意味がわからない。フィレアをはじめ、人型に変化する魔獣はいるが、こんな風に人型に変化する例は見たことがない。

「うーん……」

「……っ‼」

寝返りを打つ少女に、ザクスは体を跳ねさせる。少女は目を醒ますことなく、むにゃむにゃと口を動かした。どくどくと心臓が煩《うるさ》い。

意味がわからないことは他にもある。なぜか少女を……最近では獣の姿ですら時々……見ていると動悸《どうき》が激しくなるのだ。何かの病気だろうか。

「……なんなんだ、お前は。本当に」

それなのに、目が離せない。ついつい毎日獣が寝付く度に、口づけを落として人型で眠る姿を眺めてしまう。獣に理由を問いただすことができないままに。

そんな自分の行動の意味がわからない。胸に湧き上がる感情の、名前も。

そっと手を伸ばして少女の髪の毛を梳《す》いた。その手触りはやっぱり、獣のそれとどこか似ていた。

気持ちよさそうに目を細める少女に、ザクスの口元にも自然と笑みが浮かぶ。

(まあ、いいか。ゆっくり真相を解明していけば)

今はまだ、そんな自身の感情を明確に名づける必要はない。どうせザクスはこれからずっと獣と……葉菜と一緒にいるのだ。時間はいくらでもある。

それよりも、今は取りあえず、この自分一人の秘密の時間に浸っていたい。

「……さて、いい加減獣の姿に戻して、俺も寝るか」

少女の寝顔を一通り眺め終わったザクスは、覚悟を決めるように呟《つぶや》き、少女に顔を寄せた。

いつもこの時間が、一番緊張する。獣の状態で口づけを落とすことにはさほど抵抗は感じないのに一体何故だろう。

身を乗りだして真近で見る少女の顔に、自然と熱が顔に集中するのがわかった。

(こいつは獣こいつは獣こいつは獣こいつは獣)

必死に自分に言い聞かせるが、獣の状態とは全く違う唇の形に、動揺が隠せない。

そのまま意を決して、触れるだけの口づけを落とそうとした、その瞬間。

「……暑い」

寝言でそう呟いた少女は、掛けていた布団を、遠くに投げ出した。

獣だった少女の体は、当然何も纏っていない。

「……っっっ！！！！！」

ザクスの声にならない声が、その場に響き渡る。それにも気づかず、少女は心地よさそうに惰眠《だみん》をむさぼり続けていた。


新王は、今夜も眠れそうにない。

あとがき

どうやっても変われない自分に絶望していた時期がありました。

自分が嫌いで。現実が辛くて。逃げるように、泥ついた負のような感情を吐き出すように、一日千文字ずつ小説を書き続けました。

それを続けていくうちに、いつの間にか一つの物語が出来あがってました。

物語を完結させた時、あれ程変われなかった自分が、少しだけ良い方向に変わっていっていることに気がつきました。

それから約二年後……その物語が一迅社様より賞を頂いて、まさかの書籍化をして頂くことになりました。……本当に人生何があるかわかりません。


初めまして。空飛ぶひよこです。突然の自分語り申し訳ありません。

恐らくこの後書きを見ている方は、物語を最後まで読んでくださっているのかな、と勝手に思っているのですが（先に読まれた方すみません）…いかがでしたでしょうか。

読後の感想は様々だと思います。満足された方も不満を抱かれた方もいるでしょう。

だけど、もし。もしこの話を読まれた方の中に、以前の私のように抜け出せない負の連鎖と自己嫌悪と闘われている方がいて、少しでも勇気づけられたら幸いです。

……勿論、そうでない方も、少しでも楽しんで頂いたなら嬉しいです!! な、内容が駄目なら、せめて素敵過ぎるイラストにときめいて頂ければ…!!

たった一文、一フレーズでも、読まれた方の心に残るものがあれば、それだけで作者冥利に尽きます。この本が、何かを少しでも貴方に残せますように。

最後になりますが、お世話になった方々にお礼を。書籍化作業のことを何一つわかっていない私に、一から根気強く丁寧に教えて下さった担当様。誤字だらけの文章を、丁寧に校正して頂いた校正様。美しすぎるイラストで（この場を借りて、前からファンでしたと叫ばせて下さい!!）異界山月記の世界を、美しく描き出して下さったイラストレーター様。書籍化の機会を下さった、一迅社の皆々様と、それに関わる皆様。最初に小説を書くきっかけを作って下さった、ＷＥＢサイトの運営様。

そして何より、サイトに掲載中に更新し続けるモチベーションを下さった読者様と、今この本を手に取って下さっている貴方様。本当に、ありがとうございました!!

またいつかの機会、貴方様に物語をお届けできることを心より願っております。

空飛ぶひよこ

異《い》界《かい》山《さん》月《げつ》記《き》
—社会《しゃかい》不《ふ》適合《てきごう》女《おんな》が異《い》世《せ》界《かい》トリップして獣《けもの》になりました—

2016年8月5日　初版発行

初出……「異界山月記—社会不適合女が異世界トリップして獣になりました—」
小説投稿サイト「小説家になろう」で掲載

著者　空飛ぶひよこ

イラスト　鈴ノ助

発行者　杉野庸介

発行所　株式会社一迅社
〒160-0022 東京都新宿区新宿2-5-10 成信ビル8F
電話　03-5312-7432（編集）
電話　03-5312-6150（販売）

印刷所・製本　大日本印刷株式会社
ＤＴＰ　株式会社三協美術

装幀　今村奈緒美

ISBN978-4-7580-4863-7

おたよりの宛て先
〒160-0022 東京都新宿区新宿2-5-10 成信ビル8F
株式会社一迅社　ノベル編集部
空飛《そらと》ぶひよこ 先生・鈴ノ助《すずのすけ》 先生